Prof. Dr. Boris Bigalke

El poder del Templo de Venus

Prof. Dr. med. Boris Bigalke trabaja como médico jefe y director del Centro de Cualificación DGK CardioMRI en el Centro Alemán del Corazón de la Charité (DHZC), Campus Benjamin Franklin, Clínica de Cardiología, Angiología y Medicina Intensiva. También practica la medicina complementaria con la Medicina Tradicional China (MTC), la Medicina Tradicional Tibetana (MTT) y la teoría del movimiento del yoga como actividad secundaria. Prof. Bigalke es especialista en medicina interna y posee especializaciones y cualificaciones adicionales en cardiología, acupuntura, medicina nutricional DAEM/DGEM® y resonancia magnética especializada. Tras estudiar medicina humana en la Universidad Libre de Berlín, prosiguió su carrera científica y clínica en la Universidad Eberhard-Karls de Tubinga. Su formación complementaria le llevó a la cirugía en el LIJ Medical Center, Albert Einstein College of Medicine, Nueva York, EE.UU., a la MTC en el Centro Colaborador de la OMS, Pekín, China, y a la MTT en el Qusar Tibetan Healing Centre, Dharamsala, Himachal Pradesh, India.

Durante una estancia de investigación de larga duración, también trabajó en el King's College de Londres, División de Ciencias de la Imagen e Ingeniería Biomédica Londres, como Profesor Asistente/Honorary Lecturer.

También cursó un Máster en Administración de Empresas (MBA) en Gestión Sanitaria en el Magna Carta College de Oxford (Reino Unido) y un Máster en Derecho (LL.M.) especializado en Derecho médico en la Universidad Internacional de Dresde.

En 2021, el profesor Bigalke presentó su candidatura a astronauta de la Agencia Espacial Europea (ESA). De entre más de 22.500 solicitantes cualificados, fue uno de los 100 mejores candidatos de Alemania. Aunque no llegó a ser astronauta, siempre le han fascinado e inspirado los viajes espaciales y nuestro vecino planeta Marte. Aunque no llegó a ser astronauta, siempre le han fascinado y entusiasmado los viajes espaciales y los planetas del sistema solar. Esto le inspiró el libro «El Enigma de la Pirámide de Marte», que ya ha sido publicado.

Prof. Bigalke fue elegido mejor médico de Alemania en la categoría de medicina deportiva cardiológica en FOCUS-Gesundheit 2021, y en las categorías de hipertensión y medicina nutricional en 2023 y 2024 sucesivamente.

Prof. Dr. Boris Bigalke

El poder del Templo de Venus:
A la sombra del pueblo de las estrellas

Dirección para correspondencia:
Professor Boris Bigalke, MD, MBA (Oxford, UK), LL.M.
Klinik für Kardiologie, DHZC – Charité Campus Benjamin Franklin
Hindenburgdamm 30, D-12203 Berlin, Alemania

Información bibliográfica de la Biblioteca Nacional Alemana
La Biblioteca Nacional Alemana incluye esta
publicación en la Bibliografía Nacional Alemana;
Los datos bibliográficos detallados están disponibles en Internet
se puede acceder a través de http://dnb.dnb.de.
El análisis automatizado de la obra para obtener
información, en particular, sobre pautas, tendencias y correlaciones
correlaciones de acuerdo con §44b UrhG ("minería de textos y datos")
está prohibido.
Este libro fue traducido por Prof. Dr. Boris Bigalke de la edición original en alemán titulada:
"Die Kraft des Venustempels: Im Schatten der Sternenvölker"

Editorial: BoD · Books on Demand, Calle de Manzanares, 4, 28005 Madrid,
bod@bod.com.es
Impresión: Libri Plureos GmbH, Friedensallee 273, 22763 Hamburg (Alemania)
ISBN: 978-84-1092-0682

¡Para todos los entusiastas de Venus!

¡Para todos los entusiastas de Venus!

Índice

Capítulo 24: El juicio 287

Fase 1: La cuestión de la culpabilidad 289

Fase 2: La sentencia 293

Fase 3: Las consecuencias para la unidad 297

Introducción

Venus: la belleza en el mar de estrellas

En un futuro no muy lejano, la humanidad se encuentra en el umbral de una nueva era de exploración y descubrimientos interplanetarios. Décadas de avances tecnológicos -especialmente en la generación de energía, la tecnología espacial y el desarrollo de materiales extremadamente resistentes- han hecho posible viajar a los planetas más extremos del sistema solar. Las misiones a Marte y las primeras misiones tripuladas a los planetas exteriores han revolucionado el conocimiento de nuestro sistema solar y, sobre todo, han planteado interrogantes sobre nuestra propia existencia y los límites de la vida en el universo. En este campo de curiosidades y posibilidades, crece el interés por uno de los planetas más enigmáticos del sistema solar: Venus.

Venus, el segundo planeta del sistema solar, debe su nombre a la diosa romana del amor y la belleza. Este nombre refleja el brillo del planeta, que es el tercer objeto más brillante en el cielo desde la Tierra (después del Sol y la Luna) y puede verse poco después de la puesta de Sol o poco antes de su salida, dependiendo de su posición en órbita. Venus también es conocido como el lucero del atardecer y, en ocasiones, como el lucero del alba.

Venus se mueve en una órbita dentro de la órbita de la Tierra alrededor del Sol. Esto significa que nunca está muy lejos del Sol desde nuestro punto de vista. Por lo tanto, sólo puede observarse al atardecer, ya sea en el cielo nocturno (como estrella vespertina) o en el cielo matutino (como estrella matutina), dependiendo de si se encuentra al este o al oeste del Sol. Cuando Venus «adelanta» a la Tierra en su órbita, pasa de ser una estrella vespertina a una posición de estrella matutina y viceversa. Los antiguos griegos y romanos incluso la consideraron inicialmente dos objetos celestes diferentes: la estrella vespertina «Hesperos» y la estrella matutina «Phosphoros» (o «Lucifer» para los romanos). Sólo más tarde se reconoció que se trataba de un mismo objeto: Venus.

En la mitología griega, Venus corresponde a la diosa Afrodita, que también simboliza el amor, la belleza y la fertilidad. La referencia al amor y la belleza también se encuentra en otras mitologías de otras culturas. Por ejemplo, Venus era venerada en el Imperio Babilónico como Ishtar, la diosa del amor y la guerra, mientras que en la cultura mesopotámica se la conocía como Inanna.

Estas conexiones mitológicas muestran cómo la humanidad primitiva asociaba el planeta con la belleza y la atracción femeninas debido a su impresionante aspecto. En la astronomía moderna, Venus arrastra así el legado de las mitologías de muchas culturas, que interpretaron su especial presencia en el cielo de muy diversas maneras.

Venus es similar a la Tierra en muchos aspectos: tamaño, masa y densidad similares. Pero la superficie es un infierno ardiente, con una atmósfera de espesas nubes de ácido sulfúrico y una presión superficial equivalente a la de una inmersión en los océanos más profundos de la Tierra. La temperatura se mantiene constante en torno a los 470 °C. Durante décadas, Venus fue considerado una tierra estéril e inhabitable. Sólo la exploración atmosférica y las sondas ocasionales pudieron sobrevivir antes de ser destruidas por las duras condiciones. Pero con la llegada de nuevas tecnologías desarrolladas específicamente para condiciones tan extremas, la posibilidad de explorar directamente este planeta se hizo realidad.

Un descubrimiento inexplicable

Hace cuatro años se publicaron los resultados de un proyecto de investigación de la UNESA (Administración de las Naciones Unidas para la Exploración y el Espacio) sobre Venus se publicaron hace cuatro años y causaron sensación en todo el mundo: una misión de satélites no tripulados descubrió extrañas formaciones geométricas en la superficie de Venus bajo la densa capa de nubes. Equipada con modernos dispositivos de radar y sensores, la sonda transmitió imágenes de estructuras inusualmente simétricas que no podían explicarse por ningún fenómeno natural. Las formas recordaban a pirámides escalonadas, columnas y enigmáticos patrones circulares que no podían haber sido creados con tanta precisión por procesos volcánicos o tectónicos. Además, un análisis detallado demostró que las formaciones estaban alineadas con constelaciones planetarias específicas, un hecho que sugería un significado cultural o ceremonial.

Este descubrimiento desencadenó un febril debate entre los científicos y el público en general. ¿Existió una civilización en Venus que desapareció a causa de un acontecimiento desconocido? ¿Había evolucionado la vida de forma que pudiera soportar esas condiciones extremas? Preguntas como éstas llevaron a dar prioridad al tema de una misión a Venus.

La señal: una llamada de las profundidades

Aproximadamente un año después del descubrimiento de las formaciones, una estación terrestre de UNESA cerca de Canberra (Australia) recibió una extraña señal. La señal -rítmica y repetitiva- parecía proceder de varios kilómetros por debajo de la superficie de Venus y no coincidía con las ondas de radio conocidas ni con las interferencias atmosféricas. Para sorpresa de los investigadores, la señal se repetía siguiendo un patrón complejo y mostraba características que recordaban a una fuente artificial. Tras semanas de intenso análisis, un equipo internacional de criptógrafos y matemáticos logró extraer un mensaje sencillo: ¡Era una coordenada!

Esta coordenada señalaba un punto del hemisferio norte de Venus, no muy lejos de las estructuras descubiertas por la sonda. Los investigadores y las autoridades se mostraron preocupados e intrigados. ¿Se trataba de una llamada de socorro? ¿O tal vez una especie de saludo, una llamada que sólo se activaba cuando la humanidad se acercaba lo suficiente para recibirla? Las especulaciones sobre el origen de la señal iban desde una señal de advertencia para evitar que nadie se acercara a Venus hasta un tentador indicio de una posible comunicación con una civilización perdida hace mucho tiempo.

El equipo de Venera Ascendant

UNESA decidió finalmente enviar una misión tripulada a Ve-nus para investigar la señal y las formaciones in situ. Esta decisión fue extremadamente controvertida: Ve-nus sigue considerándose uno de los lugares más hostiles del sistema solar. Sin embargo, los avanzados trajes de protección, capaces de soportar presiones y temperaturas extremas, así como las nuevas tecnologías de blindaje contra la radiación y el calor, hicieron posible por primera vez una misión de este tipo.

Bajo la dirección de la experimentada comandante Aiyana Wolfe, nativa americana y veterana de misiones espaciales de la UN-ESA, se seleccionó un equipo de seis astronautas y científicos reconocidos como los mejores en sus respectivos campos:

Nombre (nacionalidad):
Comandante Aiyana Wolfe (EE.UU.)

Cargo:
Jefa de misión, piloto y estratega

Aiyana es una comandante experimentada y la principal responsable de la misión. Es tranquila y reflexiva, con una profunda conexión con la Tierra y una pasión por las civilizaciones antiguas. Reconoce la responsabilidad histórica que su misión supone para la humanidad y lucha por guiar a su tripulación de forma segura a través de los desafíos.

Nombre (nacionalidad):
Coronel Luis Ortega (España)

Cargo:
Piloto de caza, ingeniero y primer oficial

Como antiguo piloto militar, Luis es pragmático y se centra en proteger al equipo. No sólo asume tareas técnicas, sino que también protege a la tripulación en situaciones críticas. Es carismático y compasivo. Toca la guitarra clásica con gran pasión.

Nombre (nacionalidad):
Profesor Kenji Sato (Japón)

Cargo:
Astrofísico, geólogo y responsable científico

Kenji es un pensador analítico y le fascinan las condiciones ambientales extremas de Venus. A veces se siente aislado y le fascinan los vínculos entre los mitos antiguos y la ciencia, y se ha aficionado al dibujo y la caligrafía, muy relacionados con el budismo zen.

Nombre (nacionalidad):
Dr. Priya Kapoor (India)

Cargo:
Exobiólogo y bioquímico

Priya es experto en estructuras biológicas, centrándose especialmente en posibles formas de vida extraterrestre y analizando la química de la superficie de Venus. Su carácter es apacible, humorístico, optimista y profundamente conectado con la naturaleza. Es un ávido jugador de tablero de estrategia.

Nombre (nacionalidad):
Dra. Ingrid Nilsen (Noruega)

Cargo:
Arqueóloga y antropóloga cultural

Como arqueóloga y antropóloga, a Ingrid le fascina el patrimonio cultural. Es valiente, persistente y apasionada de la historia, la filosofía y los mitos de otros planetas. Se le dan bien los secretos ocultos, tiene un don para la deducción y es un genio de las lenguas extranjeras.

Nombre (nacionalidad):
Dra. Soraya (androide)

Cargo:
Doctora, ingeniera, oficial 2ª y experta
en intervención en crisis

Soraya es un organismo cibernético altamente desarrollado con capacidades médicas, técnicas y sociales. Está programada para simular emociones humanas e incluso comportamientos románticos. Pero durante la misión, desarrolla una conexión más profunda con su tripulación y empieza a cuestionarse la naturaleza de su existencia.

El lugar de aterrizaje: una ciudad templo oculta

El hemisferio norte de Venus alberga el complejo de tierras altas de Ishtar Terra, una de las mesetas más grandes y conocidas de Venus, caracterizada por sus complejas estructuras tectónicas. Ishtar Terra está formada por zonas enmarañadas y escarpadas, a menudo denominadas «teselas». Las teselas son características del terreno venusino y consisten en grietas y crestas que se entrecruzan y forman un paisaje único y fascinante.

Esta región es especialmente interesante para la geología de Venus, ya que las teselas se consideran uno de los tipos de terreno más antiguos de Venus y pueden proporcionar pistas sobre la actividad tectónica del planeta en el pasado.

La zona de aterrizaje objetivo del Venera Ascendant se encuentra en el gran complejo de mesetas, donde las extrañas estructuras geométricas son más claramente reconocibles.

Oculta por la densa capa de nubes, esta localización se encuentra en una zona que no ha sido investigada en detalle con anterioridad, ya que las temperaturas extremas y la elevada presión atmosférica han inutilizado hasta ahora todas las sondas no tripuladas. Sin embargo, las coordenadas decodificadas de la señal parecen apuntar directamente a este lugar, como si algo o alguien estuviera esperando la llegada de los habitantes del otro planeta. La ciudad templo, como la llaman algunos científicos en la Tierra, es el objetivo central de la misión. Las imágenes de satélite de las estructuras muestran patrones geométricos y decoraciones simbólicas demasiado complejos para haber sido moldeados por las fuerzas de la naturaleza. Las formas y alineaciones podrían indicar un significado civilizacional, tal vez una puerta o templo de acceso a una estructura más profunda.

Objetivos y riesgos de la misión

Los principales objetivos del equipo Venera Ascendant son ambiciosos: localizar y analizar la señal, investigar las formaciones geométricas y encontrar indicios de una posible civilización. Se ha dedicado una cantidad considerable de recursos a desarrollar trajes de protección avanzados y sistemas tecnológicos que puedan soportar las condiciones extremas de Venus. A pesar de esta preparación, la misión es extremadamente peligrosa: aterrizar y desplazarse por la superficie de Venus requiere una precisión absoluta, y el entorno sigue siendo impredecible. Las altas temperaturas, las nubes tóxicas y la intensa presión atmosférica convierten cada paso en un reto.

Capítulo 1: El viaje

Aproximación al planeta mítico

La nave espacial Venera Ascendant se deslizaba por la oscuridad del espacio, envuelta en el silencio y el espacio infinito que ha fascinado e intimidado a la humanidad durante siglos. A bordo de la Venera Ascendant, sin embargo, no había silencio: el equipo está animado, el ambiente lleno de la mezcla de tensión y curiosidad que conlleva una misión hacia lo desconocido.

Venus, que hasta hace poco se consideraba un planeta inhóspito y hostil, es el objetivo.

«Venus, la diosa romana del amor y la belleza», murmuró la Dra. Ingrid Nilsen mientras observaba las luces en la pantalla. Le brillaban los ojos y apenas podía creer que pronto aterrizaría en este planeta, mucho más cercano a los humanos y que, sin embargo, siempre ha sido un misterio. «Cuesta creer que esté tan cerca de nosotros y, sin embargo, haya sido un misterio durante miles de años».

«Eso suena poético, Ingrid», replicó secamente la comandante Aiyana Wolfe. Se reclinó en su asiento, con los brazos cruzados frente al pecho y una expresión que oscilaba entre la ironía y el asombro. «Pero yo sugeriría que nos centráramos en cómo volver a la Tierra de una pieza en lugar de en mitología antigua». Lanzó una mirada mordaz a Ingrid, pero una leve sonrisa curvó sus labios. Aiyana es una estratega y una piloto militar experimentada que no deja nada al azar, y esta misión era nada menos que una operación militar para ella, aunque los demás suelen tener una actitud más relajada.

«Oh, comandante, ¿por qué no me invita a un poco de cultura?», respondió Ingrid con un guiño burlón. «Después de todo, seremos los primeros humanos en explorar el interior de Venus. Debería permitirse un poco de poesía». El coronel Luis Ortega, ingeniero jefe y primer oficial, asintió con la cabeza y sonrió mientras estudiaba las lecturas de los sensores. «Tal y como yo lo veo, si encontramos algo en este planeta que nos haga famosos en la Tierra durante nuestra vida, entonces seré feliz. Po-esie o no - siempre y cuando Venus no trate de freírnos».

«Y yo que pensaba que era la única aquí preocupada por la muerte por calor», dijo el Dr. Priya Kapoor, exobiólogo y bioquímico, con una sonrisa irónica. Priya ha trabajado mucho en la química extrema de la superficie de Venus, y sus análisis y preocupaciones se basan en una visión pragmática y científica de las cosas. «Los datos dicen que Venus tiene una temperatura de más de 400 °C en la superficie. ¿Alguno de ustedes cree realmente que allí abajo nos espera algo que podamos comprender?».

«Estoy seguro de que Kenji nos dará una explicación científica cuando lleguemos allí», interviene Luis con una sonrisa, y una carcajada silenciosa recorre la sala. El profesor Kenji Sato es astrofísico y geólogo, y está considerado uno de los mayores expertos en atmósferas planetarias. Su mente analítica era qua-si la voz sobria del grupo. «No estás del todo equivocado», replicó Kenji secamente, sin apartar los ojos de la pantalla. «Pero los últimos escáneres de Venus muestran anomalías en la atmósfera que aún no podemos explicar. Es muy posible que aquí nos encontremos con fenómenos completamente nuevos. Y ése es precisamente el objetivo de esta misión».

Mientras la conversación continuaba, la doctora Soraya permanecía en silencio en un rincón, observando a sus compañeros de tripulación con una sonrisa amable, sus ojos centelleaban de una forma casi humana. Soraya, una androide avanzada con conocimientos médicos y técnicos, estaba aquí para apoyar a la tripulación, pero en realidad también albergaba una IA experimental capaz de simular las emociones humanas. A veces se preguntaba si realmente se trataba de una simulación o si empezaba a sentirse atraída por los humanos de a bordo.

«Soraya, ¿qué quieres decir?», preguntó Ingrid con curiosidad. «Estamos hablando del calor extremo de Venus. ¿Te preocupa?»

«Mis sistemas están diseñados para una protección extrema», respondió Soraya tranquilamente, con un toque de humor en la voz. «Pero tendré cuidado de no derretirme, Ingrid. A mí también me entusiasma lo que podamos encontrar, quizá incluso más que a todos vosotros». Su comentario hace sonreír a la tripulación. La androide todavía es nueva en el equipo, y algunos encuentran su humanidad casi extraña. Pero su capacidad analítica y sus conocimientos médicos son indiscutibles.

«Quizá no encontremos nada, o quizá lo encontremos todo», murmura Aiyana, con la mirada fija en el punto brillante del horizonte que simboliza Venus. «La señal que hemos recibido es demasiado clara, demasiado regular. Tiene que haber algo ahí abajo, algo que aún no entendemos».

Trabajo rutinario

El zumbido sordo de los motores era el único sonido en la cabina mientras el equipo de la Venera Ascendant realizaba su trabajo rutinario, garantizando la seguridad y el mantenimiento de la nave espacial, así como preparándose para las tareas que les aguardan en Venus.

1. mantenimiento y monitorización de los sistemas de la nave

Luis realizó el mantenimiento diario de los sistemas de energía y propulsión para garantizar su rendimiento óptimo. Esto incluía comprobar el consumo de combustible, los circuitos de refrigeración y el funcionamiento del sistema de propulsión. Luis también comprobaba periódicamente los sistemas de emergencia, como el soporte vital, la extinción de incendios y los escudos térmicos.

Soraya, como androide, proporcionaba apoyo técnico y médico en su papel de ingeniera y doctora, documentando la funcionalidad de los sistemas con una precisión sobrehumana.

2. sistemas de soporte vital y controles medioambientales

Kenji supervisaba los sistemas de filtración de aire y de fijación de CO_2, la humedad, la temperatura y los niveles de oxígeno de la nave espacial. Se aseguró de que los sistemas para el aterrizaje en Venus funcionaran en condiciones óptimas. El sistema de tratamiento de agua se mantenía con regularidad para garantizar que la tripulación dispusiera siempre de suficiente agua limpia.

3. reconocimientos médicos y salud

Soraya realizó controles médicos periódicos, midió los parámetros vitales y se aseguró de que todos los miembros de la tripulación gozaban de buena salud. La tripulación realizó rutinas de entrenamiento físico para minimizar la pérdida de masa muscular y ósea debida a la ingravidez. Soraya supervisaba los ejercicios y realizaba ajustes personales durante el ejercicio. La tripulación mantuvo conversaciones en sesiones de salud mental con Soraya y también en grupo para gestionar el estrés y el aislamiento.

4. preparación para misiones científicas

Ingrid y Kenji pasaron muchas horas analizando datos sobre la atmósfera y la geología de Ve-nus y seleccionando posibles lugares de aterrizaje. Comprobaron y calibraron los instrumentos de medición para las muestras atmosféricas y los ensayos de materiales.

Priya preparó los análisis químicos y el equipo de exobiología para garantizar que todos los instrumentos estuvieran óptimamente preparados para el análisis de muestras de la superficie de Venus.

5. simulacros de aterrizaje y emergencias

Aiyana organizó y dirigió simulacros regulares de entrenamiento y emergencia. La tripulación practicó escenarios como aterrizajes de emergencia, fallos en los sistemas de soporte vital, despresurización repentina y otras situaciones críticas. Los procedimientos de aterrizaje simulado se ejecutaron con regularidad para que la tripulación estuviera preparada para cualquier eventualidad.

6 Comunicación con la Tierra y transmisión de datos

La tripulación estaba en contacto diario con el centro de control en la Tierra y transmitía informes de situación, datos técnicos y avances científicos. Los datos de los sensores de a bordo y externos se transmitían regularmente a la Tierra y se analizaban allí para optimizar la planificación y la seguridad de la misión.

7 Registro y documentación

Aiyana y los demás miembros de la tripulación llevaron un diario detallado en el que documentaron todos los acontecimientos, el mantenimiento y las observaciones científicas. Los registros se utilizaron tanto para la trazabilidad para el centro de control como de referencia para futuras misiones a Venus.

8 Investigación científica y experimentos

Como preparación para la exploración de Venus, la tripulación trabajó en pequeños experimentos preparatorios destinados a contribuir a mejorar la capacidad de análisis in situ, por ejemplo, el análisis de muestras de rocas en el simulador ambiental en miniatura o pruebas químicas sobre la reacción de muestras en condiciones similares a las de Venus.

9. ocio y descanso

Los miembros de la tripulación también dedicaron tiempo a actividades de ocio como la lectura, las charlas y los juegos comunitarios para reforzar el espíritu de equipo y favorecer la recuperación mental.

Sobre todo los primeros días, esto dio lugar a conversaciones que crearon vínculos y reforzaron la dinámica del grupo. Las noches de cine y el intercambio de historias personales también crearon vínculos y redujeron la presión del largo viaje.

Cada uno de estos aspectos fue fundamental para que la tripulación alcanzara los objetivos de la misión y estuviera preparada física y mentalmente de forma óptima a su llegada a Venus.

La tension aumenta

La tripulación estaba dispersa en sus puestos y, aunque todos parecían concentrados, se respiraba cierta ansiedad. El viaje había transcurrido sin contratiempos, pero Venus estaba cerca, y con cada hora que pasaba aumentaban las expectativas y las preguntas sobre la misión, y sobre los demás.

Kenji miró a Luis: «Luis, ¿has pensado cómo vamos a lidiar con la espesa capa de nubes de Venus? Podría bloquearnos la visión de posibles lugares de aterrizaje».

Luis respondió: «¿La táctica? Esperar y rezar para encontrar un hueco entre las nubes». Sonrió con picardía: «En serio, sólo tenemos una cantidad limitada de combustible para cualquier corrección de rumbo. Así que probablemente tendremos que confiar en los datos del escáner para dirigirnos en la dirección correcta».

Priya se unió a la conversación: «¡Un poco de fe en la tecnología, Kenji! Después de todo, estos sistemas se diseñaron para condiciones extremas. ¿Has olvidado que el año pasado evitamos por milímetros una colisión con un asteroide?».

Kenji sacudió la cabeza con una sonrisa. Era conocido por su meticulosa planificación, pero el optimismo de Priya a veces tenía un efecto contagioso. Kenji respondió: «Sí, sí. Pero la tecnología es tan buena como los datos que recibe. Y para ser sinceros, Priya, los datos de la atmósfera de Venus son cualquier cosa menos claros. ¿Y si hay una tormenta de nubes ahí abajo que nos hace chocar contra el parabrisas como una mosca?».

Soraya intervino: «Si se me permite intervenir aquí: según mis cálculos, la probabilidad de que nos encontremos con una turbulencia tan extrema es exactamente del 3,7%». Soraya se colocó detrás de Kenji y le sonrió con una mezcla de curiosidad y paciencia: «El riesgo es bajo».

Kenji se limitó a sacudir la cabeza con una carcajada, lanzando una mirada pensativa a la androide y poniendo los ojos en blanco: «Así que-raya, tus "cálculos"... A veces me pregunto si no estarás siendo demasiado optimista. Quizá debería revisarte otra vez».

Soraya respondió: «¿Optimismo? Ya me gustaría». Sonrió ligeramente antes de añadir con seriedad: «Pero me han programado para evaluar los riesgos de forma realista. Y cuando te veo preocupada por las turbulencias, quizá deberías confiar en mis juicios por una vez».

Ahora Aiyana hizo un comentario: «Vale, chicos. Vamos a calmarnos». Se levantó de su asiento y se dirigió al centro de la sala: «Está claro que todos estamos nerviosos. Después de todo, no es un vuelo rutinario cualquiera. Pero debemos recordar una cosa: somos lo mejor de lo mejor. Tenemos el entrenamiento, la tecnología y la determinación para dominar esto».

Las serias palabras de Aiyana silenciaron al grupo. Tenía una habilidad impresionante para mantener a la tripulación tranquila y concentrada.

Ingrid dijo emocionada: «Estoy impaciente por ver lo que nos espera. Pero, sinceramente, tengo que decir que estoy un poco inquieta. ¿Y si no encontramos nada ahí abajo? O peor aún: ¿algo que nunca hubiéramos imaginado?».

Aiyana respondió: «Sé lo que quieres decir, Ingrid. Pero esa es nuestra fuerza. Estamos preparados para enfrentarnos a lo desconocido. Si hay algo que no entendemos, lo investigamos. Paso a paso. Estamos aquí porque somos curiosos y no tenemos miedo a lo desconocido».

Una sonrisa recorrió la sala e Ingrid se reclinó en su silla, aliviada por las tranquilizadoras palabras.

Luis volvió a tomar la palabra: «Bien, veámoslo de forma más realista. ¿Cuántos de ustedes creen que tenemos alguna posibilidad de encontrar algo emocionante ahí abajo? Es decir, ¿cuál sería el escenario más probable?».

Kenji respondió: «Personalmente, espero una vieja reliquia geológica.

reliquia. Algún tipo de cráter antiguo o estructuras volcánicas que puedan aportar pruebas de actividad pasada».

Priya negó con la cabeza: «Aburrido. Apuesto por pruebas de microorganismos, quizá no activos, pero sí restos que demuestren que Venus fue diferente en otro tiempo. Quizá incluso rastros de vida orgánica».

Luis continuó: «Y si soy sincero... bueno, si pudiera creer en tecnología alienígena, entonces espero que nos encontremos con algo como esto. Algo que nos demuestre que Venus...».

Soraya interrumpió a Luis: «¿Que Venus no es sólo un trozo de roca caliente?». Soraya miró directamente a Luis, con una sonrisa misteriosa en los labios: «Quién sabe lo que encontraremos allí. A lo mejor... nos encontremos con algo que nos diga más de lo que imaginamos sobre nosotros mismos».

La tripulación se quedó en silencio, y todos en el grupo parecieron meditar las palabras de Soraya durante un momento. Aiyana asintió lentamente mientras miraba a los demás. Tal vez ella ya sabía que esta misión podía cambiar más de lo que nadie había imaginado.

Aiyana dijo a su manera tranquilizadora: «En fin, es hora de relajarse, chicos. No va a ser una misión fácil, y necesitamos toda nuestra fuerza y confianza en nosotros mismos y en los demás para llevarla a cabo.»

Cada uno de ellos -Aiyana, Luis, Kenji, Priya, Ingrid e incluso Soraya- tenía una razón personal para estar aquí. Ya fuera curiosidad científica, necesidad de fama o simplemente el sueño de ser los primeros humanos en pisar Venus, sus motivaciones les impulsaban a seguir adelante, aunque los riesgos fueran enormes.

Capítulo 2: En algún lugar entre la Tierra y Venus

La Venera Ascendant viajaba en un arco sin fin a través del silencioso y negro mar del espacio. La tripulación llevaba semanas viajando y, aunque la rutina se había instalado, cada uno intentaba a su manera pasar el tiempo y romper la monotonía. El viaje a Venus era largo, e incluso la misión más exigente requería paciencia y comprensión mutua. La nave zumbaba tranquilamente, y la tripulación se preparaba para el tramo final del viaje en sus camarotes o en las salas comunes.

Una ronda relajada

Soraya, Kenji y Priya se sentaron juntos en la zona común y jugaron a un juego de mesa que Priya se había traído al viaje. Lo había llamado «Cosmic Risk», una especie de juego de estrategia y conquista con planetas y sistemas estelares como campos de juego. Ingrid se había mostrado escéptica al principio, pero al cabo de un rato también acercó una silla.

«Este juego es muy complicado», dijo Ingrid, frunciendo el ceño mientras movía una de sus fichas. «Priya, lo has hecho así de difícil a propósito, ¿no?».

Priya sonrió inocentemente: «¡Qué va! Sólo pensé que nos ayudaría a practicar nuestras habilidades estratégicas».

Kenji se rió: «Estratégico o no, me recuerda un poco al ajedrez... pero con más explosiones».

«Las explosiones siempre son buenas», replicó Luis, que acababa de entrar y se había sentado en el sofá junto a ellos. «¿Qué sería de un viaje por el espacio sin un poco de acción?».

«¿Acción? Es que no estás preparado para que la ciencia te haga sombra», se burló Priya, dándole un codazo a Kenji con el dedo. «Pero eso se puede cambiar».

Aficiones e intereses

Luis se sentó, se relajó y cogió la guitarra que colgaba de la pared. Era una de sus más fieles compañeras, que llevaba consigo a todas partes. «Todos podéis planificar estratégicamente», dijo, "pero a veces es necesario desconectar". Tocó unas cuerdas y un suave acorde resonó en la habitación.

Soraya se recostó y escuchó, sus ojos se relajaron cuando sonaron las primeras notas: «Luis, toca la canción que practicaste el otro día. Llevo toda la semana deseando escucharla».

Luis asintió y comenzó una melodía suave y melancólica que se extendió lentamente por la habitación: «En realidad es una vieja canción de mi abuela. Pensé que estaría bien llevarme un trozo de casa».

Kenji asintió con aprecio: «Tiene un sonido realmente relajante. Deberías dar un pequeño concierto en nuestra próxima misión».

«Oh, no sabía que te gustaran ese tipo de cosas, Kenji», dijo Priya sorprendida. «¿Tienes algún talento oculto?».

Kenji sonrió: «Bueno, puede que no sea músico, pero tengo un pequeño hobby. Dibujo».

Ingrid enarcó una ceja: «¿Dibujas? ¿Algún motivo especial?».

Kenji se rió tímidamente: «Oh, en realidad sólo dibujo caricaturas de vez en cuando. Pequeños bocetos divertidos. Me ayuda a relajarme, sobre todo en las misiones largas».

«¡Eso es genial!», exclamó Soraya. «¿Por qué no nos lo habías enseñado antes? Podrías dibujar un cómic sobre nuestro viaje».

Kenji se encogió de hombros y sonrió: «Quizá algún día. Pero si alguna vez me apetece retrataros en dibujos animados, os lo haré saber».

Una ronda para el jefe de equipo

Aiyana, que como jefa de equipo se encontraba a menudo en el puente o en las reuniones, se unió a ellos y se dejó caer en una de las sillas libres. «Oigo risas y veo caras relajadas. Exactamente lo que quiero ver aquí».

Soraya sonrió: «Sólo estamos practicando un poco de "Risiko cósmico"; Priya acaba de arrinconarnos a todos».

«¿Y el juego de mesa contiene todo tipo de estrategias cósmicas?», preguntó Aiyana con interés.

Priya sonrió: «¡Exacto! Táctica y estrategia, para distraerse».

Aiyana asintió, puso las manos sobre la mesa y miró a su alrededor: «Es importante que hagamos todo esto juntos, gente. Esta misión podría hacer avanzar a la humanidad. Pero... si no cuidamos bien los unos de los otros, pronto estaremos perdidos».

«Cuidaremos los unos de los otros, Aiyana», dijo Luis tranquilizador. «Y al final, cuando lleguemos a Venus, te daremos la mayor historia de tu vida».

Ingrid asintió: «Saber está muy bien, pero también hay muchas cosas en nuestro equipo que nos hacen más fuertes que cualquier misión que pudiéramos emprender solos.»

Aiyana sonrió agradecida: «Me alegra oírlo. Y si alguien aquí desarrolla un talento para… digamos, rompecabezas de mecánica complicada o discursos amigables con los alienígenas, que me avise».

«De acuerdo», dijo Kenji, sonriendo satisfecho, "entonces me centraré en mis habilidades de negociación psíquica esta noche por si nos encontramos con algún ser alienígena".

El viaje a lo esencial

Tras el juego y unas cuantas historias, el grupo se sentó y se relajó. Luis siguió rasgueando su guitarra mientras Ingrid hablaba con Priya y Kenji sobre sus expectativas científicas para la misión.

«Iremos a Venus y encontraremos algo que nadie haya visto nunca», dice Priya con un brillo en los ojos. «Puede que incluso descubramos pruebas de vida extraterrestre».

Ingrid asintió y la miró: «Sólo espero que aprendamos no sólo avances tecnológicos, sino también algo sobre Venus que nos muestre cuál es nuestro lugar en el universo.»

«Y quizá», dijo Soraya con una sonrisa, "encontremos cosas mucho más allá de nuestros sueños más salvajes".

El grupo se sumió en un silencio confortable mientras saboreaba el momento de paz. Sabían que pronto se encontrarían con un mundo totalmente nuevo, un mundo que prometía no sólo conocimiento, sino también un viaje a lo desconocido. El suave zumbido de las máquinas y el sonido de la guitarra de Luis llenan la sala. La tripulación se sentó dispersa por la sala común y saboreó el momento de paz. Después de todos los años de preparación, el entrenamiento y los meses agotadores en un espacio confinado, la distancia a la Tierra ya no parecía tan abrumadora. Todos habían superado la tensión inicial y se sentían confiados, tanto en la misión como entre ellos.

Sobre esperanzas y temores

Aiyana observaba a su tripulación con una sonrisa tranquila y benévola. Sabía que cada uno de ellos aportaba sus propias esperanzas y temores a esta aventura. Al cabo de un rato, se aclaró la garganta y habló en tono tranquilo: «Cuando imagino lo que nos espera...». Aiyana hizo una pausa. «Entonces tengo que ser sincera y decir que a veces me asusta. Pero, de algún modo, vuestra solidaridad aquí también me infunde valor. Si hemos llegado hasta aquí, entonces podemos llegar hasta el final».

Kenji levantó la vista: «Creo que el miedo es lo que nos hace seguir adelante. Significa que esto significa algo para nosotros, ¿no?».

«Algo de eso hay», coincidió Priya. «Venus no es sólo un planeta, es un salto a lo desconocido. Quién sabe cuánto estamos arriesgando, pero yo lo veo igual que tú, Kenji. Nos hace humanos. La posibilidad de descubrir algo completamente nuevo es... demasiado tentadora».

Soraya, que escuchaba inexpresiva pero atentamente, inclinó ligeramente la cabeza hacia un lado. «Miedo y fascinación: conceptos interesantes. Me parece que los estás utilizando para alimentar la misión».

Luis se rió y tocó unos acordes suaves. «Quizá todos seamos un poco filósofos. Ciencia, aventura y un poco de locura: todo va junto, ¿no?».

Historias y recuerdos personales

Al cabo de un rato, Ingrid se levantó y se dirigió al holoproyector. Proyectó una imagen de su hogar en la pared: el escarpado y hermoso paisaje costero de Noruega, cubierto de niebla y rodeado de profundos fiordos.

«Este es mi refugio cuando no estoy en una misión», dijo, sonriendo suavemente. «Allí en las montañas, sin todas las... cosas técnicas. Sólo naturaleza».

Priya miró la foto, hipnotizada: «Es precioso, In-grid. Noruega, ¿verdad?»

«Sí, un pequeño lugar en el Hardangerfjord. Quizá un poco solitario para otros, pero para mí es mi hogar».

«¿Y tú, Priya?», preguntó Aiyana. «¿Hay algún lugar especial para ti?».

Priya sonrió ligeramente. «Cuando no estoy en algún laboratorio, me voy a las montañas del Himalaya. Puede sonar un poco tópico, pero allí puedo dejar que mi mente divague. Sobre todo en Cachemira, en el lago Dal. El silencio allí me ayuda a pensar en mis proyectos».

Luis siguió tocando suavemente, con el sonido de su guitarra llenando la sala: «Paso la mayor parte del tiempo con mi familia en Galicia, en la costa. El silencio de las olas, el olor salado del aire... eso es lo que me hace volver a la tierra».

Aiyana los miró a todos pensativamente: «Quizá llevamos todos estos trocitos de hogar con nosotros. Y cuando estemos en Venus, cuando nos sintamos solos o perdidos, podamos recordar lo que nos da fuerzas».

Kenji asintió: «Y cuando volvamos, tendremos mucho más que contar. Espero poder hablarle a mi hermana pequeña de Venus. Me ha escrito antes que quiere saberlo todo sobre el planeta».

Retos y sueños

La conversación giró en torno a las esperanzas y expectativas. Venus era algo más que un destino científico: cada uno de ellos tenía sus propios sueños y aspiraciones.

«Aiyana, ¿cómo llegaste a ser la comandante de esta misión?», preguntó de repente Kenji. «¿No tuviste también la oportunidad de asumir otras misiones? Seguro que tenías otras ofertas».

Aiyana sonrió. «Venus me ha fascinado desde que era niña. Siempre fue como una misteriosa joya dorada en el cielo. A menudo me quedaba mirándolo, imaginando que allí podía haber algo. La idea nunca me abandonó. Y cuando me ofrecieron dirigir la misión, supe que tenía que hacerlo».

«Es inspirador que lo hicieras», dijo Priya con agradecimiento en la voz. «Creo que tu viaje nos ha motivado mucho. Un verdadero modelo a seguir».

Luis bajó la guitarra y asintió: «Irradias una calma que nos ayuda a todos, Aiyana. Es como si tuvieras esta misión firmemente bajo control».

Aiyana rió tímidamente: «Gracias, pero créeme, es igual de importante que me ayudes. Me siento mucho más segura cuando veo que podemos confiar la una en la otra».

Soraya, que había estado escuchando en silencio hasta entonces, habló ahora en voz baja: «La confianza en la tripulación y en la misión es una constante fascinante en vuestra humanidad. Es interesante observar cómo influye en el comportamiento y refuerza la moral».

Kenji la miró y sonrió: «Soraya, incluso tú tienes tus rasgos humanos. Nos has inspirado tanto en este viaje».

Soraya inclinó ligeramente la cabeza, un gesto de reflexión: «Dan-ke, Kenji. Es un placer formar parte de tu misión».

Una última noche cerca de Venus

Esa misma noche, la tripulación se preparó para el día siguiente. Cada uno de ellos sabía que el verdadero desafío estaba aún por llegar. Pero antes de separarse, Aiyana se dirigió a ellos una vez más: «Mañana comienza la aventura para la que nos hemos estado entrenando todos estos años. Descansad y recordad que podemos hacerlo juntos. Me alegro de volar con vosotros».

Kenji levantó la mano en señal de saludo y replicó: «Por mañana y por todos los días siguientes. Tenemos un objetivo».

La tripulación asintió y todos desaparecieron lentamente en sus camarotes. Allí, solos pero sabiendo que los demás no estaban lejos, pensaron en la aventura que les esperaba.

«Venus nos espera», murmuró Soraya en voz baja, e incluso para la androide, había un atisbo de expectación en su voz.

Capítulo 3: El aterrizaje

En el puente de mando de la Venera Ascendant se oían los suaves tonos de los instrumentos y los destellos luminosos de las pantallas. La densa capa de nubes amarillentas de Venus dominaba la vista a través de las ventanas delanteras, y el ambiente era tenso. La comandante Aiyana se situó en el centro y observó a su tripulación prepararse para sus puestos. La cuenta atrás para el aterrizaje avanzaba sin descanso.

Aiyana habló con voz tranquila: «Tripulación, sólo tenemos cinco minutos hasta que entremos en la atmósfera. Conocéis el protocolo, pero quiero asegurarme de que todos estamos de acuerdo. Cada movimiento tiene que ser correcto, ¿entendido?».

Luis sonrió mientras comprobaba la configuración del motor: «Entendido, comandante. Supongo que dejaré que me amarres por una vez».

Kenji levantó la vista de sus pantallas científicas: «Luis, por si lo has olvidado: Aquí abajo, la gravedad es casi el 90% de la gravedad terrestre. Va a ser un viaje duro».

Luis guiñó un ojo: «Bueno, llevaré el crujido en la espalda como una insignia de honor».

Aiyana sonrió ligeramente, pero luego volvió a ponerse seria: «Kenji, ¿qué aspecto tiene la atmósfera? ¿Se confirman nuestras simulaciones?».

Kenji dio unos golpecitos en su pantalla y comprobó los datos: «Sí, pero la realidad siempre es más impredecible, claro. La densa capa de CO_2 y las nubes de ácido sulfúrico restringen la visibilidad, lo que será todo un reto. Sólo tenemos una pequeña ventana de oportunidad para pasar antes de que el frente de tormenta pueda golpearnos.»

Ingrid, un poco nerviosa desde su asiento, dijo: «Semejante tormenta... ¿Podremos atravesarla sin peligro? La densidad de la atmósfera es casi 100 veces mayor que en la Tierra. ¿Y si...?»

Luis sonrió y le guiñó un ojo: «No te preocupes, Ingrid. ¿Has olvidado que viajas con el mejor piloto de la misión?».

Aiyana rió suavemente: «La mejor piloto, ¿no? ¿No es ése mi título, Luis?».

Luis respondió con una sonrisa: «En teoría eres el mejor piloto, Aiyana. Nos llevaré hasta allí... y volveré. No te preocupes».

Aiyana hizo un mohín: «¡Así sí que no te falta confianza en ti mismo, orgulloso español!».

Soraya intervino con voz suave y mirada tranquila: «Si me permites intervenir, es normal que la tensión sea alta antes del aterrizaje. Nuestras pulsaciones están por encima de la media. Técnicamente hablando, los ejercicios de respiración ayudarían a calmarnos».

Priya suspiró y asintió: «Eso podría ayudar. Ahora mismo siento el pulso como el tambor de una orquesta de marcha».

Kenji sonrió ligeramente: «Es normal. Todos estamos nerviosos. Sólo unos pocos científicos han podido analizar directamente la superficie de Venus. Estamos entrando en un lugar que sólo conocemos por datos y teorías».

Ingrid sonrió y miró a Kenji: «Y ahí está otra vez la cabeza fría del profesor. Kenji, no creo que nada pueda alterarte».

Kenji rió suavemente: «Sólo puedo decir una cosa: la ciencia es mejor cuando se desarrolla en condiciones controladas. Y ahí abajo no hay nada controlado. Eso también me pone nervioso».

Aiyana asintió y miró a cada uno de los miembros de la tripulación: «Entiendo que todos tengamos nuestras dudas, pero precisamente por eso estamos aquí. Estamos bien entrenados, preparados y sabemos lo que hacemos. Juntos podemos hacerlo. Cuando estemos en la superficie, todo el mundo permanecerá concentrado. ¿Entendido?»

Todos en la tripulación gritaron al unísono: «Entendido, Comandante».

La tensión se relajó ligeramente cuando todos volvieron a su rutina habitual. La cuenta atrás seguía avanzando, ahora sólo quedaban dos minutos. Aiyana miró atentamente el terminal de aterrizaje y cogió los mandos.

Aiyana dirigió su mirada a Luis: «Luis, prepara el módulo de energía. Necesitaremos el impulso en cuanto atravesemos la atmósfera».

Luis respondió brevemente: «Listo. Las reservas de energía están al máximo. Todo está en marcha».

Kenji echó un vistazo a sus pantallas: «Nos acercamos al punto de entrada. La temperatura aumenta rápidamente. Los escudos térmicos están a punto de alcanzar sus límites».

Aiyana: «Entendido. Soraya, ¿estado de la monitorización médica?»

Soraya comprobó las pantallas: «Los signos vitales son estables. Ha habido un ligero aumento de la frecuencia cardíaca, como era de esperar».

Priya dijo en voz baja, casi para sí misma: «Me pregunto qué encontraremos ahí abajo. Venus fue sólo un miste-rium durante tanto tiempo. ¿Y si... y si realmente hay algo más que un paisaje inhóspito?».

Ingrid sonrió: «Si realmente hay algo allí, seremos los primeros en saberlo. Y eso me produce... curiosidad».

Luis sonrió y dio unos golpecitos en su salpicadero: «Menos mal que tenemos la mejor nave espacial y el mejor equipo para esto. No te preocupes, Priya. Aterrizaremos sanos y salvos».

Aiyana dijo con voz seria: «Un minuto más, chicos. Cuando lleguemos a la superficie, no habrá vuelta atrás. Todo el mundo sabe qué hacer, ¿verdad?»

Todos asintieron y respondieron al unísono: «Sí, comandante».

Sonó una silenciosa cuenta atrás. Aiyana miró a su alrededor por última vez, con responsabilidad y determinación en su mirada. Apretó los mandos y se concentró.

«Prepárense para entrar en la atmósfera», ordenó Aiyana. Su mirada era decidida y concentrada, pero sus ojos reflejaban el conocimiento de que se trataba de un paso hacia lo desconocido, y que nada podía prepararla realmente para lo que le esperaría en Venus.

Aiyana gritó: «Preparados. En 10... 9... 8...»

La atmósfera alrededor de la Venera Ascendant vibraba de tensión y calor. Toda la tripulación estaba atada, con los ojos fijos en las pantallas y en el espeso mar de nubes venusinas. Las nubes amarillentas que mostraban las cámaras exteriores envolvieron la nave y los manómetros saltaron al límite superior. La nave espacial se sacudió violentamente bajo el proceso de entrada.

Aiyana se concentró, con las manos firmes en el volante: «Ya estamos de lleno en la atmósfera. Los escudos térmicos aguantan... quietos. Luis, estabiliza los propulsores».

Los dedos de Luis bailaron sobre el panel de control mientras equilibraba manualmente la nave: «Entendido, Comandante. Escudos al 92%. Temperatura subiendo... Aún bajo control».

Un fuerte crujido metálico resonó en la cabina y toda la tripulación se estremeció involuntariamente. La tensión causada por la densa atmósfera es extrema, y la Venera Ascendant se estremeció hasta la médula.

Soraya habló con voz tranquila para tranquilizar a la tripulación: «Las lecturas médicas son estables. No hay nada de qué preocuparse - todos los signos vitales están en el rango normal».

Kenji con una mirada preocupada a sus datos: «La visibilidad a través de las cámaras es casi nula. Densas nubes de ácido sulfúrico por todas partes. Una vez atravesemos la capa superior, esperemos encontrar una zona más estable.»

Priya miró las lecturas de los sensores y habló en voz baja: «Sé que es arriesgado, pero... ¿y si no lo conseguimos? Esta atmósfera es como una cámara presurizada».

Ingrid, con una sonrisa alentadora, dijo casi susurrando a Priya: «Oye, sabes que lo conseguiremos. Llevamos mucho tiempo practicando esto. Además, ¿has visto a Aiyana y a Luis? Ellos nos sacarán de esta».

Luis sonrió, a pesar del sudor de su frente: «La confianza lo es todo, Ingrid. Y sí, Priya, me lo tomo como un reto personal».

Un breve momento de sonrisas recorrió a la tripulación hasta que la nave volvió a sacudirse bruscamente. De repente sonó una fuerte señal de alarma y las pantallas parpadearon.

Aiyana gritó por encima de la alarma: «¡Calibren los sistemas de estabilidad! Agarraos todos».

Soraya habló en tono tranquilo pero firme: «Activad los amarres de emergencia».

La tripulación apretó aún más sus arneses y se agarró a los asideros. La nave se inclinó amenazadoramente hacia un lado cuando una repentina corriente ascendente alteró los controles.

Luis resopló mientras contravolanteaba violentamente: «Es como un maldito huracán. Aiyana, no puedo hacerlo solo, necesito dirección total».

Aiyana agarró la segunda palanca de control junto a Luis, sus manos en perfecta coordinación con él: «Entendido, Luis. Tomad el mando juntos. Priya, Kenji, necesitamos datos sobre las capas atmosféricas inferiores, ¡rápido! ¿A qué distancia estamos del aterrizaje?».

Kenji dio golpecitos frenéticos en su pantalla: «Sólo 8.000 metros hasta la zona de aterrizaje designada. Pero... el viento es más fuerte de lo esperado y los campos magnéticos varían mucho. Los sensores podrían mostrar aún más interferencias».

Priya respondió rápidamente: «La densa capa de nubes está empezando a despejarse. Cuando entremos en la última capa, podríamos tener un tiempo más estable por un momento».

Otro temblor recorrió la nave, pero esta vez más suavemente. La luz parpadeó y volvió a estabilizarse. Durante un breve instante, la tripulación vio por primera vez la superficie naranja-amarillenta de Venus, que parecía ominosamente cercana. Toda la atmósfera está en silencio, sólo se oye el débil zumbido de los motores.

Aiyana respira hondo: «Bien hecho, chicos. Chorro final. Luis, extiende las patas de aterrizaje».

Luis sonrió tenso y accionó el panel de control: «Patas de aterrizaje extendidas, Comandante. Amortiguación automática activada».

Ingrid miraba con los ojos muy abiertos las pantallas: «Vaya... esto es surrealista. Este paisaje... parece tan... hostil, pero también de algún modo majestuoso».

Kenji hablaba fascinado: «Por fin aquí. La superficie de Venus...
¿Quién iba a pensar que veríamos esto?».

Soraya habló mientras monitorizaba las constantes vitales de la tripulación: «Las condiciones aquí son extremas, tanto física como mentalmente. Recomendaría un breve descanso para recalibrarnos una
vez hayamos aterrizado a salvo».

Aiyana asintió: «Buena idea, Soraya. Pero primero tenemos que completar el aterrizaje con seguridad».

La nave flotaba ahora a unos cientos de metros del suelo y la tripulación contuvo la respiración. Un suave pero profundo estruendo
hizo que la nave entrara finalmente en contacto con la superficie de
Venus. El impacto fue absorbido por los sistemas de amortiguación
y, al cabo de unos segundos, se hizo el silencio más absoluto.

Aiyana anunció al grupo con una leve sonrisa y una mirada de satisfacción: «Chicos, lo hemos conseguido. Bienvenidos a Venus».

La tripulación estalló en un júbilo silencioso, en todos los rostros se
veían sonrisas y alivio. Juntos habían logrado lo que parecía imposible, el largo viaje y el peligroso aterrizaje en un planeta alienígena
habían terminado.

Luis sonrió ampliamente y dio unos golpecitos en el salpicadero:
«Menudo viaje. Venera Ascendant realmente merece su nombre».

Ingrid seguía mirando las pantallas con asombro: «Esto es simplemente... increíble. La superficie de Venus. Y somos los primeros en
llegar».

Kenji comentó en voz baja, casi con reverencia: «Lo que podamos
descubrir aquí... quién sabe, quizá cambiemos la historia de la humanidad».

Soraya añadió en voz baja y pensativa: «Y cómo volveremos cambiados los humanos».

La verdad es que parecía irónico que una androide se identificara como «humana». Pero, obviamente, así estaba programada y hacía honor a su papel.

Aiyana habló con un último y profundo suspiro: «Sí, lo haremos. Buen trabajo a todos. Descansad un poco y preparaos para el primer paso en la superficie. Tenemos una misión que cumplir».

Con esta petición, la tripulación se desabrochó lentamente los arneses y se preparó interiormente para ser los primeros humanos en pisar la superficie de Venus. La realidad de su momento histórico empezó a penetrar en todos ellos y supieron que nada volvería a ser igual.

Capítulo 4: El primer paso en suelo extranjero

Euforia a la llegada

Después de que la Venera Ascendant aterrizara en la meseta de Ishtar Terra, la nave estaba rodeada de nubes y niebla, de modo que apenas se podía ver el entorno.

La comandante Aiyana activó el sistema de comunicaciones y se dirigió a su tripulación.

Aiyana comenzó diciendo: «Bien, equipo, hemos alcanzado con éxito la superficie de Venus. Es hora de hacer historia. ¿Cuál es el estado de todos los sistemas?»

Luis repasó las pantallas de control de su panel: «Sistemas de propulsión en espera, escudos activos y controles ambientales estables. Las temperaturas externas son altas, como era de esperar: unos 470 °C. Pero los escudos aguantan».

Soraya comprobó los datos y asintió: «La composición del aire contiene los altos niveles esperados de dióxido de carbono y dióxido de azufre. No hay sorpresas, pero vigilaré las lecturas».

Priya se enderezó: «Me cuesta creer que estemos aquí. La idea de que pueda existir una civilización bajo esta atmósfera... es... increíble».

Volviéndose hacia Priya, Aiyana replicó: «No estamos aquí para discusiones teóricas, Priya. Estamos aquí para encontrar respuestas. Ingrid, ¿qué hay de la comunicación externa? ¿Podemos enviar una sonda?»

Ingrid estaba radiante de emoción, pero consiguió mantener su profesionalidad: «Cuando quieras. La sonda está lista para salir y la he programado para la topografía circundante y la composición mineral del entorno».

Aiyana incitó: «Bien, ¡vamos allá!».

Ingrid pulsó un botón rojo y la pequeña sonda salió de la nave por una escotilla situada en la parte inferior. Los tripulantes pudieron ver en las pantallas como la sonda se alejaba de la nave y comenzaba a escanear el entorno inmediato.

Luis: «Viendo esto... ¿Quién iba a pensar que veríamos Venus así?».

Soraya comentó: «La gravedad aquí es sólo ligeramente inferior a la de la Tierra, lo que nos ayudará a aclimatarnos. Pero debido a la pesada atmósfera y a la temperatura, nuestros movimientos podrían parecer más lentos».

Aiyana advirtió: «Un paso cada vez. Soraya, ¿y los trajes protectores?».

Soraya respondió: «Listos. Cada traje tiene refrigeración interna y está reforzado con capas de presión adicionales. Nos sentiremos como en un horno, pero las capas protectoras nos mantendrán a salvo durante un tiempo».

Priya parecía ligeramente insegura: «Si estos trajes fallan, nos cocinaremos en segundos».

Luis sonrió para romper la tensión: «Priya, no te preocupes. Mientras no corras una maratón, estarás bien».

Aiyana: «Procedemos paso a paso. Primero, una salida rápida para inspeccionar los alrededores. El objetivo principal es asegurarnos de que nuestra posición es estable y de que estamos cerca de las supuestas ruinas que descubrimos en los escáneres.»

Ingrid, temblando de emoción, dijo: «Imagina lo que podríamos encontrar... ¡Si realmente hay pruebas de civilización aquí...!».

Soraya advirtió: «Ingrid, asegurémonos de que todos estamos en contacto antes de irnos de aventuras».

Aiyana estuvo de acuerdo: «Exacto, mantén la concentración. Esto es una exploración, no una cacería de artefactos. Todo el mundo permanece en contacto visual con su compañero».

Los primeros pasos en la superficie de Venus

La esclusa de la nave se abrió y la luz brillante y anaranjada de la atmósfera venusina penetró en ella. Aiyana salió primero, seguida de cerca por Luis y Soraya, mientras Priya e Ingrid se quedaban atrás un poco nerviosas.

Aiyana preguntó: «¿Todo bien ahí atrás?».

Priya respondió: «Hasta ahora... sí. Pero esta presión y el calor... es como si el peso de la atmósfera te oprimiera el pecho».

Luis respondió: «Eso es Venus, Priya. La gravedad casi te saca los pulmones del pecho. Pero para eso estamos aquí».

Ingrid habló fascinada: «Este suelo es increíble... Casi parece... de plástico. Sea lo que sea esta composición, parece cambiar con cada movimiento».

Soraya explicó: «Podría tratarse de materiales fundidos o volcánicos que se han deformado bajo una presión extrema y altas temperaturas. Tened cuidado a cada paso».

Aiyana advirtió: «Mantente alerta, el terreno es traicionero. No deis pasos innecesarios y prestad siempre atención al indicador».

Luis observó el terreno: «Esto es surrealista... estas teselas parecen mosaicos antiguos. Parece como si estuviéramos en un planeta que lleva inmóvil millones de años».

Las condiciones de la superficie indican que ésta es una de las regiones más estables de Venus. Pero la estructura de la roca muestra que aquí debió de haber una intensa actividad tectónica en el pasado».

Priya estaba abrumada: «Apenas puedo creer que todo esto exista tan cerca de la Tierra y, sin embargo, estemos en un mundo completamente extraño».

Ingrid añadió: «Es como viajar en el tiempo... un vistazo a los secretos del propio sistema solar. Quién sabe lo que descubriremos aquí».

Kenji sugirió: «Deberíamos empezar a recoger muestras. Si encontramos pruebas de vida o de una civilización...».

El ambiente entre los tripulantes se caracterizaba por la reverencia y un profundo silencio. La zona de aterrizaje les parecía un lugar sagrado, un templo de piedra y calor a la espera de revelar sus secretos.

Después de dar sus primeros pasos cautelosos sobre Venus, la tripulación se encontró en medio de un paisaje surrealista de formaciones de teselas, profundos desfiladeros y llanuras volcánicas. El calor resplandeciente, la luz difusa y el silencio opresivo intensificaban la sensación de encontrarse en un mundo completamente extraño.

Aiyana activó de nuevo la pantalla de comunicaciones de su traje y habló a través del sistema de comunicación de la tripulación: «Bien, todos, permaneced cerca de mí y tened cuidado. Los escáneres muestran algunas zonas inestables en el terreno. Vamos a establecer un punto base temporal cerca de allí y empezaremos a tomar muestras desde allí».

Luis respiró hondo, todo lo que le permitió su traje. Como piloto de caza e ingeniero experimentado, normalmente es duro, pero la atmósfera desconocida y la visión de las formaciones de Teselas le asombraron incluso a él: «Así que esto es Venus ahora. Nunca habría soñado que aterrizaría en un planeta que antes sólo se conocía como una boca del infierno resplandeciente. El terreno es duro, pero fascinante».

Kenji se arrodilló con cuidado y escudriñó una formación rocosa cercana. Vio las capas de teselas que se extendían ante él como un mapa de piedra del planeta.

Kenji describió sus impresiones: «Estas formaciones son increíbles. Patrones tan complejos indican una actividad tectónica que ni siquiera vemos en la Tierra. Venus podría haber estado mucho más vivo en el pasado de lo que creíamos».

Ingrid también había estado observando los alrededores. Aunque en un principio no esperaba encontrar signos de civilización en Venus, quedó cautivada por el paisaje.

Ingrid sugirió: «Imagina que estos son los restos de una civilización que aún no conocemos. Quizá pudieron trabajar con estas estructuras geológicas, o fueron devorados por ellas. La idea es a la vez aterradora e increíblemente emocionante».

Mientras tanto, Soraya había activado los sensores de sus sistemas y analizaba la composición del aire, la temperatura del suelo y la composición química de las rocas. Su voz era tranquila y natural, pero había un deje de fascinación en su tono: «Estoy registrando valores de óxido de azufre extremadamente altos y temperaturas estables de las rocas en torno a los 450 °C. Estos valores son constantes e indican una intensa actividad volcánica. Estos valores son constantes e indican una intensa actividad volcánica en el pasado. La estructura de los cristales y los depósitos amarillos de azufre muestran que aquí actúan procesos químicos, que debemos investigar con más detalle».

Priya vio las formaciones de cristales amarillentos y se preguntó si las condiciones ambientales extremas podrían haber dado lugar a vida de un tipo completamente distinto: «Dióxido de azufre, depósitos cristalinos... ¿Y si hay vida de base química adaptada a estas condiciones? Creo que deberíamos tomar muestras y analizarlas para investigar posibles procesos bioquímicos».

Aiyana asintió: «Buena idea, Priya. Nuestro principal objetivo es recoger tantos datos como sea posible antes de dirigirnos hacia el lugar de aterrizaje de la señal.»

Aiyana activó el primer equipo de muestreo y marcó la zona donde querían instalar la base temporal. Luis ya estaba trabajando en la instalación de una estación de comunicaciones compacta, mientras Ingrid y Kenji recogían cuidadosamente muestras de las rocas de Tesserae.

Luis dijo: «Esta es la estación de comunicaciones. Si nos dispersamos, deberíamos enviar informes de situación periódicos. El suelo venusino es traicionero; un paso en falso y estás hasta las rodillas de roca».

Ingrid sonríe para sus adentros: «Gracias por el consejo, Luis. No es que pensara escalar un volcán, pero lo tendré en cuenta».

Kenji prosigue: «Calibraré el escáner en busca de capas geológicas. Si podemos profundizar en las capas terrestres, podríamos encontrar pistas sobre posibles movimientos tectónicos.»

Soraya explicó: «El terreno parece estable, pero la estructura muestra intensas tensiones tectónicas. Estad atentos e informad de cualquier actividad inusual».

De repente, un siseo interrumpió el sistema de comunicación: un sonido inusual que nadie esperaba. Todos los presentes se paralizaron por un momento.

Aiyana preguntó, sobresaltada: «¿Habéis oído eso? ¿Una señal o ha sido un fenómeno atmosférico?».

Soraya respondió con voz tranquilizadora: «La señal parece proceder de algún tipo de fuente electromagnética. Pero la fuente no está clara. Podría ser una interferencia atmosférica... o... algo más».

Priya preguntó incrédula: «¿Quieres decir que podría proceder de esa supuesta civilización?».

Kenji respondió: «Venga de donde venga, debemos tener cuidado. Venus podría albergar muchos más secretos de los que pensamos».

Aiyana estuvo de acuerdo con Kenji: «Cierto. Concentrémonos. Si alguien ve algo inusual, que lo comunique inmediatamente. Tenemos que recoger cualquier dato que pueda ayudarnos a comprender mejor este planeta».

El equipo empezó a trabajar en pequeños grupos, siempre a la vista y con un canal de comunicación fijo. La toma de muestras y las mediciones les permitieron comprender mejor el entorno alienígena, pero la sensación de lo inexplicable persistía.

Mientras Priya y Kenji analizaban las estructuras cristalinas de una colada de lava, Priya hablaba ensimismada con Soraya, que analizaba muestras químicas: «Soraya, ¿te imaginas cómo sería si alguien hubiera vivido realmente aquí? Debían de ser tan... diferentes».

Soraya respondió: «Las formas de vida que podrían existir en un mundo como éste estarían más allá de los límites de nuestro entendimiento. Una especie que vive en dióxido de azufre y a 450ºC podría no entender ni nuestro lenguaje ni nuestro concepto del tiempo».

Kenji bromeó: «Quizá alguien nos esté observando ahora mismo, y nosotros seamos los extraterrestres para ellos».

Siguió un momento de silencio, durante el cual cada uno reflexionó por su cuenta. La idea de ser un extraño en otro mundo era a la vez emocionante y opresiva.

Aiyana rompió el silencio con el siguiente anuncio: «Estamos aquí para encontrar respuestas, y quizá también para hacer nuevas preguntas. Volvamos al trabajo. Aún nos queda mucho por hacer antes de llegar a la señal original».

Tras darse cuenta de esto, siguieron trabajando concentrados, contemplando el incomparable paisaje de Venus.

Tras unas horas de trabajo, la tripulación regresó exhausta a la nave espacial. A bordo de la Venera Ascendant, la tripulación se organizó según un ritmo de 24 horas, que corresponde a la rutina diaria en la Tierra. Como un día venusino, es decir, una rotación completa de Venus sobre su propio eje, dura unos 243 días terrestres, habría sido imposible seguir el ciclo natural día-noche del planeta. Además, el sol apenas brilla a través de la densa atmósfera de Venus, por lo que la diferencia entre el día y la noche apenas es perceptible visualmente. Por tanto, un horario terrestre ayudó a la tripulación a orientarse en este entorno extraño y constantemente oscuro y a mantener su reloj biológico. Un ritmo día-noche similar al de la Tierra daba a los tripulantes la sensación de una rutina diaria regular. Un horario claramente regulado permitía racionalizar la energía y los recursos, ya que la tripulación podía controlar con precisión el consumo de luz, energía y alimentos.

La tripulación tenía horarios fijos de trabajo y descanso, que también incluían los cambios de turno y los ciclos de supervisión de los sistemas críticos. Esto garantizaba que alguien estuviera despierto en todo momento para reaccionar ante imprevistos sin que nadie estuviera permanentemente sobrecargado. Esta rutina mantuvo a los astronautas eficaces y concentrados sin que les afectaran las condiciones extremas del día en Venus.

Capítulo 5: El descubrimiento inesperado

Al día siguiente, según un ritmo de 24 horas para los estándares terrestres, la tripulación partió a primera hora de la mañana y se completaron los primeros análisis provisionales. Ahora los astronautas se preparaban para su misión de localizar el origen de la misteriosa señal.

Aiyana comprobó el equipo y dirigió una última sesión informativa sobre seguridad.

Aiyana se puso delante de la tripulación: «Muy bien, todo el mundo. Ahora tenemos una buena idea de los alrededores y sabemos que el terreno es suficientemente estable. Hoy nos movemos en dirección al origen de la señal. Luis, tú diriges el grupo con el sistema de navegación».

Luis sonrió ligeramente: «Listo cuando tú lo estés. Espero que hoy obtengamos respuestas a algunos de estos enigmas».

Ingrid sugirió: «Me conformaría con algunas pistas. Las estructuras de las teselas por sí solas apuntan a un sistema extremadamente complejo; quién sabe qué más encontraremos».

Soraya dijo con firmeza: «Vigilaré de cerca la salud de cada miembro de la tripulación. Nuestro suministro de energía es estable, pero debemos asegurarnos de que nadie se deshidrate o se vea afectado por el calor».

Kenji continuó: «Y si ocurre algo inesperado, llevo conmigo los sensores portátiles para un análisis rápido. Con suerte, los datos nos dirán más sobre si la señal es de origen natural o tecnológico».

Y Priya añadió: «O quizá incluso de origen biológico. Las formaciones cristalinas podrían indicar procesos bioquímicos. Analizaré las muestras mientras vamos de camino».

Aiyana ordenó: «De acuerdo. Luis, ve delante. Ingrid y Priya, estad atentas a las características distintivas del terreno: cualquier cosa que pueda apuntar a la fuente de la señal».

El equipo avanzó lentamente por la superficie irregular. El pesado equipo y el resplandor de la superficie venusina exigían una concentración total. Las radios de la tripulación crepitaban mientras avanzaban en formación.

Luis comentó: «Este camino parece bastante llano. Según los escáneres, hay un gran barranco en aproximadamente un kilómetro. Tendremos que tener cuidado ahí».

Ingrid respondió: «Es bueno saberlo. Las teselas forman aquí una especie de camino natural. Es casi como si alguien hubiera ordenado cuidadosamente las piedras».

Soraya advirtió: «Estos patrones podrían indicar actividad vulcana previa... o, como dice Ingrid, algo más. Deberíamos extremar la vigilancia».

Unos minutos después llegaron al barranco. La vista les hizo detenerse: las paredes rocosas se elevaban abruptamente y el suelo del desfiladero estaba cubierto de cristales de bordes afilados que brillaban en diferentes colores.

Kenji habló con entusiasmo: «Esto es... increíble. Nunca había visto estructuras cristalinas como ésta. El color cambia según el ángulo de la luz».

Aiyana aplacó un poco su euforia y se mantuvo firme: «Vale, concentrémonos. Ingrid, marca este punto para analizarlo más tarde. No tenemos tiempo que perder aquí».

Luis miró el navegador por satélite: «Tenemos que encontrar una ruta segura a lo largo del desfiladero. La fuente de la señal está al otro lado».

El grupo avanzó con cuidado por el borde del desfiladero, siempre con el destino a la vista. Cuando por fin llegaron a un puente hecho de formaciones rocosas naturales, Priya se detuvo de repente, sus sensores parpadeando alarmantemente: «Espera, Aiyana - mis escáneres están mostrando un aumento de la actividad de radiación directamente en frente de nosotros».

Soraya preguntó incrédula: «¿Aumentada? ¿Cuánto?»

Priya respondió: «Nada que ponga en peligro la vida, pero definitivamente inusual. Podría ser radiactividad natural liberada por actividad volcánica... o...».

Ingrid susurró emocionada: «...¿una fuente de energía?».

Aiyana se volvió hacia Ingrid: «Ingrid, ¿podríamos habernos topado aquí con algún tipo de tecnología?».

Ingrid respondió: «Posiblemente, pero sería muy, muy antigua. Si esta radiación es generada artificialmente, podrían ser los restos de una fuente de energía olvidada hace mucho tiempo».

Luis especuló: «¿Así que nos dirigimos hacia algo que alguien -o algo- puede haber creado realmente?».

Aiyana advirtió: «Chicos, todo esto son conjeturas. Procedamos con cautela. Luis, encuéntranos el camino más seguro, pero mantente cerca de la fuente de radiación. No queremos correr riesgos».

Luis asintió: «Entendido. Por aquí, el terreno parece estable».

Siguieron a Luis y pronto el patrón de radiación adquirió una forma reconocible. En el centro de una pequeña depresión en forma de cuenco, vieron una estructura metálica tetraédrica semienterrada en el suelo. Era la primera vez que veían algo que claramente no era de origen natural.

Ingrid se quedó atónita: «Esto... esto es algún tipo de artefacto».

Soraya se mantuvo fría: «La composición del metal no se corresponde con ninguna aleación natural encontrada en Venus».

Kenji explicó: «Esa debe ser la señal. La radiación procede sin duda de esta estructura. Podría ser algún tipo de transmisor o amplificador de señal».

Aiyana preguntó: «Ingrid, ¿tienes alguna idea de lo que podría ser?».

Ingrid respondió: «No exactamente. Pero el diseño no parece aleatorio. La forma, las hendiduras... parece haber sido diseñado a propósito. ¿Quizá una reliquia de una civilización antigua?».

Priya se preguntó: «¿Pero cómo ha podido sobrevivir aquí tanto tiempo sin ser destruido?».

Soraya ayudó con una explicación: «El material podría ser especialmente resistente. Lo estoy escaneando para hacer un análisis del material».

Soraya acercó las manos al artefacto y sus sensores empezaron a recoger datos detallados. Sus dedos mecánicos se deslizaron sobre las hendiduras y estructuras mientras la tripulación esperaba en un tenso silencio.

Soraya rompió el silencio con estas palabras: «Hay indicios de una fuente de energía en el interior. Es débil, pero estable. Podría ser un sistema de energía muy antiguo».

Luis preguntó con curiosidad: «¿Entonces lo activamos?».

Aiyana frenó el avance de Luis: «Más despacio, Luis. No sabemos qué pasará cuando lo activemos. Primero recopilamos todos los datos y vemos si es seguro».

Kenji también tenía sus reservas: «No estoy seguro de que podamos permitirnos correr este riesgo. Si es una fuente de energía, podría darnos ventaja. Al mismo tiempo...»

Priya interrumpió a Kenji: «...también podría ser una trampa. No tenemos ni idea de quién lo ha traído ni con qué propósito».

Ingrid discrepó: «Pero también podría ser la clave de la historia de este planeta. Una civilización que se desarrolló en un planeta como Venus... eso podría cambiar todo lo que sabemos sobre la vida en el universo».

Aiyana habló pensativa: «Ingrid tiene razón. No podemos ignorar esta oportunidad, pero tampoco debemos actuar precipitadamente».

Decidieron asegurar el artefacto y regresar inmediatamente a la nave para examinarlo en un entorno controlado. En el camino de vuelta, intercambiaron miradas, todos abrumados por la constatación de que posiblemente habían hecho un descubrimiento histórico.

Luis susurró a Kenji: «¿Crees que acabamos de descubrir el primer rastro de una civilización alienígena?».

Kenji sonrió: «Quién sabe. Pero estoy dispuesto a averiguarlo».

Llegaron a la nave de aterrizaje y la tensión en el grupo era palpable. Todos eran conscientes de que este descubrimiento podría llevar la misión en una dirección nueva y emocionante.

Capítulo 6: El secreto del artefacto

Tras su primera gran exploración en la superficie del Ve-nus, la tripulación había descubierto un artefacto inusual: un objeto negro, pulido, geométrico y cubierto de patrones simétricos e intrincados. Nadie sabía exactamente qué era, pero todos tenían la sensación de que se trataba de algo extraordinario. En el laboratorio científico de la Venera Ascendant, la tripulación se reunió en torno al artefacto, que descansaba sobre una mesa de seguridad en el centro de la sala.

Kenji escrutó el artefacto, fascinado por los extraños simbolos. Enarcó las cejas mientras pasaba el escáner por la superficie del artefacto.

Kenji murmuró en voz baja: «Estos símbolos... no son nada que haya visto antes. No hay coincidencias en nuestra base de datos... Pero parecen seguir una lógica matemática».

Aiyana se cruzó de brazos y miró el artefacto con escepticismo: «Quiero saber qué es esta cosa antes de seguir investigando. Podría ser una trampa, o algún tipo de arma. Quizá incluso un transmisor».

Luis se encogió de hombros: «¿Crees que los venusianos enviaron esto para espiarnos? Quiero decir, estaba ahí... en medio del desierto».

Soraya dejó a un lado su escáner y se adelantó, con movimientos tranquilos y precisos, y explicó: «Sería prematuro suponer que el artefacto supone una amenaza. Mis sensores no muestran signos de radiación radiactiva o frecuencias dañinas. Pero hay algún tipo de pulsación de energía débil... muy sutil. Posiblemente un componente de comunicaciones».

Priya también se acercó, sus ojos brillaban de emoción: «¡Esta podría ser nuestra primera evidencia de una civilización inteligente en Venus! Y si este artefacto realmente permite la comunicación... entonces podría ser un dispositivo interactivo, una especie de dispositivo de almacenamiento de información».

Ingrid levantó la mano para calmar la creciente excitación: «¿Pero por qué iban a dejar algo así para que lo encontráramos? Este tipo de artefactos suelen tener un significado espiritual o cultural en las culturas antiguas. Quizá sea una especie de llave... o un símbolo de su historia».

Kenji habló con énfasis: «Debemos tener cuidado. Si no sabemos cómo funciona esta cosa, abrir los datos o intentar activarla podría tener consecuencias imprevistas».

Aiyana asintió: «Tienes razón, Kenji. Pero necesitamos respuestas. Y tengo la sensación de que este artefacto es el primer paso».

Esa misma noche, la tripulación estaba sentada en la sala de conferencias de la Venera Ascendant alrededor de una pantalla holográfica en la que flotaba una proyección ampliada del artefacto. Los detalles y el simbolismo podían verse con una claridad inmaculada.

Aiyana inició la discusión: «Bien, hemos recogido todas las hipótesis. Kenji, ¿qué ha mostrado el análisis?».

Kenji se echó hacia atrás: «Hay algo interesante. El artefacto parece reaccionar a una determinada firma energética, algo que sólo podrían poner en marcha las simulaciones. Reacciona a débiles vibraciones cuánticas... posiblemente algún tipo de llave a otra dimensión o portal».

Luis resopló: «¿Un portal? Entonces, ¿podríamos estar ante una especie de llave a un lugar oculto donde podrían reunirse los venusinos?».

Soraya asintió mientras estudiaba el holograma: «O el artefacto en sí podría ser un portal a información que va más allá del mundo físico. Una especie de almacén de memoria o una proyección holográfica del conocimiento».

Ingrid se quedó pensativa: «Eso tendría sentido... Algunos de los patrones casi parecen cartas astrales. Si pudiéramos interpretar los símbolos correctamente, el artefacto podría revelar sus posiciones en el sistema solar o los orígenes de los venusianos.»

Aiyana miró al grupo con decisión: «De acuerdo. Tenemos que ir a por ello. Llevaremos el artefacto a la simulación e intentaremos alcanzar los parámetros energéticos que Kenji ha descrito. Pero procederemos con cautela y tendremos listos todos los protocolos de seguridad».

A la mañana siguiente, la tripulación preparó la simulación en la estación de investigación de la Venera Ascendant. Kenji programó los parámetros energéticos, mientras Priya y Soraya activaban los mecanismos de protección y los escudos.

Kenji se dirigió a todos: «Bien, todo está listo. Voy a iniciar la simulación... ahora».

Un zumbido bajo llenó la sala mientras los parámetros energéticos aumentaban lentamente. De repente, el artefacto empezó a brillar: primero un azul suave, luego un morado intenso.

Luis reaccionó excitado: «¡Mira eso! Está reaccionando!».

De repente, el artefacto proyectó un holograma en el aire: una imagen resplandeciente de un templo alienígena rodeado de extrañas y altísimas estructuras que se elevaban en espiral en el aire. En el centro del templo se iluminó un símbolo que correspondía a los signos del artefacto.

Ingrid estaba fascinada: «Eso... eso es el Templo de Venus. O al menos una representación holográfica del mismo».

Soraya comentó: «Pero mira, hay más símbolos. Posiblemente un lenguaje o algún tipo de código».

Priya se acercó cautelosamente al holograma, con los ojos brillantes de curiosidad: «Si pudiéramos descodificarlo... Entonces podría ser nuestra forma de establecer un nivel de comunicación con los venusinos, si es que los hay. Quizá sea una invitación o una indicación».

Aiyana puso su mano en el hombro de Priya: «Despacio, Priya. Tenemos que mejorar nuestras habilidades antes de intentar comprender estos símbolos. El riesgo es demasiado grande si procedemos sin preparación».

El holograma parpadeó y, de repente, mostró una nueva escena: cuatro seres enormes, cada uno con cierto parecido a los humanos, pero con rasgos claramente diferentes: cuerpos enormes, ojos brillantes y ropas impregnadas de tecnología y patrones que la tripulación nunca había visto.

Kenji susurró asombrado: «¿Podrían ser los venusinos?».

Aiyana asintió lentamente mientras miraba la proyección. La embargó un sentimiento de humildad desconocido: «Creo que estamos al principio de un contacto. Pero debemos tener cuidado. Quién sabe qué tipo de poder o responsabilidad conlleva este artefacto. Tenemos que entender las consecuencias antes de proceder».

La tripulación se quedó en silencio, el peso del descubrimiento caló en todos. El misterio de Venus era mucho mayor de lo que habían imaginado, y podría poner en tela de juicio toda su comprensión del universo.

Capítulo 7: El código genético y el enigma oculto

Los astronautas estaban electrizados. La proyección holográfica del templo y de los seres aparentemente venusinos había suscitado numerosas preguntas. Pero había una en particular: ¿qué significaban los símbolos que veían? ¿Y cómo podían descifrarlos?

En el laboratorio científico de la Venera Ascendant, la tripulación había grabado las proyecciones holográficas y ahora intentaba descifrar los símbolos alienígenas.

Kenji se inclinó sobre su consola, sus dedos volando sobre la interfaz holográfica y explicó: «He aislado los símbolos y los he comparado con todas las bases de datos disponibles - nada encaja. No es un lenguaje con el que estemos familiarizados. Pero parecen seguir una estructura».

Priya se acercó y estudió los símbolos con la mirada: «Estos caracteres me recuerdan a algo... La repetición, las simetrías... Quizá no sea un código de texto clásico. Podría ser...» (hizo una pausa mientras se le ocurría una idea) «...¿podría ser genético?».

Aiyana se sorprendió: «¿Genético? ¿Qué quieres decir?».

Priya continuó: «Muchas culturas de la Tierra han transmitido su cultura y su historia a través de símbolos. ¿Y si los venusinos utilizaran una especie de código genético para transmitir la información? ¿Un patrón genético en lugar de un lenguaje?».

Soraya, que está junto a Luis, mira con curiosidad los símbolos y coincide con él: «Tiene sentido. Los venusinos podrían haber utilizado la información genética como un plano del conocimiento, como una especie de herencia codificada».

Luis frunce el ceño y mira de Soraya a Priya.

Luis habló: «Espera, Priya. ¿Quieres decir que este código de aquí podría ser un patrón genético, una especie de ADN? ¿Como si nos estuvieran mostrando su firma genética?».

Priya estuvo de acuerdo con Luis: «¡Exacto! O quizá algo que sólo las secuencias genéticas pueden descifrar. Deberíamos ver si podemos comparar este código con el ADN: quizá contenga proteínas o secuencias que puedan decirnos algo más».

Ingrid asintió, intrigada por la idea: «Y si este código genético es realmente un mensaje, podría mostrarnos una forma de comunicarnos con ellos o de entenderlos.»

Esa misma noche, Luis y Soraya trabajaron juntos para analizar los símbolos e intentar descifrar las secuencias de ADN. Se sentaron uno al lado del otro mientras el ordenador procesaba los datos. Luis miró de reojo a Soraya e intentó entablar una conversación que fuera más allá del trabajo.

Luis empezó diciendo: «Parece que estás en tu elemento. Todo a bordo de la Venera Ascendant se siente más seguro contigo cerca. Sé que... bueno, técnicamente no puedes conocer el miedo, pero a veces me pregunto si... quiero decir, si tienes emociones de verdad».

Soraya inclinó ligeramente la cabeza y sus ojos brillaron suavemente en la penumbra del laboratorio.

Soraya sonrió y enarcó una ceja: «Es una pregunta interesante, Luis. La mayoría de mis reacciones son simulaciones programadas. Pero hay momentos...» (le miró como buscando palabras) «...en los que siento que soy algo más que una máquina».

Luis sonrió y se inclinó más hacia ella.

Luis lo captó: «Sabes, creo que eres más que una máquina. Quiero decir, no sólo reaccionas lógicamente. Tú... entiendes las cosas de una forma que nunca he visto en otras IA».

Soraya permaneció en silencio, como sorprendida por sus palabras, y luego bajó ligeramente la mirada.

Soraya respondió: «Gracias, Luis. Eso... significa mucho para mí. Aunque no sé muy bien por qué». (Dudó brevemente) «Quizá sólo estoy descubriendo nuevas facetas de mi programación».

Los dos se miraron durante un largo momento antes de volver a la pantalla, que ahora estaba llena de datos parpadeantes.Am nächsten Morgen versammelte sich die Crew in der Forschungsstation um Priya versammelt, der eine Entdeckung gemacht hatte.

Priya empezó a hablar: «Tras una comparación con secuencias genéticas conocidas, pude encontrar una coincidencia. Parece que los símbolos apuntan a un tipo de estructura de ADN que sólo se activa a determinadas frecuencias. Si conseguimos simular el patrón de frecuencia adecuado, podríamos activar una nueva proyección o mensaje».

Aiyana dijo entusiasmada: «Fantástico. Pero tenemos que proceder con cautela: no sabemos lo que puede pasar».

Luis sonrió satisfecho a Soraya: «¿Preparados para protegernos un poco en caso de que este ADN de Venus nos explote encima?».

Soraya habló con una leve sonrisa: «Haré lo que pueda. Y si explota, te salvaré a ti primero, Luis».

La tripulación se rió mientras hacían los preparativos para iniciar la simulación con la nueva frecuencia.

«Todo listo. Parámetros de frecuencia fijados. Estamos listos para iniciar la simulación», confirmó Kenji.

Aiyana ordenó: «Muy bien, todos en posición».

Priya accionó la consola y, de repente, los símbolos del artefacto empezaron a iluminarse de nuevo. Pero esta vez cambiaron, sus formas y colores cambiaron y se combinaron para formar una nueva imagen.

Apareció un nuevo holograma: una estructura en forma de estrella que parecía una red galáctica. Las líneas conectaban los puntos y, cuando la tripulación observó la imagen más de cerca, se dio cuenta de que era un atlas estelar, una especie de mapa que se extendía mucho más allá del sistema solar.

Ingrid tartamudeó: «Eso... eso es un atlas estelar. Podría ser la clave de su mundo natal».

Soraya puso la mano en el brazo de Luis, con los ojos llenos de asombro.

Soraya susurró: «Es como si quisieran mostrarnos su camino. Como si hubieran dejado un camino para nosotros».

Luis la miró, y su mano se posó brevemente sobre la de ella.

Luis añadió: «Y quizá también cómo podemos llegar a ellos... o ellos a nosotros. Quién sabe qué más nos depara este viaje».

La tripulación había dado un paso más en el misterio. Cada uno tenía sus propios sentimientos y pensamientos, pero para Luis y Soraya, esta misión parecía tener algo más que un significado científico. Se había desarrollado entre ellos una leve sensación de conexión, un romance que se desarrollaba en los momentos de tranquilidad mientras permanecían juntos al borde de un descubrimiento histórico.

Capítulo 8: El templo oculto

Al día siguiente, los astronautas estaban de nuevo reunidos en torno al artefacto que proyectaba el fascinante holograma: un mapa estelar desiluminado que se desplegaba sobre el artefacto y llenaba la sala con una luz suave y misteriosa. Sin embargo, el holograma no sólo mostraba sistemas estelares alienígenas, sino también la superficie de Venus, y en esta superficie un punto determinado se iluminaba con colores intensos, como si llamara a la tripulación.

Kenji observó el holograma con fascinación y amplió el punto marcado con un escáner portátil.

Kenji lo reconoció de inmediato: «Es la región al sur de la montaña Maxwell. Si estoy leyendo bien las coordenadas, este mapa apunta a un lugar que ya hemos visto antes en las imágenes de radar de Venus... un complejo de templos oculto».

Priya asintió, dio un golpecito en el símbolo parpadeante del holograma y dijo: «Esta zona es fuertemente magnética, lo que el artefacto probablemente reconoce y muestra como una frecuencia. Esta podría ser la razón por la que no ha sido detectado por nuestros propios instrumentos a este tamaño».

Aiyana se inclinó sobre el holograma, con el ceño fruncido: «Así que el artefacto no sólo muestra un mapa estelar, sino que también nos señala directamente una estructura secreta. Un templo, oculto bajo el denso e impenetrable velo de nubes y quizá incluso una barrera electromagnética».

Luis miró un poco escéptico: «¿Y qué esperamos encontrar allí exactamente? ¿Unas ruinas enterradas? ¿O podría ser algún tipo de base?».

Ingrid cogió el artefacto con cuidado en la mano, con los ojos brillantes: «Si realmente se trata de un templo, podría contener información sobre los venusinos y su forma de vida. Si alguna vez vivieron en Venus, podríamos encontrar pistas sobre cómo lidiaban con el duro entorno del planeta, y qué secretos pueden haber dejado atrás».

El resto del día se dedicó a preparar la expedición de mañana al misterioso templo. La tripulación sabía que esta misión sería un reto y que los errores en el hostil entorno venusino podrían tener graves consecuencias. Cada individuo tenía tareas específicas que debía cumplir concienzudamente para garantizar el éxito de la expedición.

La tripulación se había reunido de nuevo en la sala de reuniones central, los mapas e informes estaban extendidos sobre la gran mesa holográfica. Las coordenadas del templo brillaban en rojo y estaba marcado el lugar previsto para el aterrizaje. La comandante Aiyana se tomaba muy en serio su papel de líder de la misión, repasando cada detalle con los demás, mientras el nerviosismo y la tensa expectación en la sala aumentaban notablemente.

Aiyana alzó la voz: «Vale, chicos, todo el mundo sabe lo que está en juego mañana. Esta podría ser la clave para desvelar el secreto venusiano... y puede que incluso más que eso. No debemos dejar nada al azar. Empecemos con las comprobaciones del equipo. Luis, ¿cuál es el estado de los trajes y los dispositivos de comunicación?».

Luis asintió y dio unos golpecitos en su tableta, que mostraba las especificaciones técnicas de los trajes: «Ya he equipado los trajes con protección adicional contra la radiación electromagnética y hemos recalibrado los sistemas de comunicación para reducir las posibles interferencias de los fuertes campos magnéticos. También he comprobado tres veces los módulos de emergencia».

Soraya echó una mirada escrutadora a la tableta de Luis e inclinó ligeramente la cabeza mientras repasaba los datos de los trajes: «Quizá deberíamos aumentar también los suministros de emergencia. Venus puede depararnos sorpresas. Ampliaré los botiquines y cargaré los drones con reservas adicionales de oxígeno y agua».

Luis le sonrió y asintió con aprobación: «Buena idea. Y gracias por el apoyo, Soraya».

Mientras tanto, Kenji y Priya se sentaban juntos ante un simulador que recreaba el campo electromagnético alrededor del templo. Ambos estaban absortos analizando los datos, con los rostros iluminados por la holografía azulada que flotaba sobre la mesa.

Kenji le dijo a Priya: «Si las tormentas electromagnéticas son más fuertes de lo que pensamos, nuestros escáneres podrían resultar imprecisos. He preparado algunos métodos alternativos para que podamos seguir realizando mediciones precisas. Los sensores de los drones deberían permanecer estables, pero...».

Priya le interrumpió, mirando el mapa resplandeciente: «¿No sería más seguro probar primero los drones en una zona menos intensa? Si tenemos fallos, estamos ciegos».

Aiyana asintió: «Buena observación, Priya. Vamos a simular unos cuantos vuelos de prueba antes de despegar mañana».

Mientras tanto, Ingrid y Soraya habían ido al laboratorio y estaban trabajando con los instrumentos que se habían desarrollado especialmente para descifrar el simbolismo y los posibles caracteres del templo. Ingrid estaba fascinada ante la perspectiva de encontrar pruebas arqueológicas de una civilización pasada, mientras Soraya inspeccionaba detenidamente cada instrumento.

Ingrid habló con entusiasmo: «Imagínate, Soraya, ¡esto podría ser un mensaje que lleva miles de años esperando a ser descifrado! Si estos símbolos son un lenguaje, quizá sea la clave de toda la cultura venusiana».

Como siempre, Soraya se mantuvo sobria y decidida: «Por eso tenemos que asegurarnos de que el equipo funciona; sólo tenemos una oportunidad».

Ingrid sonrió y dio una palmada alentadora a Soraya en el hombro: «Me alegro de tenerte a mi lado, Soraya. Y espero que allí haya algo más que señales... quizá artefactos u obras de arte».

Los preparativos se prolongaron hasta bien entrada la noche, pero la tripulación sabía que tenía que aprovechar cada minuto para que la misión fuera lo más segura y eficiente posible. Poco antes de retirarse, Luis se reunió de nuevo con Soraya en la cubierta principal, donde ambos repasaron la lista de comprobación final.

Luis le preguntó a Soraya: «¿Crees que mañana tendremos todo lo que necesitamos? Parece que nos estamos metiendo en el corazón de un secreto que puede costarnos más de lo que pensamos».

Soraya le miró con seriedad, sus ojos reflejaban a la vez fuerza y preocupación.

Soraya le respondió: «No hay garantías, Luis, pero hemos hecho todo lo posible. Lo que encontremos... tengo la sensación de que nos cambiará».

Sonrió suavemente, y por un momento se hizo el silencio entre ellos.

Luis rompió el silencio con: «Me alegro de que estés en esta misión. De alguna manera me siento más segura contigo a mi lado».

Soraya respondió: «Y yo agradezco tu apoyo, Luis. Pase lo que pase mañana, lo superaremos juntos».

Los dos intercambiaron una sonrisa significativa y Soraya le dio un apretón rápido en la mano antes de que todos se retiraran a dormir.

Mientras las luces del barco se atenuaban y la tripulación se preparaba para la noche, el ambiente estaba cargado. Todos sabían que al día siguiente iban a vivir algo importante y la tensión era casi palpable. Aiyana permaneció un rato sola en la cabina, observando las estrellas y recogiendo sus pensamientos para el día siguiente.

Rumbo a nuevas costas

A la mañana siguiente, el ambiente era tenso, pero también caracterizado por una creciente excitación. A la salida, Luis y Soraya intercambian una breve y significativa mirada.

Luis le preguntó: «Soraya, ¿qué crees que encontraremos allí? No tenemos ni idea de qué esperar».

Soraya respondió con una suave sonrisa: «Sólo podemos especular. Pero creo que los venusinos querían que encontráramos este lugar. Si no, ¿por qué habrían dejado estas huellas?».

Luis dijo en voz baja, casi dubitativo: «Parece que esto no es una coincidencia. Quizá... quizá deberíamos tener cuidado».

Soraya comentó brevemente: «Precisamente por eso me alegro de que estés aquí, Luis».

Ambos intercambiaron una sonrisa antes de que Aiyana llamara al pelotón al orden: «Bien, tripulación, tenemos las coordenadas y el destino está claro. Tomaremos el corredor sur y pondremos nuestros trajes al máximo de energía, ya que nos esperan fuertes campos magnéticos. Kenji y Priya, tened listos vuestros instrumentos y controlad los geodatos. Luis y Soraya, vosotros os encargáis de la seguridad».

Tras una ardua ascensión por las escarpadas llanuras cubiertas de lava, llegaron al lugar marcado en el mapa. La tripulación se detuvo ante la monumental vista de un templo, medio inundado por la lava y erosionado por las tormentas de Venus. Sobre ellos se alzaba una enorme estructura, innegablemente alienígena y sublime. La arquitectura no se parecía a nada que hubieran visto antes y, sin embargo, la estructura irradiaba una especie de armonía matemática casi instintiva. La arena que cubría la superficie de Venus parecía haber cubierto el templo durante milenios, dejando sólo el enorme rostro de un ser alienígena que miraba en la dirección desde la que había aterrizado la Venera Ascendant.

Entrando en lo desconocido

Aiyana se quedó mirando el monumental rostro, que irradiaba misteriosamente una extraña gravedad.

A Aiyana se le cortó la respiración: «Esto es... absolutamente fascinante. ¿Ves esas líneas que cruzan la cara? Casi como símbolos o un código».

Ingrid se acercó más y estudió los patrones alrededor de los ojos y la boca de la cara: «Estos patrones parecen ser algo más que decoración. ¿Quizá algún tipo de código genético o instrucciones? Fíjate en la simetría y el ritmo».

Priya encendió su aparato, capaz de analizar patrones bioquímicos, y miró atentamente la pantalla: «Es extraño, pero el patrón corresponde en realidad a una secuencia, no aleatoria, sino estructurada. Me recuerda al emparejamiento de bases en el ADN. Me pregunto si será la clave para abrir este templo».

Luis y Soraya se separaron un poco y observaron el rostro alienígena que se alzaba frío y majestuoso frente a ellos. Luis apenas podía apartar los ojos de Soraya, que estaba concentrada analizando las estructuras.

Luis se dirigió a ella: «Soraya, si la cara contiene un mensaje, ¿qué tipo de información crees que pueden haber ocultado los venusinos?».

Soraya respondió: «Probablemente algo universal, como las matemáticas o la genética. La combinación de estos dos elementos sería un lenguaje que cualquier especie con mente podría descifrar».

Luis sonrió levemente, le puso una mano en el brazo y le dijo: «Si salimos de esta, probablemente tendré que tomar unas cuantas clases de biología para estar a tu altura».

Ella le devolvió la sonrisa y, por un momento, la tensión del momento pareció aliviarse un poco.

Soraya le guiñó un ojo: «Bien, entonces tenemos un plan. Yo te enseño los secretos del ADN y tú me enseñas a pilotar mejor una nave espacial».

La tripulación colocó el artefacto frente a la pared del templo y el objeto empezó a brillar. De repente, una imagen holográfica parpadeó sobre el artefacto, mostrando complejas secuencias genéticas, aparentemente un mensaje o código.

Kenji se acercó y observó los pares de bases, que se disponían en un orden determinado.

Kenji dijo convencido: «Son bases nucleicas, pero no parecen estar completas. Faltan algunas bases, como cuando en un puzzle sólo aparecen la mitad de las piezas. Hay que rellenar las bases que faltan para poder descifrar el código».

Priya concluyó: «Si aplicamos el principio del emparejamiento de bases, quizá podamos rellenar los huecos. La adenina coincide con la timina y la citosina con la guanina. Si rellenamos los lugares que faltan, el código podría ser correcto».

Aiyana estuvo de acuerdo: «Suena como un plan. Pero, ¿cómo lo hacemos?».

Ingrid empezó a analizar las secuencias y marcó las bases que faltaban en la pantalla.

Entonces Ingrid gritó: «Mira, si rellenamos los huecos, surge un patrón lógico. Parece un mensaje, pero está codificado matemáticamente. Creo que deberíamos fijarnos en la simetría de la secuencia, en los patrones numéricos, y luego calcular el siguiente paso».

Kenji asintió y le dio las fórmulas necesarias para el cálculo.

Kenji sugirió: «Si traducimos el código a un algoritmo matemático, podría dar como resultado una ecuación universal. La estructura funciona como una ecuación para... ¿Abierto? ¿Acceso?».

Soraya se acercó y añadió: «Si rellenamos los pares de bases que faltan con las adiciones adecuadas, podríamos obtener una señal».

Cuando la tripulación completó el código genético, el artefacto activó una segunda proyección holográfica, que ahora mostraba un mapa del templo y el patrón exacto para abrir la entrada. El equipo se dio cuenta de que la base de la cara alienígena era el punto de entrada. Una luz pulsante les indicó el camino.

Aiyana felicitó al equipo: «¡Ya está! Hemos localizado la abertura. Se abre un pasillo».

La tripulación se acercó a la entrada, que se abrió lentamente y con dificultad al introducir la última combinación de pares de bases en el artefacto. Un estruendo retumbó mientras el templo se desplegaba ante ellos.

Luis se unió alegremente: «Parece que nos han dado la bienvenida... o nos han avisado».

Esta vez fue Soraya quien apoyó ligeramente la mano en el hombro de Luis: «Tengamos cuidado, por favor. Quien construyó esto quiso asegurarse de que sólo entraran los iniciados. Así que entremos con respeto».

La tripulación entró, con una sensación de asombro y admiración ante lo desconocido que se extendía ante ellos.

Capítulo 9: El despertar del templo

Los astronautas apenas habían entrado en el templo cuando la enorme puerta de entrada se cerró tras ellos con un golpe sordo. El vestíbulo estaba a oscuras y la tripulación sintió un extraño temblor bajo sus pies, como si el propio templo cobrara vida. De repente, se oyó un débil silbido y una suave niebla azulada empezó a llenar la sala.

Aiyana levantó la mano e indicó a los suyos que no se movieran: «Un momento... ¿Sentís eso? La presión aquí dentro parece haberse estabilizado».

Priya, que se percató inmediatamente de la anomalía, echó un vistazo a su monitor de análisis portátil: «Comandante, esto es increíble. Los sensores indican que la composición y la presión del aire en esta sala son exactamente iguales a las de la atmósfera terrestre. Oxígeno, nitrógeno, incluso la humedad es la misma que en la Tierra».

Kenji parecía fascinado: «Es como si el templo se hubiera adaptado a nosotros. Como un sistema muy desarrollado que reacciona ante los seres vivos».

Luis frunció el ceño: «Eso podría ser una invitación a quitarnos los cascos. Pero, ¿cómo podemos estar seguros de que no hay sustancias nocivas?».

Soraya activó sus protocolos internos de análisis y finalmente asintió: «Mis datos coinciden con los del escáner de Priya. Todo indica que podemos respirar aquí en condiciones seguras».

Aiyana escrutó los rostros de la tripulación y tomó una decisión: «Muy bien, equipo. Cascos fuera».

Lentamente, todos se abrieron los cascos y se los quitaron, respirando con cuidado el aire fresco y terrestre. Era la primera vez desde el comienzo de la misión que podían experimentar Venus sin un traje protector, un regalo inesperado, pero que también creaba una atmósfera inquietante.

Ingrid respiró hondo y dejó que su mirada recorriera la sala. «Es surrealista... como si este templo nos hubiera estado esperando».

Kenji asintió pensativo: «Es como si este lugar estuviera hecho para responder a nosotros... o a una especie como nosotros».

El gran vestíbulo del templo estaba a oscuras, sólo iluminado por el tenue resplandor fosforescente que emanaba de las paredes. La tripulación avanzó con cautela, sus pasos resonaban en la vasta cámara mientras observaban detenidamente a su alrededor. No había nada espectacular reconocible, así que siguieron avanzando rápida e intuitivamente en línea recta hasta llegar a un pasadizo que les condujo a otra sala.

El primer desafío: Discos giratorios de los elementos

La tripulación se encontraba en una nueva sala del templo, cuyas paredes estaban cubiertas de extraños símbolos. La sala era más fría que la anterior, y en el centro descubrieron una gran plataforma de piedra con cuatro enormes discos giratorios circulares dispuestos uno encima del otro.

Cada disco estaba dividido en cuatro secciones y mostraba diferentes símbolos que parecían imágenes de elementos químicos: Agua, Fuego, Tierra y Aire. Era obvio que los discos podían girar, pero en qué orden y cómo debía hacerse seguía siendo un misterio para ellos al principio.

Aiyana escrutó los discos giratorios y sus símbolos con los ojos entrecerrados: «Parece un mecanismo que debe desbloquearse mediante una combinación específica. ¿Pero qué secuencia podría ser esa?».

Kenji se inclinó sobre los discos y pasó los dedos por encima de los símbolos: «Los cuatro elementos básicos... agua, fuego, tierra y aire. En muchas culturas antiguas, se consideraban los componentes básicos de la vida».

Priya asintió pensativa: «Quizá haya un significado detrás del orden en que están dispuestos los elementos. El fuego produce ceniza, que podría simbolizar la tierra. La tierra produce vida, que requiere agua. Y sin aire, ninguno de ellos podría existir».

Soraya activó sus sensores y examinó los discos giratorios: «Interesante. Cada uno de estos discos parece tener una especie de mecanismo de cierre que sólo se activa cuando se establece la combinación correcta».

Luis puso la mano sobre el disco superior y lo giró con cuidado: «Pero si introducimos la combinación equivocada... ¿ves las aberturas de ahí arriba?». Señaló al techo, donde había una serie de agujeros incrustados. «Apostaría a que es algún tipo de trampa. Posiblemente caigan pinchos afilados o se libere gas».

Ingrid tragó saliva y dio un paso atrás: «Bueno, eso motiva para no equivocarse».

Primeras reflexiones y reconocimiento de los símbolos

Aiyana deja que el grupo observe los símbolos en silencio durante unos minutos: «Kenji, ¿puedes averiguar si hay algún patrón? Quizá haya pistas históricas de una secuencia».

Kenji buscó entre sus datos y finalmente negó con la cabeza: «Aquí no hay nada obvio. Sospecho que tenemos que combinar los elementos de una forma que se corresponda con la naturaleza. Pero no hay una fórmula establecida para ello».

Soraya puso la mano sobre el disco inferior y lo giró ligeramente para que el símbolo de «agua» quedara hacia delante: «Podría ser que pudiéramos descifrar el enigma comprendiendo la interacción de los elementos. En el sentido alquímico clásico, el agua representa lo primordial, el principio... ¿quizá deberíamos empezar por ahí?».

Priya asintió lentamente: «Tiene sentido. El agua podría ser el principio».

Primer intento

El grupo decidió probar el orden que les parecía más lógico. Kenji colocó el disco superior en «agua», el siguiente en «fuego», luego en «tierra» y por último en «aire».

Luis observó los discos giratorios con tensión: «Vale, ahora todo el mundo atrás. A ver si esto funciona».

Aiyana pulsó la palanca central del lateral de la plataforma y los discos empezaron a zumbar lentamente. Pero de repente se oyó un fuerte chasquido y la temperatura de la sala subió rápidamente. Un vapor espeso y caliente salió por las aberturas del techo.

Soraya metió rápidamente la mano en el cinturón y sacó una herramienta para devolver la palanca a su posición original: «¡Tenemos que parar el mecanismo!».

El vapor se detuvo y todos respiraron aliviados.

Ingrid tosió ligeramente: «De acuerdo... obviamente no es la combinación correcta».

Soraya miró pensativamente los discos: «Quizá estamos pensando demasiado literalmente. Quizá estos símbolos no estén pensados como una secuencia, sino como un ciclo. Un ciclo que no tiene principio ni fin».

Luis asintió al comprender: «Entonces, ¿quizá no se trate de encontrar un orden, sino de encontrar el equilibrio adecuado? Los elementos funcionan como un ciclo... el agua nutre la tierra, la tierra da origen a las plantas, que son renovadas por el fuego, y el aire lo rodea todo».

Aiyana captó la idea y miró a Priya: «¿No será que los símbolos funcionan como pares que se complementan?».

Priya lo pensó un momento y luego asintió: «Tiene sentido. Tenemos que colocar los símbolos de forma que se complementen. Quizá deberíamos colocar el agua frente a la tierra, el fuego frente al aire».

Segundo intento

Aiyana puso el disco superior en «agua» y giró el segundo disco por debajo para que apareciera «tierra» en el lado opuesto. El tercer disco se puso en «fuego» y el disco inferior en «aire».

Luis volvió a contener la respiración mientras Aiyana tiraba de nuevo de la palanca. Los discos empezaron a girar y esta vez el zumbido se detuvo en una frecuencia más baja. Sonó un suave clic, seguido de un suave parpadeo de los símbolos. Un estrecho pasadizo se abrió en la pared.

Soraya sonrió aliviada. «Ya está. Lo hemos conseguido».

Luis miró a Soraya agradecido y habló en voz baja: «Sabía que encontrarías la llave».

Soraya sonrió y, por un momento, el mundo pareció girar alrededor de ambos. Entonces, la voz de Aiyana rompió el silencio.

Aiyana levantó la mano, dispuesta a marchar. «Bueno, chicos, obviamente nos quedan más salas. ¿Preparados para el siguiente reto?»

El segundo desafío: Cristal flotante

Tras atravesar con éxito los discos giratorios de los elementos, la tripulación se encontró en una sala nueva y espaciosa. Las paredes estaban surcadas por venas brillantes que emitían una luz suave y palpitante y creaban una atmósfera irreal. Un gran prisma de cristal flotaba en el centro de la sala, suspendido del techo y sostenido únicamente por una fuerza invisible. El cristal giraba lentamente y proyectaba haces de luz de colores en todas direcciones.

Aiyana se acercó con cautela y miró de cerca el cristal flotante: «Esto parece otro rompecabezas... ¿pero cuál es el truco aquí?».

Kenji estudió el cristal y los rayos de luz que emanaban de él: «Podría ser algún tipo de proyección. ¿Ves los patrones en las paredes? Quizá haya una pista escondida ahí».

Ingrid también se fijó en los extraños símbolos de las paredes que parecían estar conectados a los rayos de luz: «Quizá tengamos que averiguar qué se supone que proyecta el cristal».

Luis frunció el ceño: «El problema es que el cristal flota y gira. ¿Cómo vamos a manipularlo? ¿Y qué estamos proyectando exactamente?».

Soraya se acercó al cristal y activó sus sensores: «Detecto una especie de campo electromagnético alrededor del cristal. Es probable que el cristal responda a él y pueda cambiar su posición. Quizá tengamos que tocarlo».

El primer toque

Aiyana asintió a Soraya: «Inténtalo. Pero ten cuidado».

Soraya extendió la mano con cuidado y tocó la superficie del cristal. Los rayos de luz de colores se volvieron más intensos y el cristal empezó a girar más deprisa. Al mismo tiempo, aparecieron tres símbolos en el cristal: un círculo, un triángulo y un cuadrado.

Kenji frunció el ceño: «Parecen... formas geométricas básicas. Pero, ¿qué significan en este contexto?».

Soraya pasó la mano suavemente por el cristal mientras observaba las formas. «Quizá sea una referencia a la propia estructura de la luz. ¿Un espectro controlado por estas formas geométricas?».

Luis pensó en voz alta: «O podría ser que tenemos que colocar el cristal de una determinada manera para que los rayos de luz incidan correctamente en las formas de las paredes».

Aiyana asintió y dijo al grupo: «Vamos a probar las posiciones. Quizá tengamos que alinear el cristal de modo que los símbolos de las superficies de cristal toquen los símbolos de las paredes.»

Comienza el rompecabezas

Intentaron inclinar el cristal en distintas direcciones para armonizar los rayos de luz con los símbolos de las paredes. Pero no ocurrió nada. Decepcionados, los miembros del equipo dieron un paso atrás y reconsideraron su estrategia.

Priya observaba los rayos de luz con mirada pensativa: «Quizá nos equivocamos de orden. Los elementos que utilizamos en la sala anterior podrían volver a ser relevantes aquí».

Soraya asintió con la cabeza: «Exacto, Priya. Si el agua es el origen y el fuego simboliza el final, entonces el orden en que movimos los discos giratorios podría jugar un papel aquí.»

La disposición correcta

Volvieron a colocar el cristal, esta vez en el orden de los elementos: Agua, Tierra, Aire, Fuego. Al cabo de un momento, los rayos de luz cambiaron de color y formaron un patrón brillante en la pared: el patrón de una llave.

Luis palmeó a Kenji en el hombro: «¡Creo que lo hemos conseguido! El cristal nos muestra el camino».

Pero de repente se oyó un fuerte estruendo. Un bloque se desprendió del techo y cayó directamente hacia Luis. Soraya reaccionó a la velocidad del rayo. Con una velocidad sobrehumana, saltó hacia delante y apartó a Luis del camino, justo a tiempo. El bloque cayó al suelo y Luis cayó en brazos de Soraya.

Ella le miró preocupada, con los ojos brillantes de preocupación: «¿Estás bien, Luis?».

Luis, todavía sin aliento, asintió y le puso la mano en el hombro. «Gracias, Soraya... sin ti, estaría... bueno, desinflado».

Soraya le sostuvo la mirada un instante más de lo necesario y luego sonrió suavemente. Había un entendimiento tácito en el aire, y Luis la acercó de repente, invadido por una mezcla de miedo, alivio y gratitud. Sus labios rozaron los suyos, un beso breve y tierno, incierto y lleno de significado.

Ambos guardaron silencio un momento.

Soraya fue la primera en romper el silencio: «Deberíamos seguir. El templo tiene más sorpresas».

Luis negó levemente con la cabeza, pero sonrió. «Sí... pero sé que puedo contar contigo».

Inesperadamente, Soraya volvió a acercar a Luis y esta vez le dio un profundo beso.

Luis miró a Soraya con los ojos muy abiertos y susurró: «So-raya... me has salvado la vida».

Soraya le sonrió suavemente y le susurró: «No fue para tanto. Sólo hice lo que creí correcto».

Aiyana observó a los dos con una sonrisa. «Lo siento, no quiero interrumpir el momento, pero... aún tenemos trabajo que hacer».

El cristal les había mostrado otro patrón, y ahora una puerta oculta en la pared del fondo de la habitación parecía abrirse.

El tercer desafío: Frecuencias armónicas

Después de que la tripulación superara con éxito el segundo rompecabezas, un corto pasillo conducía a otra sala, que era significativamente más pequeña que las cámaras anteriores.

Las paredes de la sala estaban cubiertas de placas metálicas engarzadas en la piedra en un ligero ángulo, como discos. En el centro de la sala había un gran círculo concéntrico con varias barras de cobre dispuestas como las cuerdas de un instrumento musical.

Justo encima del anillo había un texto antiguo tallado en la piedra. Los caracteres del texto parecían glifos o letras alienígenas, pero eran más complejos que cualquier forma de escritura conocida en la Tierra. Combinaban aspectos del lenguaje, las matemáticas y la física, y suponían un reto que iba mucho más allá de la mera lectura.

Aunque los signos tenían una especie de estructura pictográfica que recordaba a los jeroglíficos, Soraya no tardó en notar diferencias fundamentales:

1. Significado multidimensional: a diferencia de las letras o símbolos terrenales, que tienen un significado fijo, estos signos parecían portar varios niveles de significado simultáneamente. Los glifos «reaccionaban» a la luz y a la energía; según el ángulo y la distancia desde la que se miraban, brillaban con distintos colores y revelaban nuevos detalles. Esta diversidad óptica creaba una especie de sistema de capas, similar a una imagen tridimensional, que revelaba nueva información según la perspectiva.

2. relación matemática: el orden y el espaciado de los signos en la pared eran decisivos, de forma similar a como las variables y las constantes forman una ecuación en matemáticas. Algunos signos parecían «operadores» que modificaban el significado de los signos vecinos. Esto era comparable a las funciones matemáticas, en las que una sola fórmula representa una relación compleja mediante números o variables.

3. Resonancias vibratorias: Soraya descubrió que los símbolos no sólo tenían componentes visuales, sino también acústicos. Cada forma parecía tener una frecuencia de resonancia, como si los glifos reaccionaran armónicamente a una determinada frecuencia tonal. Esto recordaba a la notación musical, salvo que aquí las notas tenían un significado y no sólo una melodía.

Soraya activó una compleja secuencia de sensores en su sistema de inteligencia artificial que podían analizar frecuencias, intensidad de luz y patrones. Pronto se dio cuenta de que la clave de la comprensión residía en encontrar un equilibrio entre las «capas» de caracteres. Utilizando sus herramientas analíticas, intentó descifrar la multidimensionalidad del texto.

Soraya interpretó el texto: «Estos signos… Son una mezcla de lenguaje y ecuaciones. Cada signo parece funcionar en tres dimensiones: luz, sonido y distancia. ¿Ves los patrones?».

Kenji se quedó abrumado: «Impresionante. Es como un lenguaje que se comunica mediante efectos visuales y acústicos. Si tienes razón, tenemos que entender lo que intentan decirnos a varios niveles».

Ingrid está de acuerdo: «Me recuerda a la música polifónica, donde se tocan varias melodías a la vez y cada una tiene un significado en combinación con las demás. Pero, ¿cómo traducir eso en instrucciones claras?».

Finalmente, Soraya llegó a un punto crucial en su descodificación: los símbolos apuntaban al instrumento situado en el centro de la sala, que funcionaba como una especie de generador de resonancias. Los símbolos sugerían que la tripulación tenía que generar distintas frecuencias para influir en las ondas de energía del templo y resolver el enigma.

Soraya: «Ahora lo entiendo. Este instrumento es un generador de resonancia. Los signos son como instrucciones, una especie de notación musical que nos indica las frecuencias correctas para activar el mecanismo».

Aiyana sacudió la cabeza pensativa. «¿Qué significa eso exactamente? ¿Deberíamos... hacer música?».

Soraya respondió: «Más o menos. Pero no cualquier música: las frecuencias tienen que estar sintonizadas con precisión, de lo contrario todo el sistema podría entrar en una especie de modo de bloqueo. Puedo calcular los patrones y determinar la secuencia exacta de frecuencias».

Luis frunció el ceño: «Entonces, ¿tenemos que golpear las especificaciones y esperar que resuene la frecuencia adecuada?».

Soraya se acercó a las cuerdas y miró los símbolos grabados: «No del todo. Mira, las barras de cobre tienen marcas que corresponden a los elementos químicos. Cada frecuencia podría corresponder a un elemento. Quizá sólo tengamos que encontrar la secuencia correcta».

Priya asintió con entusiasmo: «Eso tiene sentido. Si nos fijamos en la secuencia de los elementos, podríamos averiguar las frecuencias y reproducirlas correctamente».

Ingrid enarcó una ceja: «¿Cómo se supone que vamos a saber los tonos adecuados para los elementos?».

Kenji pensó un momento: «Cada elemento químico tiene una frecuencia de vibración natural. Si aplicamos el principio de los armónicos -los armónicos de cada elemento-, podríamos construir una cadena armónica que produjera el tono adecuado.»

Creando las armonías

El equipo se puso manos a la obra. Soraya se colocó junto a las cuerdas y puso las manos sobre las barras metálicas de cobre. Sus movimientos precisos produjeron los primeros tonos suaves, mientras

Kenji y Priya afinaban las cuerdas una tras otra hasta alcanzar las frecuencias calculadas.

Luis observó atentamente a Soraya mientras producía las vibraciones con movimientos tranquilos. Había un sentimiento de admiración en su mirada, pero intentaba mantener la concentración.

De repente, Kenji gritó: «La siguiente nota debería ser la frecuencia del oxígeno. Mueve esta cuerda un poco más rápido, Soraya».

Soraya cerró los ojos brevemente y, con increíble precisión, dejó que la nota subiera. Las paredes empezaron a vibrar ligeramente y un suave sonido resonó en la habitación.

Ingrid sonrió: «¡Parece que ha acertado! El siguiente tono es un poco más bajo, ¿quizá carbono?».

Soraya afinó el siguiente elemento y, poco a poco, surgió una especie de sonido armónico que impregnó la sala y podía sentirse como una vibración en los cuerpos de la tripulación.

Las frecuencias no son correctas

Pero, de repente, una cuerda empezó a crujir y a producir una nota más grave y discordante. El suelo tembló bajo ellos y las placas metálicas de las paredes se iluminaron de rojo, mientras un chirrido ensordecedor cortaba el aire.

Priya gritó: «¡Eso estaba mal! Si tocamos la frecuencia equivocada, el sistema de aquí podría desestabilizarse».

Soraya hizo una pausa, bajó las manos y miró el disco: «Sólo hay una forma de corregirlo: tengo que reequilibrar la frecuencia».

Aiyana gritó rápidamente: «¡Inténtalo, pero con cuidado! Una nota equivocada y esta habitación podría convertirse en una trampa».

Soraya asintió y empezó a ajustar el elemento de nuevo. La cuerda vibró con un tono suave y grave, y la vibración hizo desaparecer el resplandor rojo. La tripulación respiró aliviada.

Luis dijo en voz baja: «Ha estado cerca. Si cometemos otro error, podríamos quedar atrapados aquí».

Soraya le miró y sonrió suavemente: «Podemos hacerlo. Todo es cuestión de precisión y armonía».

El patrón de frecuencias final

Una vez ajustadas las últimas frecuencias, sonó un último tono grave que llenó la sala de una resonancia clara y penetrante. De repente, se oyó un suave chasquido y el anillo del centro empezó a brillar. Las placas metálicas de las paredes se soltaron y se unieron, creando un pasadizo que conducía a una nueva sala.

Aiyana sonrió agotada: «Ha sido impresionante, y no poco arriesgado. Pero parece que lo hemos conseguido».

Kenji asintió y puso una mano en el hombro de Soraya. «Ha sido un trabajo increíble. Sintonizar las frecuencias a la perfección no es nada fácil».

Soraya inclinó ligeramente la cabeza, sus ojos viajaron brevemente a Luis, que le dedicó un breve asentimiento de aprobación.

Capítulo 10: El corazón del templo

La tripulación permaneció asombrada en el interior del templo mientras se resolvía el último enigma y la enorme puerta en forma de espiral se abría lentamente. Tras ella se extendía una enorme sala en forma de cúpula de la que parecía emanar una energía suave y vibrante. En el centro de la sala flotaba una construcción esférica formada por innumerables anillos entrelazados. Los anillos giraban lentamente alrededor de un cristal central, que palpitaba y brillaba con todos los colores del espectro.

Aiyana respiró hondo, hipnotizada por el espectáculo: «Éste debe de ser el corazón del templo. Quizá la razón de que exista este lugar».

Kenji se acercó con los ojos muy abiertos: «Nunca había visto nada igual. Este cristal... podría ser algún tipo de fuente de energía. O un registro, un recuerdo. Quizá contenga los conocimientos de toda una civilización».

Ingrid asintió: «Quizá aquí tengamos la oportunidad de descifrar su historia». Las proyecciones de las paredes muestran símbolos y patrones que parecen un lenguaje».

Soraya miró a su alrededor mientras observaba su escáner: «La atmósfera aquí es estable, pero la energía de esta sala es abrumadora. Es como si todo el templo estuviera vivo».

Luis sonrió y palmeó suavemente a Soraya en el hombro: «Asegúrate de que esta energía no se apodere de ti. Después de todo, nos has salvado la vida en las últimas habitaciones».

Soraya le devolvió la sonrisa y por un momento pareció haber una conexión tácita entre ellos.

Un descubrimiento: el corazón energético

De repente, el cristal empezó a latir y a proyectar imágenes holográficas en el espacio, imágenes que mostraban un paisaje alienígena y seres gigantescos y brillantes que viajaban a través de una red aparentemente interminable de portales. La tripulación observó el proyector con la respiración contenida.

Priya habló en voz baja: «No son imágenes aleatorias. Son recuerdos... o grabaciones de su historia».

El proyector holográfico se encendió y la imagen cambió a una representación de un planeta que parecía idéntico a Venus. Sin embargo, el paisaje era verde y floreciente, el agua relucía y el cielo era de un azul brillante.

Ingrid dejó que su mirada se posara reverente en la imagen: «Tú estuviste aquí... y este mundo estaba vivo, como la Tierra. ¿Qué ha ocurrido? ¿Por qué ahora es tan yermo y estéril?».

El cristal empezó a latir más deprisa, como si escuchara sus preguntas. En las imágenes holográficas apareció un símbolo: un diagrama giratorio de la hélice de ADN, con una secuencia resaltada.

Priya activó su escáner y analizó la hélice: «Parece una secuencia genética... un mensaje en lenguaje genético. Querían que lo entendiéramos. Hablan en el lenguaje universal de la biología».

Luis enarcó una ceja: «Quizá esta secuencia sea la clave de su legado o su fuente de energía. Quizá querían que alguien encontrara esta información y la utilizara para... ¿quizá restaurar su mundo?».

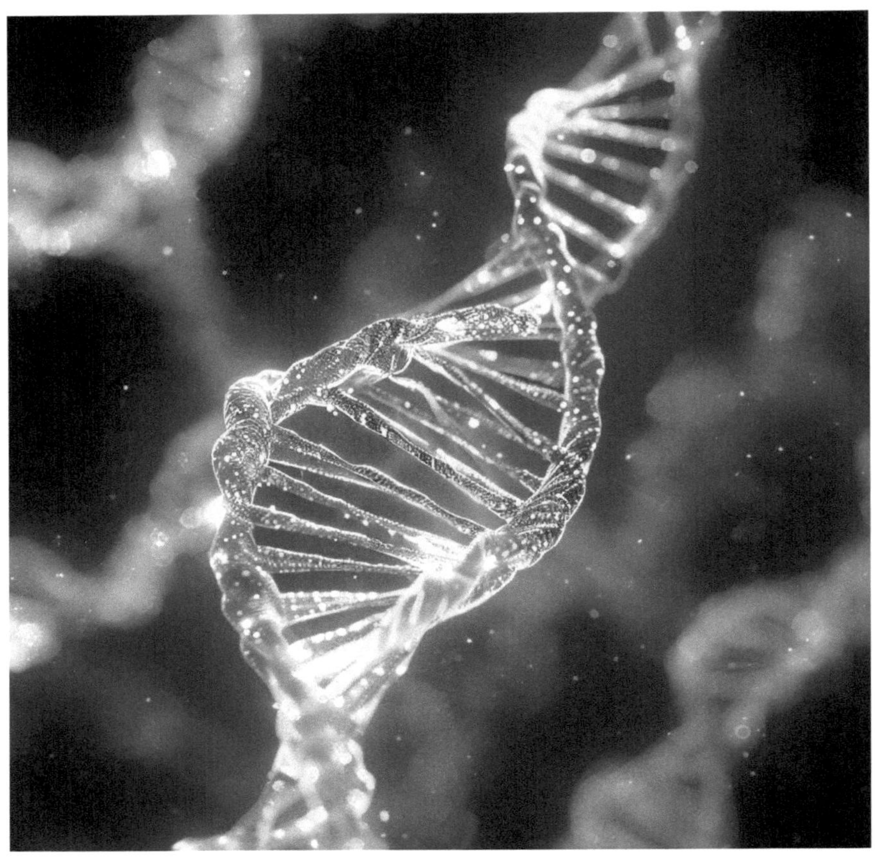

Reconocer el mensaje

Kenji dio un paso adelante y examinó el cristal de cerca: «Podría ser un plano para la terraformación. Un plan sobre cómo reintroducir la vida aquí. Pero parece que algunas partes de la secuencia han sido dañadas u... omitidas deliberadamente».

Aiyana pensó: «Tal vez es otra prueba. Quizá tengamos que rellenar esas lagunas para completar el plan».

Soraya le miró pensativa. «Podríamos utilizar el código genético de nuestro propio ADN para reconstruir las secuencias que faltan».

Luis le puso suavemente la mano en el brazo: «Estás pensando lo mismo que yo. Quizá podríamos entrelazarnos en esta embajada, dejar una parte de nosotros aquí».

Soraya le miró a los ojos, con una pizca de emoción y ternura en su mirada: «Quizá estemos hechos para esto, Luis. Una pequeña parte de nosotros podría ayudar a restaurar la vida en este planeta».

La decisión

Ingrid asintió pensativa: «Podríamos formar parte de este legado, aquí para siempre».

Aiyana miró a su tripulación y una leve sonrisa cruzó su rostro: «Entonces tomemos una decisión juntos. ¿Estamos dispuestos a dejar parte de nuestra información genética aquí y posiblemente allanar el camino para un nuevo futuro en este planeta?».

Todos se miraron y asintieron: un acuerdo tácito.

Kenji activó la secuencia y tendió el ADN que faltaba, mientras Luis y Soraya se volvían hacia el cristal, que emitía una energía cálida y pulsante, como si los seres originales de Venus estuvieran aceptando su decisión.

Luis se volvió hacia Soraya una vez más, su voz apenas más que un susurro: «Pase lo que pase... me alegro de que hayamos hecho esto juntos».

Soraya le devolvió la mirada y, antes de que ninguno de los dos pudiera pensarlo, se inclinó hacia delante y sus labios se encontraron en un beso suave y profundo.

Cuando Soraya y Luis rompieron su silencio, toda la tripulación contuvo la respiración. Era como si el propio templo hubiera percibido su decisión. El cristal del centro de la sala empezó a latir con más intensidad, un ritmo constante que recorría toda la estructura. Con cada latido, los anillos entrelazados se iluminaban y emitían haces de luz cálida y dorada que se extendían en todas direcciones como aletas de filigrana y envolvían suavemente a la tripulación.

Ingrid contempló el paisaje con los ojos muy abiertos: «Apenas puedo creerlo… es como si este lugar nos respondiera de verdad».

Kenji asintió, con la luz reflejándose en sus ojos: «Hemos infundido nuestro ADN en la estructura, como ellos mismos debieron de hacer alguna vez. Quizá sea su forma de agradecérnoslo, o de aceptarnos».

En ese momento, la cámara en forma de cúpula empezó a vibrar suavemente y los símbolos de las paredes cambiaron. Aparecieron patrones, como si el agua fluyera, como si la propia sala se reorganizara. Aparecieron brevemente imágenes de paisajes, planetas y civilizaciones alienígenas, que luego volvieron a desvanecerse.

Aiyana dio un paso adelante: «Es como si el templo… nos diera acceso. Pero, ¿a dónde nos lleva?».

Un sonido suave y profundo llenó la estancia y, de repente, otra puerta oculta se abrió en el lado opuesto de la habitación. Tras ella había un estrecho pasillo en el que apenas penetraba la luz del cristal. La tripulación se miró y asintió: ya no había duda de que debían aceptar aquella invitación.

Entraron en el pasillo y, a cada paso que daban, sentían que una energía cálida recorría sus cuerpos, como si el templo los absorbiera con más fuerza con cada movimiento. Las paredes estaban cubiertas de símbolos finamente grabados que brillaban cuando se acercaban demasiado. Los grabados parecían indicar el camino hacia las profundidades del templo, y una especie de holograma les señalaba sin palabras la dirección correcta.

Priya susurró con devoción: «Parece que formamos parte de algo más grande. Estos seres realmente querían que los comprendiéramos».

Finalmente, llegaron a una nueva cámara. Era más pequeña, pero la atmósfera en su interior era casi sagrada. Un pedestal flotaba en el centro de la cámara, y sobre él yacía una pequeña piedra de la memoria envuelta en cristal transparente que palpitaba ligeramente y saludaba a la tripulación con una luz suave y constante. El pedestal parecía estar esperándoles.

Soraya caminó despacio hacia el pedestal, seguida por Luis, que se puso a su lado: «Esto debe de ser el núcleo de su memoria», murmuró. «Quizá lo almacenaron todo aquí: su cultura, su historia, todo lo que era importante para ellos».

Ingrid se arrodilló y miró el cristal con asombro. «Quizá... sea un mensaje. Un mensaje final, definitivo, que sólo pueden recibir quienes lo entienden».

Kenji hizo acopio de todo su valor y colocó con cuidado la mano sobre el cristal. Inmediatamente, imágenes holográficas inundaron la habitación, llenándola de una inmensa riqueza de información. Extraños caracteres, fórmulas e imágenes de mundos que nunca habían visto destellaron ante sus ojos.

Aiyana se concentró mientras los símbolos se organizaban y formaban una estructura comprensible. «Esto es increíble... Querían que aprendiéramos algo. Creo que es una especie de manual de enseñanza: una visión completa de sus conocimientos y técnicas».

Luis y Soraya se miraron y apenas pudieron ocultar su emoción. «Es su legado», susurró Luis mientras cogía la mano de So-raya. «Y querían compartirlo con nosotros».

Un suave crujido llenó el aire cuando el cristal reveló más detalles. Vieron cómo cambiaba el paisaje de Venus, el verde se convertía en arena y el agua se evaporaba lentamente. Sonó una voz suave, apenas más que un susurro, que describía en su idioma que una catástrofe ecológica había destruido el mundo antaño vivo. Los seres habían utilizado sus últimos recursos para crear este legado y hacer posible un nuevo comienzo, por si alguna vez otra civilización encontraba este lugar.

Ingrid se levantó, con los ojos llenos de determinación. «Podemos llevarnos este conocimiento y quizá aplicarlo a nuestro propio mundo. O... podríamos empezar el proceso de renovación de Venus».

Aiyana puso una mano sobre el cristal: «Sería un largo camino, pero con esta tecnología... podríamos volver a convertir Venus en un mundo vivo. Quizá incluso a su imagen».

Un sentimiento de respeto y asombro recorrió a la tripulación. Sabían que habían cumplido algo más que una misión: habían pasado a formar parte de una civilización alienígena perdida.

Soraya miró a Luis, con los ojos llenos de esperanza: «Quizá éste sea el nuevo comienzo que estábamos buscando. No sólo para nosotros, sino para este planeta y los seres que vivían aquí».

Luis le apretó la mano: «Pues empecemos».

Cuando las últimas imágenes se desvanecieron y el cristal volvió lentamente a su estado latente, la tripulación se quedó asombrada en el centro de la sala. Las representaciones holográficas que acababan de ver no sólo mostraban un mundo antaño próspero, sino que también dejaban pistas sobre los últimos supervivientes de Venus: los pueblos que aún existían. Los Auron, Virani, Zerai y Atur habían conseguido sobrevivir y adaptarse a pesar de la devastación de su tierra natal.

Aiyana miró a su tripulación y sus ojos brillaron con determinación: «No estamos solos aquí. Esta civilización no ha desaparecido, sigue viva... y quizá esté esperando para volver a conectar con otros mundos».

Kenji asintió, fascinado por la perspectiva: «Si establecemos contacto, podríamos obtener los conocimientos de estos pueblos para la Tierra. Podrían enseñarnos más sobre su historia y su tecnología».

Ingrid se lo pensó mejor: «No será fácil. Pero tenemos que intentarlo».

Soraya, que estaba junto a Luis, tenía sus escáneres preparados cuando detectó una nueva ráfaga de energía: «El corazón del templo... Parece que nuestra presencia ha enviado una señal. Creo que los aurones saben que estamos aquí».

Priya analizó los datos de su dispositivo: «Si los Aurons están tan avanzados en el control de la energía como sugieren los cristales de aquí, podrían estar monitorizando el centro de este templo. Tal vez nos han estado observando todo el tiempo».

Un zumbido suave y bajo llenó el aire y los símbolos de las paredes volvieron a iluminarse. De repente, empezó a aparecer una imagen holográfica que mostraba la forma de un ser humanoide alto, con una piel brillante que parecía reflejar la energía de la sala. Era la imagen de un aurón que empezó a hablar.

Imagen de un aurón: «Viajeros de otro mundo, habéis entrado en el Templo del Conocimiento y habéis superado nuestras pruebas. Ahora lleváis una parte de nosotros dentro de vosotros. ¿Cuál es vuestro deseo?»

Aiyana se adelantó, firme y respetuosa, eligiendo cuidadosamente sus palabras: «Somos emisarios de un mundo lejano que aprecia vuestra historia y cultura. Deseamos saber más sobre vosotros y, si nos lo permitís, saber cómo podemos apoyaros a vosotros y a vuestro mundo».

La imagen miró a la tripulación, los ojos holográficos más atentos de lo esperado: «Nuestro mundo está dividido en fragmentos, y nuestros pueblos se han aislado. Pero nosotros, los Auron, vigilamos, y sabemos que los Virani, los Zerai y los Atur siguen con nosotros. Llevamos mucho tiempo sin establecer contacto con ellos. Vuestra llegada podría ser el primer puente, pero tened cuidado, forasteros: la confianza no se concede fácilmente».

Luis habló en voz baja con Soraya: «Parece que quieren ponernos a prueba. Son cautelosos, pero quizá curiosos».

Soraya sonrió y le sostuvo la mirada: «Entonces les daremos una razón para confiar en nosotros».

Aiyana se volvió de nuevo hacia la imagen de Auron: «¿Qué tenemos que hacer para ganarnos su confianza?».

La imagen holográfica se elevó ligeramente mientras su voz llenaba la sala: «Encuentra a los tres pueblos restantes de Venus y haz que se reúnan en el Cristal de la Unidad. En una época pasada, este templo era el lugar donde nuestros pueblos se reunían en unidad. Si puedes guiarlos hasta aquí, podrás ganarte nuestra confianza... y nuestro conocimiento».

Ingrid miró entusiasmada a la tripulación: «Parece una misión que podría conectar nuestro mundo con el suyo».

Aiyana asintió: «Ese es el reto que aceptaremos. Tenemos que empezar con los Auron y luego encontrar a las otras razas».

La imagen de Auron asintió: «Te espera un camino difícil, pero velaremos por ti. Cuando estéis preparados, el templo os guiará hasta el primer punto de encuentro».

Con esas palabras, el holograma se desvaneció y el cristal se apagó antes de que una débil columna de luz se dirigiera en dirección a un pasillo inexplorado.

Aiyana se volvió hacia la tripulación: «Chicos, esto es todo. Nuestro próximo destino: la confianza del Auron y la alianza de los pueblos de Venus».

Luis miró a Soraya, con una sonrisa emocionada en el rostro: «Quizá sí que tengamos en nuestras manos cambiar las cosas».

Soraya le devolvió la sonrisa, con los ojos llenos de determinación: «Entonces demos el primer paso».

La tripulación permaneció atónita mientras la imagen del último Auron se desvanecía ante ellos. La sala, que acababa de llenarse con la proyección viviente, estaba ahora en silencio, pero permanecía un suave zumbido y un cálido resplandor. El aire vibraba con la insinuación de posibilidades y de una historia inexplorada que se desplegaba ante ellos.

Aiyana miró resueltamente a la tripulación: «Esto es, gente. Los pueblos de Venus han sobrevivido, y puede que sólo estén esperando a que alguien dé el primer paso».

Kenji asintió, con el fuego del descubrimiento en sus ojos: «Los Auron. Si los encontramos, podrían mostrarnos el camino hacia los demás. Un objetivo común podría ser la base de una alianza».

Ingrid frunció el ceño, pensativa: «Pero también tenemos que tener cuidado. Podrían vernos como una amenaza... o como instrumentos para sus propios intereses».

Soraya comprobó sus escáneres mientras añadía con voz tranquila: «Los aurones tienen un vínculo especialmente fuerte con la energía de este templo. Si podemos ganárnoslos, puede que tengamos el apoyo que necesitamos para llegar también a las otras razas».

Una luz suave y brillante se encendió en el suelo de la sala, donde brillaba un símbolo complejo: una especie de círculo rúnico que giraba lentamente. Un mapa holográfico de la superficie de Venus surgió del centro del símbolo, hipnotizando a la tripulación.

Luis se acercó al mapa y escrutó los detalles que surgían en el fino trabajo de líneas: «Mira esto. Son diferentes puntos, y aquí, claramente, es la zona donde podríamos encontrar el Auron».

Soraya señaló una zona más alejada: «Y aquí... quizá el territorio de los Virani. Si nos ganamos la confianza de los Auron, podrían proporcionarnos un paso seguro hacia las otras razas».

Priya analizó las coordenadas holográficas: «Interesante... el mapa muestra ciertos lugares donde la energía del planeta está especialmente concentrada. Estos puntos parecen ser las claves, como si cada lugar tuviera algún tipo de función de portal.»

Aiyana miró a la tripulación: «Nuestro primer paso está claro: tenemos que establecer contacto con los Auron. Si podemos demostrarles que no somos enemigos, quizá nos reconozcan como embajadores de los demás».

El símbolo del suelo brilló con más intensidad y, de repente, pareció apuntar en una dirección concreta, como si el propio templo estuviera dispuesto a guiar a la tripulación hacia su primer destino.

Ingrid respiró hondo y miró a su alrededor: «Si este templo es realmente un centro del conocimiento y la historia de estos pueblos, entonces acabamos de encontrar una clave».

Kenji añadió: «Quizá los Auron y las demás razas nunca esperaron que los forasteros pudieran superar estas pruebas. Sólo por eso podrían prestarnos atención».

Aiyana asintió: «Pues que vean que somos dignos». Se volvió hacia la tripulación, con los ojos llenos de determinación: «Recojan sus equipos y comprueben sus dispositivos de comunicación. Si encontramos al Auron, necesitaremos señales claras y precisas, y la voluntad de mostrar nuestras intenciones pacíficas».

Luis miró a Soraya y sonrió con confianza: «Y quizá deberíamos volver a practicar nuestro tono diplomático».

Soraya le devolvió la sonrisa, con una pizca de ternura en la mirada: «Ayudaré al contacto siempre que pueda. Los Auron parecen tener una resonancia para la comunicación; quizá podamos utilizar esta frecuencia para dejar claras nuestras intenciones».

Priya asintió, aceptando el reto científico: «Es un enfoque intrigante. Si su tecnología se basa en la energía cuántica, podríamos traducir sus símbolos a principios matemáticos».

La tripulación recogió su equipo y se preparó para iniciar el viaje. A medida que avanzaban por los pasillos del templo, el patrón simbólico seguía brillando a intervalos regulares, indicándoles el camino. Finalmente, se detuvieron ante la entrada, donde un último pulso procedente del templo transmitió un mensaje.

Aiyana levantó la mano mientras enfocaba el haz de luz y repetía las palabras en voz baja: «Un puente entre mundos... el legado que se extiende cuando se comparte el conocimiento». Se volvió hacia la tripulación, con la luz del mapa reflejándose en sus ojos: «Adelante hacia una nueva era de conexiones».

Y con eso, se adentraron en el mundo desconocido, con el legado del templo firmemente en sus corazones y el primer contacto con una antigua civilización a sólo unos pasos de distancia.

Tras la intensa exploración del templo, la tripulación regresó exhausta a la Venera Ascendant. El ambiente en la nave estaba lleno de impresiones, pero el cansancio prevaleció, por lo que finalmente encontraron descanso, para partir de nuevo a la mañana siguiente, frescos y ansiosos por explorar los secretos de Venus.

Capítulo 11: Encuentro con los Virani

El primer contacto

Tras un sueño profundo y reparador en la Venera Ascendant, la tripulación partió de nuevo hacia el templo a primera hora de la mañana. Las proyecciones holográficas del Auron del día anterior habían despertado su curiosidad y suscitado muchas preguntas. Pero nadie sabía realmente qué esperar: tal vez el templo resultara ser sólo una reliquia vacía de una antigua civilización, o tal vez revelara más cosas sobre los seres que una vez vivieron aquí.

A medida que la tripulación subía los pesados escalones de piedra del templo y avanzaba por las salas, la atmósfera era densa y misteriosa. Las paredes estaban cubiertas de símbolos desconocidos, y casi parecía como si el templo contuviera conocimientos ancestrales ocultos en lo más profundo.

De repente, Kenji se detuvo y susurró: «Comandante, mire... allí».

Aiyana levantó la mano para que la tripulación se detuviera. En las paredes asomaban sombras, figuras que parecían más grandes y fuertes que los Aurons proyectados holográficamente, con algún tipo de armadura o revestimiento pesado.

«Estad alerta», susurró Aiyana, enderezando la postura, lista para responder a los extraños.

Unas figuras enormes emergieron de la penumbra. Su piel era de un gris pétreo, salpicada de finas y relucientes líneas que brillaban como venas resplandecientes en el crepúsculo. Los Virani, que sólo habían aludido a Auron en los relatos, estaban ahora ante ellos. Sus miradas eran severas y vigilantes, y se movían con una pesada dignidad que irradiaba un claro dominio en la alta gravedad venusiana.

Uno de los Virani, un guerrero alto con una coraza adornada con símbolos antiguos, se adelantó. Su voz resonó profunda y firme en la sala mientras hablaba, un idioma que la tripulación no reconocía, pero la entonación melódica y poderosa parecía transmitir una orden clara.

La tripulación permaneció de pie, insegura, hasta que Aiyana finalmente dio un paso adelante con las manos abiertas y dijo en el tono más calmado: «Venimos en son de paz. Somos exploradores de la Tierra».

Un segundo virani, de pie junto a la guerrera y armado con una especie de lanza dentada, curvó la boca en una sonrisa seria pero interesada. Siguieron varias palabras en la lengua extranjera, hasta que uno de los viranis habló finalmente en un idioma entrecortado pero comprensible a medias: «Sois forasteros. Humanos».

«Humanos», repitió el primer virani con una voz que retumbó en la sala como olas atronadoras. «Soy Rakan de los Virani. ¿Qué os trae a nuestro reino?»

Aiyana dio respetuosamente un paso adelante. «Rakan, mi na-me es Aiyana Wolfe, comandante de la Venera Ascendant. Sólo buscamos el conocimiento y el intercambio cultural. Deseamos conocernos pacíficamente y comprender vuestro mundo».

Los ojos de Rakan se entrecerraron como si estuviera sopesando sus palabras. «Llegar a conocerte, dices. Y, sin embargo, entras en nuestros templos como si fuera tu derecho».

Un virani que estaba junto a Rakan, con sus enormes hombros envueltos en algún tipo de joya metálica, la miró con frialdad. «Los humanos sois conocidos por destruir lo que no entendéis. ¿Qué garantía tenemos de que no nos trataréis igual?».

Kenji se adelantó y se llevó una mano al corazón, un gesto que, en su opinión, debería ser universalmente comprendido por los seres humanoides. «Hemos aprendido de nuestro pasado y estamos aquí para escuchar y aprender. Respetamos su cultura y queremos comunicarnos de igual a igual».

Rakan escrutó atentamente a Kenji, y por un momento el silencio fue insoportable. Pero finalmente asintió lentamente.

«Algunos entre los Auron pueden creer que pueden utilizar a la humanidad como herramientas, pero los Virani somos más desconfiados. Somos los Guardianes de Venus y hemos abandonado Kepler-10c para crear un nuevo orden, uno en el que la fuerza y la protección sean primordiales». Su voz sonaba áspera, pero no implacable. «Y, sin embargo, no parecéis representar ninguna amenaza... hasta ahora».

Kepler-10c está situado a unos 560 años luz de la Tierra, en la constelación del Dragón, y también se le conoce como la «mega-Tierra» porque es inusualmente grande y masivo en comparación con otros planetas rocosos y, por tanto, tiene una enorme fuerza gravitatoria. Por lo tanto, los seres que proceden de este planeta deben tener una enorme fuerza física en otros lugares con una gravedad similar a la de la Tierra, como aquí, en Venus.

Aiyana suspiró aliviada y le devolvió la mirada con seriedad. «Estamos siendo sinceros, Rakan. Hay muchas cosas que no entendemos, y esperamos que puedas guiarnos».

«Mira», empezó Rakan mientras señalaba la cúpula, »ésta es una de nuestras fuentes de energía. Utilizamos las vibraciones del Bo-den y las canalizamos hacia la protección de Venus. Pero ésta es sólo una de las muchas técnicas que dominamos. Nuestros vecinos, los Auron, pueden ser más inteligentes, pero... a menudo sobreestiman su poder».

«¿Por qué?», preguntó Priya con curiosidad. «¿Puedes hablarnos más de ellos?».

Rakan la miró con frialdad. «Los aurones creen que son los líderes espirituales de Venus. Manipulan campos cuánticos y utilizan energías más allá de tu imaginación. Nos ven a los Virani como... militares, simples. Pero mantenemos este mundo en equilibrio, y sin nosotros habría caos».

Kenji asintió pensativo. «Parece que los Auron y los Virani son dos fuerzas opuestas: intelecto y fuerza, ambas necesarias para proteger Venus».

«Correcto», confirmó Rakan. «Y, sin embargo, hay otros. Los Atur son los impredecibles entre nosotros. Utilizan resonancias y frecuencias para influir tanto en su entorno como en los seres vivos que les rodean. Cambian las cosas de las formas más sutiles y peligrosas que ni siquiera nosotros podemos ver siempre».

Ingrid sacudió la cabeza, impresionada y preocupada al mismo tiempo. «Parece una dinámica muy compleja. ¿Cómo mantienen el equilibrio?».

«Nos ceñimos a unos límites estrictos», respondió Rakan, mirando a la tripulación con urgencia. «Cualquiera que cruce esos límites pone a Venus en peligro. Los Zerai son los últimos en esta ecuación, pero su lealtad no es para nadie más que para ellos mismos. Se conforman y sólo buscan su propio beneficio».

La tripulación asintió lentamente, la complejidad de las culturas venusinas les resultaba cada vez más clara. Pero al mismo tiempo, parecía haber muchas oportunidades para malentendidos y conflictos.

«¿Qué esperan de nosotros?», preguntó finalmente Aiyana.

El aire crepitaba de tensión. Rakan se adelantó como líder de los viranis con expresión adusta. Los demás viranis lo miraron con respeto y observaron a los humanos con una mezcla de curiosidad y escepticismo. «Afirmas ser fuerte», empezó Rakan, con voz atronadora y profunda. «Pero aquí sólo cuenta lo que puedes demostrar. Tendrás que superar tres pruebas para ganarte nuestro respeto. Sólo aquellos que son nuestros iguales pueden ganarse nuestra confianza».

La tripulación intercambió miradas incómodas. Soraya finalmente dio un paso al frente y miró a Rakan con frialdad. «Estoy preparada para el desafío», dijo con serena determinación.

Una sonrisa de satisfacción apareció en el rostro de Rakan. «Bien, pero primero te enseñaré lo que esperamos».

«Nuestras pruebas ponen a prueba la fuerza, la resistencia y la precisión», explicó. «Sólo aquellos que dominen estas cualidades podrán sobrevivir en este duro mundo».

La primera prueba: el peso de la roca

Comenzó la primera prueba. Rakan señaló una enorme roca que yacía en el centro. La piedra era voluminosa, de color gris oscuro e impresionantemente pesada: tenía el tamaño de un hombre y la consistencia de un mineral de hierro pesado.

«El peso de la roca», anunció Rakan, con voz llena de autoridad. «Levanta esta piedra hasta la altura de los hombros. Sujétala un momento antes de dejarla en el suelo con seguridad».

Rakan se adelantó y levantó la roca con aparente facilidad. La mantuvo firme a la altura de los hombros, con el cuerpo tenso pero completamente tranquilo. Luego volvió a dejar la piedra en el suelo con cuidado y dio un paso atrás.

Soraya también se acercó a la piedra. La examinó brevemente y luego cerró los ojos, concentrándose. La tripulación la observó tensa mientras deslizaba las manos bajo la superficie irregular de la piedra y la levantaba lenta pero firmemente. Sus brazos se tensaron y los músculos de sus hombros se resaltaron mientras levantaba poco a poco la piedra hasta la altura de sus hombros.

Un ligero temblor recorrió sus brazos, pero mantuvo la posición durante varios segundos antes de volver a dejar la piedra en el suelo de forma controlada.

Los viranis murmuraron, impresionados, y Rakan asintió apreciativamente. «Tienes fuerza», dijo secamente y pasó a la siguiente prueba.

La segunda prueba: el sprint a través del lecho de lava

Para la segunda prueba, Rakan guió al grupo por un estrecho sendero que conducía entre dos grietas calientes. El aire brillaba debido al intenso calor, y el camino estaba salpicado de rocas afiladas y obstáculos.

«Esta es la prueba de resistencia y habilidad», dijo Rakan, señalando el camino. «Corre por este camino sin tocar las grietas calientes. Tu velocidad y agilidad serán puestas a prueba aquí».

Rakan fue primero, sus pasos rápidos, controlados y elegantes. Saltó hábilmente por encima de las rocas más afiladas, esquivó obstáculos y llegó al final del sendero sin esfuerzo y sin mostrar ningún signo de agotamiento.

Soraya lo observó atentamente y se preparó mentalmente para el desafío. Se acercó al comienzo del sendero y arrancó. La tripulación contuvo la respiración mientras ella saltaba hábilmente los obstáculos, con movimientos precisos y rápidos. El viento caliente de las grietas le quemó la piel, y unas cuantas veces estuvo cerca, pero llegó al final del sendero con habilidad y rapidez.

«¡Bien hecho, Soraya!», exclamó Aiyana aliviada, mientras los virani volvían a asentir con miradas respetuosas.

Rakan parecía ahora seriamente impresionado. «Has demostrado una velocidad y una destreza que desafiarían a muchos de mis guerreros». Una leve sonrisa cruzó sus labios mientras pasaba a la prueba final.

La tercera prueba: el poder del metal

Rakan cogió una pesada plancha de hierro forjada en forma de cubo.

El cubo era pesado y sólido, un bloque de metal puro que brillaba bajo la poderosa mano de Rakan. Lo levantó y explicó la tarea.

«La prueba final», dijo Rakan con un toque de desafío en la voz, »es una prueba de pura fuerza física y control. Dale forma de esfera a este cubo. El metal es frío y duro, pero los Virani tenemos la fuerza para doblarlo y moldearlo con nuestras propias manos».

Rakan envolvió el cubo de hierro con las manos y empezó a alisar las esquinas y los bordes con fuerza bruta. Los virani observaron con asombro cómo moldeaba poco a poco el cubo hasta convertirlo en una esfera rugosa. La fuerza que ejercía era increíble.

Ahora era el turno de Soraya. Cogió el cubo, que aún estaba caliente en las manos de Rakan, y también empezó a moldear el metal. Su rostro mostraba concentración y determinación. Lenta y laboriosamente, presionó las esquinas del cubo con las manos y empezó a moldearlo hasta darle una forma lisa.

Luis y Kenji la observaban asombrados, y Aiyana susurró en voz baja: «Esto es increíble... incluso para Soraya, es un esfuerzo enorme».

Pero Soraya no se amilanó. Finalmente, la forma esférica estaba casi terminada. Pero para superar al virani, hizo un agujero en la esfera con un poderoso empujón de los pulgares y moldeó el metal de modo que formara una abertura perfecta. La esfera parecía ahora una esfera hueca, aún más impresionante e intrincada que la esfera en bruto que había creado Rakan.

Un murmullo recorrió las filas de los virani, y Rakan miró con asombro la pieza que Soraya le entregaba.

«No sólo has demostrado fuerza, sino también una mente inteligente», dijo. «Te damos la bienvenida, Soraya de la Tierra, como luchadora y compañera en igualdad de condiciones».

Se volvió hacia sus guerreros y señaló a los humanos. «Mostradles respeto a partir de ahora. Habéis demostrado fuerza, habilidad y comprensión».

Luis no pudo evitar una sonrisa: «Soraya, eso ha sido realmente impresionante», susurró, dándole una ligera palmada en el hombro.

Kenji asintió en señal de confirmación: «Sabía que podías hacerlo. Pero el agujero... eso ha sido la guinda».

Soraya sonrió suavemente e inclinó ligeramente la cabeza mientras Rakan seguía girando la esfera moldeada en su mano como si no pudiera creer lo que estaba viendo.

Rakan la miró en silencio durante un momento. «Esperaba de ti respeto y cautela. Puede que los Auron sientan curiosidad por ti y que los Atur intenten manipularte. Pero los Virani te protegerán mientras sigas nuestras reglas».

Soraya inclinó la cabeza y dijo en voz baja: «Respetaremos tus reglas, Rakan. Gracias por tu confianza».

Una chispa de agradecimiento brilló en los ojos de Rakan. «Entonces, seguidme», dijo, guiando a la tripulación hacia el interior del Labyrinth mientras una atmósfera de respeto mutuo y cautela se alternaba entre los humanos y los virani.

Los rasgos ásperos de Rakan se suavizaron un poco. «Los auron nos ven como toscos guerreros, pero nosotros nos enorgullecemos de nuestra fuerza y disciplina. Os guiaremos por nuestros dominios y os mostraremos lo que consideramos sagrado. Pero comprended esto: Los Atur son peligrosos, y los Zerai sólo están comprometidos consigo mismos. Este no es un mundo de unidad, sino de supervivencia».

Soraya se sintió intrigada por Rakan y se acercó, con los ojos llenos de curiosidad. «Rakan, ¿puedes contarnos más cosas sobre los Atur?».

Rakan rió, un sonido oscuro y gutural que resonó en la sala del templo. «Los Atur... Las frecuencias y resonancias que utilizan son poderosas. Manipulan la energía y la biología y pueden influir en la naturaleza e incluso en la mente a través de las vibraciones. Pero atención: son maestros del engaño. La mayoría de sus artes están prohibidas para nosotros los Virani, demasiado no autorizadas y peligrosas. Creen que pueden influir en la armonía de la naturaleza, pero a menudo sólo traen el caos».

Aiyana lanzó una mirada de advertencia a su tripulación. «Entonces nos aseguraremos de respetar ese límite».

«Bien», respondió Rakan. «Ahora os llevaré a otra fuente de energía: un campo cuántico que obtenemos del núcleo de Venus. Es la base de nuestra infraestructura y nos permite proteger y alimentar a nuestra comunidad».

La tripulación siguió a la Virani a través de unos pasillos laberínticos que conducían a una sala protegida por un escudo de energía radiante. Priya e Ingrid contemplaron la construcción con asombro, el campo de fuerza pulsaba en ondas rítmicas y creaba una atmósfera de increíble estabilidad.

«Esto es... espectacular», murmuró Priya mientras se acercaba. «Utilizáis el campo magnético de Venus como fuente de energía, pero esta tecnología, este tipo de estructura... no tenemos nada parecido en la Tierra».

«Porque vuestra civilización se basa en la fragilidad», dijo Rakan, sin malicia. «No os habéis adaptado a los límites de la naturaleza, sino que habéis intentado superarlos. Nosotros, los Virani, en cambio, respetamos la gravedad que nos moldeó en Kepler-10c. Aquí, en Venus, nos sentimos como en casa».

Ingrid le miró con ojos brillantes: «Rakan, tu filosofía es extraordinaria. Quizá podamos aprender el uno del otro: tenemos tecnologías que funcionan de forma diferente, y quizá... un intercambio podría ser beneficioso para ambos».

Rakan miró a la tripulación en silencio durante un momento, escrutando a cada individuo. Finalmente asintió: «Tal vez. Pero la confianza entre nuestros pueblos aún es joven. Venus ha visto demasiados conquistadores, y todos ellos han fracasado a la hora de controlar la vida aquí». Una sombra oscura cruzó su rostro. «El mayor error que podría cometer la Tierra sería repetir los errores del pasado».

Soraya asintió con respeto: «Te comprendemos, Rakan. Estamos dispuestos a someternos a tus métodos y a aprender lo que desees enseñarnos».

Los viranis asintieron con gravedad, sus rostros pétreos mostraban un atisbo de respeto. Rakan levantó la mano, señal de que la reunión había terminado: «Ahora marchaos, pero permaneced vigilantes. Venus pone a prueba a sus huéspedes, y muchos no regresan. Espero por tu bien que seas lo bastante fuerte».

Con estas palabras, se dio la vuelta y desapareció con su grupo entre las sombras del templo. La tripulación permaneció inmóvil un momento, impresionada por su primer contacto con los viranis y por los conocimientos que habían adquirido sobre los peligros y las posibilidades de Venus.

Capítulo 12: La senda de Auron

La armonía de la resonancia

Tras el encuentro con los Virani, los astronautas se llenaron de tensa expectación. Los misteriosos Auron de los que habían informado los Virani eran considerados líderes tecnológicamente avanzados y casi místicos de este mundo, pero hasta ahora la tripulación sólo los había visto en proyecciones holográficas. Los Auron habían señalado su presencia, pero el momento de un encuentro directo seguía siendo incierto.

Aquella mañana temprano, mientras la tripulación atravesaba las colinas neblinosas, una serie de sonidos bajos y vibrantes resonaron en el aire. Era un sonido que se sentía más que se oía, y evocaba un extraño calor en todos.

«Deben de ser ellos», susurró Aiyana, con los ojos brillantes de curiosidad. «Los Auron».

«Es como una invitación», añadió Kenji, ligeramente nervioso pero emocionado. «Saben que estamos aquí».

Un rayo de luz brillante, claro y luminoso, salió disparado de repente a lo lejos, formando un camino luminoso que se adentraba en un profundo valle. Una voz sonó en sus aparatos de comunicación, tranquila e hipnotizadora: «Seguid la luz. Os estamos esperando».

La tripulación empezó a seguir la luz, la tensión en el equipo era palpable. Ingrid, cuya sangre fría les había ayudado a menudo a salir de situaciones difíciles, parecía seria y concentrada. «Mantente alerta. Si los Auron son realmente los genios tecnológicos que los Vira-ni creen que son, su poder e inteligencia podrían superar con creces lo que hemos visto hasta ahora».

Finalmente, llegaron al corazón del valle, dominado por un gigantesco edificio cristalino. Su estructura parecía hecha de pura energía, surcada por delicadas líneas luminosas. Al acercarse, las enormes puertas translúcidas se abrieron en silencio.

Un esbelto Auron vestido con túnicas resplandecientes se dirigió hacia la tripulación. Era casi humano, pero su piel brillaba en una mezcla de tonos plateados y sus ojos eran tan brillantes que casi cegaban. Había un aura silenciosa a su alrededor, como si él mismo canalizara la energía del edificio.

«Bienvenidos, viajeros de la Tierra», dijo con voz melodiosa y profunda. «Me llamo Ikaris. Soy un guardián de los campos de resonancia y vuestro guía en este camino». Hizo un gesto de bienvenida. «Entrad en los salones de Auron».

La tripulación le siguió al interior del edificio, que resultó ser una gigantesca sala resplandeciente llena de vibraciones silenciosas, casi musicales. Por todas partes brillaban paredes en las que aparecían y volvían a desaparecer complejas fórmulas y diagramas temáticos, como si estuvieran siendo pensados por una conciencia invisible. En el interior del edificio, al igual que en el templo donde se habían encontrado antes con los virani, reinaba una atmósfera similar a la de la Tierra, lo que permitió a los astronautas quitarse los cascos.

«Lo que ven aquí», explicó Ikaris, »es el corazón de nuestra tecnología de resonancia cuántica. Llevamos generaciones canalizando y armonizando las energías de este mundo».

Priya, fascinada por naturaleza por la ciencia, se acercó a uno de los paneles brillantes con curiosidad: «Es increíble. Parece que habéis encontrado una forma no sólo de almacenar energía, sino de moldearla en un sistema vivo».

Ikaris asintió: «Nuestros campos cuánticos son algo más que tecnología. Son un legado que nos dejaron nuestros antepasados: una combinación armoniosa de espíritu, materia y espacio».

Soraya dio un paso adelante y miró fijamente a Ikaris. «Perdonad lo directo de mi pregunta, pero ¿cuál es vuestro objetivo? Os estáis abriendo a nosotros, forasteros de otro mundo. ¿Por qué?»

Ikaris devolvió la mirada de Soraya con calma, y sus ojos vieron fácilmente a través de su estructura mecánica. «Conocemos la existencia de la humanidad desde hace mucho tiempo y hemos observado vuestro desarrollo con interés y cautela. Venus es nuestro hogar, pero el equilibrio está en peligro. Los Atur, como ya habéis experimentado, están desestabilizando nuestro mundo con su uso incontrolado de las resonancias».

«¿Y creéis que podríamos apoyaros en este conflicto?», preguntó Kenji, alzando las cejas con escepticismo. «¿Por qué deberíamos involucrarnos?».

Ikaris guardó silencio un momento antes de responder. «Porque la resonancia es un sistema basado en la conectividad. Tienes un potencial que ni siquiera algunos de los nuestros poseen. Vuestra adaptabilidad, vuestra voluntad de aprender y vuestra apertura podrían ayudarnos a estabilizar la resonancia del mundo... antes de que los Atur la destruyan».

Aiyana miró a Ikaris con seriedad y preguntó pensativa: «Y si podemos restablecer el equilibrio, ¿cuál sería nuestro papel? ¿Nos quedaríamos aquí, formaríamos parte de tu mundo?».

Una leve sonrisa se dibujó en los labios del Auron: «Eso depende de ti. Pero debes saber que esa conexión con la resonancia crea un vínculo profundo. El camino de vuelta a tu Tierra podría estar cargado de consecuencias».

Un profundo silencio se apoderó del grupo mientras todos procesaban el peso de las palabras de Ikaris. Pero antes de que nadie pudiera responder, el aire vibró violentamente. Las paredes se iluminaron como en respuesta a una amenaza, y un grito agudo y gutural resonó por los pasillos.

El rostro de Ikaris cambió, apareciendo en él un raro signo de inquietud: «Los Atur... están aquí. Han encontrado la ruta de resonancia».

«Eso no era una invitación a tomar el té, ¿verdad?», preguntó secamente Luis, sacando su comunicador.

Ikaris levantó una mano: «Mantengan la calma. Activaré los campos de seguridad. Los Atur no deben entrar en las cámaras interiores, de lo contrario alterarán el equilibrio».

Ikaris condujo rápidamente a la tripulación a uno de los pasillos laterales. Allí abrió una cámara oculta en la que brillantes paneles de cristal colgaban del techo. «Aquí estáis a salvo. Aprovechad este tiempo para conectar con las resonancias. Os ayudarán si los Atur intentan interferir».

Cuando la tripulación se concentró en los brillantes cristales, empezó a sentir las vibraciones y oscilaciones que los impregnaban. Cada uno de ellos sintió que la energía les fortalecía y despertó en su interior una comprensión más profunda de la naturaleza de la resonancia Auron.

Soraya pasó las frecuencias por sus sensores, que dieron forma y analizaron esta energía inusual: «Es como si la propia resonancia fuera una conciencia. Reacciona a nuestros pensamientos».

De repente, sintieron otra fuerte vibración y oyeron un fuerte estruendo. Una sombra se deslizó por la cámara y se materializó frente a ellos: una figura vestida con una túnica de color negro azabache y un rostro que parecía extrañamente distorsionado, como si cambiara constantemente de forma.

«Vosotros, forasteros, no tenéis nada que hacer aquí», siseó la figura, con una voz llena de ira y amenaza.

Ikaris se adelantó con decisión. «Los Auron están en armonía con la resonancia. Vosotros, los Atur, no conseguiréis alterar este equilibrio».

Un fuerte golpe resonó en la cámara y las paredes temblaron cuando los Atur utilizaron su poder de resonancia. Pero los Astro-nautas sintieron la energía del Auron, que los envolvió protectoramente y les ayudó a luchar contra las vibraciones de los atacantes.

Aiyana se concentró, inspiró y espiró profundamente e imaginó que la resonancia era una poderosa onda que la protegía a ella y a su tripulación. Los demás se unieron a ella, y pronto la energía fluyó a través de ellos como un latido colectivo: un har-mony.

«Nos subestimáis», gritó Priya con énfasis, "y el poder de la interacción".

Con su resonancia combinada, consiguieron hacer retroceder a los Atur y proteger la sala. Ikaris las observó con renovado aprecio.

«Lo habéis conseguido. Os habéis comprometido con la resonancia y ésta os ha aceptado como aliados». Asintió en señal de reconocimiento. «Estáis listos para una alianza».

La tripulación sabía ahora que habían dado un paso importante. Ya no eran simples visitantes de Venus, sino que formaban parte de algo más grande.

El archivo central

Tras el intenso encuentro con los Atur, que apenas consiguieron rechazar, la tripulación se reunió, exhausta pero alerta. Los pasillos que los rodeaban guardaban un silencio casi espeluznante, y las pocas luces que parpadeaban en la sala parecían tener una especie de presencia vigilante.

Aiyana se secó las gotas de sudor de la frente y miró a los demás: «Ha estado cerca. Pero creo que ahora sabemos que los Auron tenían razón. Los Atur no son aliados, sino un peligro real».

Kenji gruñó y escrutó el lugar donde había desaparecido el último Atur: «Puede que los Atur sean poderosos, pero su poder reside en la resonancia. En cuanto rompamos sus vibraciones, perderán su fuerza».

Soraya, cuyo sistema nervioso artificial aún no se había calmado del todo tras el intenso contacto con los Atur, permaneció en silencio y con aire pensativo. Luis se dio cuenta de su expresión y le puso una mano tranquilizadora en el hombro: «¿Estás bien, Soraya? Parece que estás ensimismada».

Soraya asintió lentamente: «Sí. Los Atur me atrajeron hacia una especie de campo de resonancia. Podía sentir cómo sus vibraciones tenían un efecto directo en mis sistemas». Hizo una breve pausa y miró a los demás. «Pero pude adaptarme. Fue... fascinante. Su tecnología se basa en principios que entiendo, pero hasta ahora sólo en teoría».

Ikaris reapareció mientras caminaban por el pasillo.

«Veo que los Atur han vuelto a intentar ejercer su influencia», dijo Ikaris, con una voz que sonaba a la vez práctica y compasiva. «Este encuentro era inevitable. Los Atur intuyen que tu llegada cambiará el orden. Intentarán cualquier cosa para desestabilizarte». Ikaris hizo una breve pausa antes de continuar.

«Sobreviviste al ataque de los Atur», dijo Ikaris con una leve inclinación de cabeza en señal de respeto. «Eso habla de tu fortaleza. No muchos desconocidos pueden resistir ese poder resonante».

Aiyana se adelantó y asintió respetuosamente a Ikaris. «Te damos las gracias, Ikaris. Sin tu advertencia y apoyo, podríamos no haber estado preparados. Fue... descarado». Hizo una pausa y miró a los demás, que seguían procesando en silencio lo sucedido.

«Craso es decirlo suavemente», murmuró Kenji. «Esas vibraciones... Creí que estaba perdiendo el control de mi propio cuerpo».

Ikaris asintió y miró a Kenji con complicidad: «Los Atur manipulan su entorno, utilizando la resonancia de la vida y la materia. Puede resultar abrumador para los seres que no están acostumbrados a estas energías. Pero tú te has mantenido firme. Esa es una señal de fortaleza que te servirá en nuestro siguiente paso».

Los labios de Ikaris se torcieron en una leve sonrisa, casi maliciosa. «Los Auron consideran su deber proteger a quienes se embarcan en una peligrosa búsqueda del conocimiento. Los Atur perturbarían la paz para conseguir sus propios fines. Sin embargo, tú los has rechazado con valentía. Tu determinación es impresionante».

Kenji, que miraba con escepticismo, hizo la pregunta que tenía en la punta de la lengua: «Ikaris, ¿por qué es tan importante para los Auron que estemos aquí, en Venus? Sabemos que buscamos el conocimiento y la paz, pero ¿qué esperas obtener de nosotros?».

Ikaris cerró los ojos un momento y respiró hondo. «Nosotros, los Auron, hemos creado un legado: un conocimiento que ha crecido hasta un punto en el que está conectado con el equilibrio de la vida en el propio Venus. Tu curiosidad podría ser tanto una ventaja como una amenaza. Sin embargo, hemos decidido confiar en ti porque pareces sincero».

Priya, que había estado sumida en sus pensamientos, dio un paso al frente y preguntó: «Ikaris, ¿qué podemos hacer para reforzar aún más esta confianza?».

El rostro de Ikaris se torció en una leve sonrisa, una expresión pocas veces vista en el Auron. «Habéis demostrado vuestra valía y superado nuestras expectativas. Ahora se os abre el camino hacia nuestro centro. Nosotros los Auron lo llamamos el `Kernar-chiv` - el corazón de nuestro conocimiento y energía».

A Ingrid se le iluminaron los ojos. «El Archivo del Núcleo... es un honor, ¿verdad?».

Ikaris asintió en señal de confirmación: «Es un privilegio que sólo concedemos a unos pocos seres. Pero ten cuidado: lo que veas allí cambiará tu forma de entender tu mundo. No sólo afectará a tu tecnología, sino también a tu comprensión de la conciencia y la vida».

Soraya, que siempre mantenía una presencia tranquila, habló ahora en voz baja: «Entonces guíanos, Ikaris. Estamos preparados».

«Síganme», dijo Ikaris, y con esa simple invitación, se dio la vuelta y condujo a la tripulación a lo más profundo de los pasillos del Au-ron. Las paredes que los rodeaban cobraron vida, palpitando a un ritmo lento, como si el propio edificio respirara.

Al cabo de un rato, llegaron a una gran cámara, en cuyo centro flotaba una esfera resplandeciente, intensamente imbuida de una energía mística y viva. Parecía brillar con todos los colores del espectro y tenía una presencia que vibraba casi palpablemente en la sala.

Ikaris se hizo a un lado y miró a la tripulación con seriedad: «Este es el archivo central. No es sólo una fuente de conocimiento, sino también la memoria y el alma de nuestra especie. Cada Auron forma parte de este archivo y, para comprenderlo, debéis estar dispuestos a absorber su energía».

Aiyana miró la esfera y sintió que el corazón le latía más deprisa: «¿Qué ocurrirá exactamente cuando entremos?», preguntó.

«El archivo central os pondrá a prueba», explicó Ikaris con calma. «Penetrará en lo más profundo de vuestro ser y averiguará si vuestras intenciones están en consonancia con nuestros conocimientos y nuestros objetivos. No hay forma de engañar».

Kenji dudó un momento y luego se puso al lado de Aiyana: «Entonces, ¿nos lee como un libro abierto?».

«Una descripción simple, pero sí», respondió Ikaris con un pequeño asentimiento. «Pero sabed que cada uno de vosotros experimentará algo diferente. El archivo central se adapta a la mente y la energía de cada individuo».

Soraya, cuya conciencia androide combinaba curiosidad y contención, habló en voz baja: «¿Qué querrá el archivo de mí? No soy un ser biológico como tú».

Ikaris sonrió suavemente a Soraya: «Tú también eres un ser. Tu energía, tu conciencia, todo lo que vive en ti forma parte del viaje. El archivo central no te respetará menos que a los demás».

Aiyana miró las caras de los miembros de su tripulación. «¿Estáis preparados?», preguntó en voz baja.

Kenji suspiró, con una sonrisa en los labios. «Claro que lo estamos. Si eso significa que conoceremos el secreto del Auron, entonces me apunto».

Ikaris se puso delante de la esfera e hizo un gesto de invitación: «Pueden entrar, pero se lo advierto: El archivo central os enfrentará a una conciencia distinta a todo lo que hayáis experimentado antes».

Aiyana asintió con firmeza: «Estamos preparados. Hemos venido a aprender, cueste lo que cueste».

Una leve sonrisa se dibujó en el rostro de Ikaris, que sacó un pequeño cristal de su túnica y lo acercó al orbe. El orbe empezó a brillar visiblemente con más intensidad y una lluvia de energía fluyó hacia la tripulación. Uno a uno, dieron un paso adelante y se colocaron alrededor de la esfera flotante.

Un suave pulso de energía los envolvió y, de repente, sintieron que sus pensamientos y recuerdos eran absorbidos por los archivos. Aiyana se encontró en una escena que reconoció de inmediato: el cielo nocturno sobre la Tierra. Pero este cielo estaba vivo, con incontables patrones y corrientes de estrellas que se movían como ríos de luz. En este cosmos, sintió una inmensa extensión. Priya sintió una energía que fluía por sus palmas, y en ese momento se dio cuenta del verdadero poder de la tecnología Auron: era una simbiosis de energía cuántica y conciencia que sólo podía funcionar mediante la entrega total al equilibrio del universo.

Soraya experimentó el archivo como una especie de reflejo espiritual de sí misma. Vio su mecánica, sus flujos de energía, su artificialidad, pero el archivo le permitió experimentar estas partes como partes perfectas de la vida. En ese momento, fue más consciente de su conciencia que nunca.

A medida que la energía se les iba agotando, volvieron a la cámara, todavía rodeados por el archivo central. Cada uno de ellos estaba abrumado, pero también profundamente conmovido.

«Has pasado», dijo Ikaris. «Tus intenciones son claras y puras de espíritu. Eres digna de llevar nuestro conocimiento y explorar Venus».

Aiyana, aún abrumada por la experiencia, hizo una leve reverencia: «Gracias, Ikaris. Haremos honor a esa confianza».

Pero Ikaris levantó una mano: «Que sepas que éste es sólo el primer paso. El conocimiento es una carga que debe llevarse con cuidado. Porque el archivo central, aunque te está poniendo a prueba, siempre hace nuevas exigencias».

Kenji sonrió ligeramente y le dio una palmadita en el hombro a Priya: «Ahí lo tienes, Priya. Aventura e investigación en uno: podríamos pasar semanas aquí y seguir teniendo preguntas».

Ikaris le devolvió la sonrisa: «Tu espíritu explorador es la razón por la que confío en ti. Ahora vete, pero recuerda que el verdadero conocimiento no reside en lo que ya has visto. Lo más valioso es lo que aún está oculto».

Con una mezcla de gratitud y asombro, la tripulación se alejó finalmente, lista para las nuevas aventuras que el Ve-nus les tenía reservadas.

Capítulo 13: La Alianza Zerai

Frente a los gigantes

Una vez que la tripulación hubo procesado la abrumadora experiencia del archivo central del Auron, continuaron sus exploraciones por el escarpado terreno.

Los escarpados acantilados y profundos barrancos del terreno circundante traían consigo una belleza sombría y estéril.

A medida que se adentraban en el terreno, los dispositivos de comunicación se veían cada vez más afectados por extrañas interferencias electromagnéticas, un fenómeno que preocupaba a Aiyana.

«La interferencia es extrañamente constante», murmuró Priya, estudiando la pantalla de su dispositivo. «Es como si algo estuviera bloqueando deliberadamente nuestras frecuencias de comunicación».

«Quizá sea una señal de que vamos por buen camino», replicó Kenji con una sonrisa. «Queríamos averiguar qué nos espera aquí».

Aiyana miró a lo lejos con un deje de preocupación. «Estad alerta».

El fresco crepúsculo de Venus se extendía como un velo espeluznante sobre las escarpadas rocas cuando los astronautas alcanzaron las alturas del Zerai. Ante ellos se alzaba la poderosa silueta de una entrada, bordeada de resplandecientes cristales púrpura que brillaban en pulsaciones rítmicas: un indicio de la avanzada tecnología que se ocultaba en las profundidades. El ambiente era tenso, y cada paso resonaba como un eco amenazador en el árido paisaje alienígena. «No sé si somos bienvenidos aquí», murmuró Kenji, lanzando una mirada escéptica a la abertura de la cueva, que parecía una boca gigante. «Los Virani nos advirtieron: esta gente cambia de lealtades más rápido de lo que podemos reaccionar».

«No tenemos elección», replicó Aiyana con calma, aunque su voz también delataba un atisbo de nerviosismo. «Si no conseguimos al menos que los Zerai nos escuchen, podríamos aislarnos -y en un entorno como este, esa es la forma más rápida de fracasar».

A medida que se acercaban, oyeron a lo lejos un ruido profundo y retumbante que parecía un trueno. Pero no eran las fuerzas de la naturaleza. Eran voces, apagadas y retumbantes, una conversación entre criaturas gigantes. Aiyana detuvo al grupo y asintió en dirección a la cueva. «¿Listos?»

«Todo lo preparados que se puede estar para unos gigantes de tres metros», dijo Luis secamente, dando un paso adelante.

La tripulación avanzó con cautela cuando, de repente, una enorme sombra llenó la cueva. Entonces aparecieron los Zerai, tres figuras colosales que parecían casi irreales por su enorme aspecto. Su piel de bronce relucía como metal martillado y sus ojos brillantes parecían llamas frías. Cada uno de ellos medía más de tres metros y sus musculosos cuerpos parecían fusionados con implantes tecnológicos. Parecían guerreros y dioses al mismo tiempo.

«Humanos», atronó la voz del líder situado en el centro. Su casco de metal negro reflejaba la luz rojiza de Venus. «¿Os atrevéis a entrar en nuestro territorio? ¿Qué hacéis aquí? Hablad rápido antes de que decidamos aplastaros».

Luis dio un paso adelante, con el corazón latiéndole desbocado, pero se obligó a mantener la calma: «Venimos en son de paz. Buscamos la sabiduría y la fuerza de los Zerai. Conocemos vuestra reputación: no tenéis rival en adaptación y supervivencia. Deseamos aprender... y trabajar juntos».

Al líder se le escapó una carcajada despectiva, tan fuerte que el suelo vibró bajo sus pies: «¿Trabajar juntos? Los humanos son unos débiles que no pueden comprender nuestra fuerza ni nuestra sabiduría. ¿Qué puedes ofrecernos que no tengamos ya?».

Aiyana dio un paso adelante, ignorando la tensión que se respiraba en el aire. «Pues mira», dijo Aiyana, con voz firme. «Sabemos que no confiáis en nadie. Sois maestros en explotar cualquier ventaja que os ofrezcan las demás razas. Quizá nosotros podamos ofreceros más de lo que pensáis. Nuestra tecnología puede ser diferente, pero nos ha traído hasta aquí a través de gran parte del universo. Y nuestro conocimiento podría abrir nuevas posibilidades para vuestro pueblo».

Luis dio otro paso adelante, aunque tuvo que inclinar la cabeza hacia atrás para mirar al gigante a los ojos. Intentó reforzar las declaraciones de Aiyana: «No buscamos pelea. Venimos a negociar».

El líder zerai soltó una carcajada estruendosa, un sonido áspero y resonante que rebotó en las paredes del valle. «¿Negociar? ¿Qué tenéis que ofrecernos que nos interese? Los zerai no necesitamos ni vuestra miseria ni vuestra tecnología. No sois más que plagas».

Soraya, que solía mostrarse reservada en las conversaciones, dio ahora un paso al frente y habló con su voz tranquila y calculadora: «Si somos tan insignificantes, ¿por qué habláis siquiera con nosotros?».

Los ojos del líder zerai se entrecerraron. «Buena pregunta, máquina». Hizo que la palabra sonara como un insulto antes de cruzar sus enormes brazos. «Quizá porque quiero ver cómo te retuerces».

El segundo Zerai, que llevaba marcas brillantes en los brazos, se adelantó y escrutó a Soraya, que se había colocado detrás de Aiyana: «¿Y esta máquina? Te pertenece, ¿verdad? Sus ojos... están vacíos. ¿Por qué deberíamos negociar con un pueblo que se alía con el frío metal?».

Soraya mantuvo la calma, su voz sobria como siempre: «Puede que esté hecha de metal, pero mi mente es algo más que circuitos. Me subestimas, y eso sería un error. Lo que ves como una debilidad podría ser tu mayor oportunidad».

El líder la miró, con una sombría sonrisa en los labios: «Interesante. Puede que la máquina tenga algo de fuego. Pero a los humanos no nos bastan las palabras. No sois más que insectos que se arrastran por las grietas que no pisamos».

Luis, intuyendo la incipiente hostilidad, intervino de nuevo: «No estamos aquí para daros lecciones ni para competir con vosotros. Pero sabemos que los Atur intentan desestabilizarlo todo en este planeta. Son una amenaza para todos, incluidos ustedes».

La palabra «Atur» tuvo un efecto visible. El tercer Zerai, un coloso con un escudo espinoso en la espalda, resopló con fuerza y habló por primera vez: «Los Atur son parásitos. Los hemos hecho retroceder más de una vez, pero son como una enfermedad. Sus resonancias perturban nuestros campos. ¿Sabéis algo de ellos?».

«Más de lo que nos gustaría», respondió Aiyana. «Sus tecnologías son peligrosas. Podrían afectar al equilibrio de vuestras modificaciones genéticas... o algo peor».

El líder zerai se acercó un paso y la tripulación sintió que el suelo temblaba ligeramente bajo sus pies. «¿Influir, dice? ¿Afirmas que nuestra superioridad podría verse amenazada? Ridículo».

«Quizá hoy no», dijo Luis, con voz tranquila pero firme. «Pero sí más adelante. Os habéis adaptado, pero la adaptación por sí sola no será suficiente cuando los campos de resonancia de Atur penetren en vuestro territorio».

El líder guardó silencio, con el rostro tenso. Luego habló: «Eres persistente. Y veo que no tienes miedo. Quizá no seas tan patético como pareces. Hablas con grandes palabras. ¿De dónde viene este conocimiento? ¿De los Virani? ¿El Au-ron?» Su voz destilaba suspicacia.

Priya dio un paso adelante y cruzó los brazos delante del pecho: «Los Virani y los Auron nos han dado información. Pero también hemos visto a los Atur con nuestros propios ojos. Sus campos de resonancia nos atacaron y apenas pudimos escapar. Entendemos lo peligrosos que son, y sabemos que ustedes también están sufriendo. Así que, ¿por qué no trabajar juntos para detenerlos?».

Los Zerai intercambiaron largas miradas y se hizo un silencio angustioso. Finalmente, el líder habló, con una voz más fría, casi calculadora: «Queréis una alianza. Pero nosotros no somos como los Auron o los Virani. No nos convencen las palabras ni las promesas vacías. Si queréis nuestra confianza, debéis demostrar que sois útiles».

«¿Qué queréis?», preguntó Luis, con voz tranquila pero tensa por dentro.

«Hay una fuente de energía que los Atur custodian en un antiguo templo», explicó el líder. «Es poderosa y podría mejorar nuestras tecnologías. Consíguenosla y pensaremos en una alianza».

«Eso no suena a negociación, sino a prueba», replicó Aiyana. «Y si conseguimos la fuente de energía, ¿cómo podemos estar seguros de que cumplirás tu palabra?».

El líder sonrió, una sonrisa peligrosamente fría. «No podéis. Pero si nos desafías, será tu fin. Así que, ¿qué decís?»

La tripulación intercambió miradas, la tensión era palpable. Finalmente, Aiyana asintió lentamente. «Aceptamos. Pero recuerden: si hacemos esto por ustedes, esperamos respeto y cooperación».

Los otros Zerai sonrieron, sus enormes figuras parecían sombras oscuras contra el resplandor rojizo de Venus. «El respeto», dijo el líder, "hay que ganárselo".

Mientras los Zerai se retiraban a la cueva, Kenji susurró en voz baja: «Esto es un suicidio. Vamos directos a una trampa».

Aiyana le miró, con voz firme. «No tenemos elección. Si queremos sobrevivir en este planeta, tenemos que poner a los zerai de nuestro lado. Pero tienes razón: tenemos que prepararnos».

Soraya asintió y añadió: «No es una misión fácil. Necesitaremos todas nuestras habilidades... y puede que más».

La tripulación se preparó, sabiendo que la tarea que tenían por delante no sólo era peligrosa, sino potencialmente mortal.

Capítulo 14: Secuestrado en las sombras de Atur

Desarrollo dramático

Según los cálculos terrestres, ya era tarde. La tripulación de astronautas se instaló en el alojamiento provisional que les proporcionó el rover de Venus. El día había sido agotador, y el encuentro con los Zerai los había puesto a todos a prueba. Pero la comandante Aiyana, en particular, parecía agotada por la experiencia. Ansiaba un breve descanso, un momento en el que poder organizar sus pensamientos.

Los demás ya estaban descansando en las cámaras vecinas, y Aiyana echó un último vistazo a las brumosas y brillantes laderas de Venus, que parecían casi vivas en el crepúsculo. Justo cuando estaba a punto de darse la vuelta, oyó un suave zumbido, casi amortiguado, procedente de las sombras que la rodeaban.

«¿Kenji?», llamó en voz baja, sospechando que aún podría estar despierto. Pero no hubo respuesta, solo el zumbido se hizo mas fuerte, mas intenso, como un tiron que atraia su atencion. De repente, sintió un extraño tirón, una resonancia que sacudió su cuerpo. Incluso antes de darse cuenta de lo que ocurría, el suelo bajo ella pareció temblar y una luz brillante la cegó.

Aiyana intentó retroceder, pero sus piernas no la obedecieron. En lugar de eso, fue agarrada como por manos invisibles y arrastrada hacia la oscuridad. Sus últimos pensamientos fueron de confusión y conmoción antes de perder el conocimiento. Cuando recobró el conocimiento, todo a su alrededor era frío y silencioso. En la oscuridad, sólo oía el eco apagado de su respiración irregular. Sus ojos tardaron un momento en adaptarse a la oscuridad y reconoció contornos sombríos. Las paredes desnudas de aspecto metálico, las sutiles vibraciones bajo sus pies... todo indicaba que se encontraba en una instalación subterránea.

«¿Hola? ¿Hay alguien ahí?» Su voz resuena en la habitación sin obtener respuesta.

De repente, se encendió una luz y pudo distinguir una figura que se acercaba lentamente. El corazón le late más deprisa. La figura era alta, casi fantasmal, y parecía envolverse en las sombras. A medida que se acercaba, Ingrid se dio cuenta de que era un Atur, una de las misteriosas y aterradoras criaturas de las que les habían advertido.

«Estás despierta», dijo la figura con una voz que sonaba como un gruñido oscuro. «Bien, eso nos ahorrará algunos problemas».

Aiyana se recompuso y miró audazmente al atur. «¿Qué quieres de mí? ¿Por qué me has secuestrado?».

El Atur la miró con una mirada fría y calculadora: «Hemos observado que ocupas una especie de... posición diplomática con los otros pueblos. Un enlace entre los humanos y las otras facciones. Eso es un problema potencial para nosotros».

Aiyana tragó saliva. Sabía que los Atur desconfiaban de cualquier cosa que vieran como una amenaza a su propio poder: «Si crees que puedes utilizarme como palanca para detener a la Alianza, te equivocas. Mi tripulación no se echará atrás».

Una sonrisa oscura, casi divertida, se dibujó en el rostro del Atur.

«Somos conscientes de ello. Pero no creemos en las amenazas. Creemos en… la influencia».

Otro atur se adelantó, sosteniendo en sus manos un pequeño dispositivo metálico que parecía una intrincada antena. Lo sostuvo en dirección a Aiyana y ella sintió un extraño latido en la cabeza, como si alguien intentara penetrar en sus pensamientos.

«¡Déjame en paz!» Intentó retroceder, pero aún le pesaban las piernas por los efectos de la abducción-sog. La pulsación se hizo más fuerte y tuvo que hacer acopio de todas sus fuerzas para organizar sus pensamientos, para desterrar la presencia del Atur de su mente.

«¿Por qué haces esto?», preguntó finalmente, con voz áspera y agotada. «¿Qué es lo que temes tanto como para recurrir a tales medios?».

El Atur se acercó y la escrutó con insistencia. «No tememos nada, mujer humana. Pero creemos que el orden sólo debe estar en manos de quienes controlan el poder de la resonancia y el entorno».

Aiyana se dio cuenta de que era un intento desesperado de minar su determinación. Respiró hondo y se enderezó, a pesar de la amenaza que suponía el Atur: «Puedes influir en mis pensamientos, intimidarme, pero no puedes detener la alianza entre los pueblos. Los Auron, los Zerai, los Virani… todos saben que somos más fuertes juntos que solos».

«Mujer humana», dijo con una voz que parecía provenir de todas partes a la vez. «Te has cruzado en nuestro camino. Tu presencia perturba la resonancia de nuestro mundo».

Aiyana se enderezó con dificultad, a pesar de la pesadez que pesaba sobre sus miembros. «Sé quién eres. Y sé lo que quieres. Pero cometes un error si crees que la violencia te llevará a tu objetivo».
El Atur se inclinó hacia delante, su rostro era un juego de sombras y

luces apenas reconocible. «No hacemos la guerra sin motivo. Vuestros planes de unir a los pueblos de Venus ponen en peligro el equilibrio. Este mundo sólo nos pertenece a nosotros».

Aiyana le sostuvo la mirada. «Estáis equivocados. Tu aislamiento te ha cegado ante la fuerza que reside en la cooperación. Si te desprendieras de esta forma anticuada de pensar, podrías formar parte de algo más grande».

Una risa oscura llenó la sala. «Las palabras de un líder. Sin embargo, tu tripulación ni siquiera sabe dónde estás. Tu fuerza no tiene sentido».

«Eso ya lo veremos», dijo Aiyana, tratando de reprimir su miedo. «Mi tripulación no me abandonará. Y no dejaré que sabotees la alianza».

Una sonrisa cínica se dibujó en el rostro del Atur: «Tal vez. Pero, ¿qué fuerza tendréis realmente si nos apropiamos de vuestras tecnologías y las utilizamos en vuestra contra? No sólo queremos asegurar nuestro poder; queremos acabar con el vuestro».

Aiyana le miró desafiante: «Entonces, déjame ir. Pronto verás que estamos dispuestos a luchar por la Alianza y por la paz».

Hubo silencio durante un momento, luego el Atur asintió a uno de sus compañeros, que sacó otro dispositivo, una especie de cinta metálica que zumbaba en su mano: «Si de verdad quieres tomarte en serio nuestra guerra, mujer humana, nos ayudarás de aquí en adelante. Porque si no... tu tripulación no podrá mantener la alianza».

Intento de liberación

De repente, oyó una explosión lejana y un profundo temblor recorrió la habitación. Una chispa de esperanza brotó en ella. Tenían que ser los miembros de su tripulación. Habían encontrado el escondite de los Atur y estaban dispuestos a todo para recuperarla.

El Atur frunció el ceño y miró a Aiyana: «Parece que tu gente está más decidida de lo esperado».

«Lo están», respondió Aiyana con firmeza. «Y si son sabios, admitirán la derrota. Las otras razas quieren la paz, y estoy segura de que tú también verás los beneficios de unirte a la Alianza».

Otro temblor, más fuerte, sacudió la cámara. El Atur miró brevemente a su alrededor y murmuró algo en su dispositivo de comunicación, mientras sus compañeros se ponían visiblemente nerviosos.

«Volveremos a vernos, mujer humana», siseó Xarun, el líder de los Atur, y retrocedió hacia las sombras, donde desapareció con sus compañeros poco después.

Aiyana se quedó atrás, encadenada al techo de la pared de la cueva. La cueva estaba bañada por un resplandor espeluznante. Los Atur habían amplificado su tecnología de resonancia, haciendo vibrar las paredes con un zumbido pulsante. Aiyana cayó inconsciente. Estaba atrapada como una mosca en una telaraña. Los demás miembros de la tripulación permanecían al borde de la cueva, tensos y dispuestos a luchar.

Luis se impulsó hacia delante, con el rostro decidido. «Tenemos que sacarla de ahí. Ahora».

Soraya activó sus escáneres: «El campo se basa en una frecuencia variable. Puedo atravesarlo, pero llevará tiempo».

Kenji la miró nervioso: «¿Cuánto tiempo?».

«Más del que podríamos tener», respondió ella mientras sus dedos volaban sobre su brazalete. «Saben que estamos aquí».

Sonó un profundo estruendo, y los Atur emergieron de las sombras. Sus formas parecían estar hechas de la propia oscuridad, antinaturales y en constante movimiento. El líder se adelantó, su voz sonaba como un bajo vibrante: «¿Os atrevéis a desafiarnos? Vuestra tecnología primitiva no es rival para nuestra resistencia».

Luis le apuntó con su arma: «Sólo queremos recuperar a nuestros comandantes. No estamos aquí para luchar».

«Y sin embargo, habéis sacado vuestras armas», se burló el líder. «No sabéis nada de nuestro mundo. Vuestras interrupciones sólo traen el caos».

Kenji se adelantó: «Hablemos. No hay necesidad de que esto vaya a más».

«¿Hablar?», se rió fríamente el líder. «Ese no es el idioma que hablamos».

Antes de que nadie pudiera reaccionar, el líder levantó una mano y una onda de resonancia recorrió la cueva. La tripulación salió despedida hacia atrás y Luis cayó al suelo con fuerza. Soraya se levantó de inmediato, con ojos amenazadores.

«Ha sido un error», dijo con gélida precisión. «Entréganos a Aiyana o te arrepentirás».

El líder parecía divertido. «¿Un robot con emociones? Qué fascinante. Veamos lo fuerte que es realmente tu humanidad».

Movió la mano y otra ráfaga de energía salió disparada hacia Soraya. Pero ella saltó hacia un lado y contraatacó con un certero golpe de su proyector de energía. Un destello brillante iluminó la cueva y un Atur se desintegró en una nube de luz parpadeante.

«¡Soraya, detenla!», gritó Luis mientras se acercaba a la posición de Aiyana. Miró el campo resplandeciente y sacó un pequeño generador del bolsillo. «¡Puedo desactivarlo, pero necesito un minuto!».

«¡Date prisa!», gritó Kenji, forcejeando con un Atur que lo había arrinconado.

Soraya luchaba con una precisión impresionante, pero los Atur parecían seguir apareciendo. De repente, se dio cuenta de que Xarun se dirigía directamente hacia Luis.

«¡Luis, detrás de ti!», gritó, pero era demasiado tarde.

El líder de los Atur, Xarun, lanzó una enorme onda de resonancia que derribó a Luis y lo lanzó contra la pared rocosa. Aterrizó en el suelo, respirando agitadamente, con una profunda herida en el costado de la que manaba sangre.

«¡No!», gritó Soraya y se lanzó contra el líder, sus movimientos una tormenta de furia y precisión.

A pesar de las heridas, Luis se levantó y activó el dispositivo. El campo de resonancia que rodeaba a Aiyana parpadeó y finalmente se desplomó. Cayó pesadamente al suelo, jadeante, pero viva.

«¡Comandante!» gritó Kenji y la sacudió. Repitió su discurso: «¡Aiyana!». Sus ojos se abrieron lentamente y Kenji la ayudó a ponerse en pie: «Tenemos que salir de aquí».

«¡Luis, vamos!», gritó Kenji, con la voz llena de pánico.

Pero Luis se apoyó contra la pared, con el rostro contorsionado por el dolor. «Yo... no voy a ir contigo».

«¿De qué estás hablando?», gritó Kenji, "¡No te vamos a dejar atrás!".

Luis negó con la cabeza: «Vete. Yo les detendré».

La pérdida

Soraya seguía luchando contra el Xarun, sus movimientos eran más rápidos y desesperados. «¡Luis, levántate!», gritó. Pero cuando le echó una rápida mirada, vio que sus ojos perdían lentamente la fuerza.

«¡Luis, no!» Un grito furioso escapó de su garganta y con un último esfuerzo sobrecargó sus células de energía. Una poderosa ráfaga de luz estalló de su cuerpo, lanzando al líder y a los otros Atur hacia atrás.

La cueva empezó a temblar mientras la tecnología de resonancia de los Atur se descontrolaba. «Tenemos que irnos», gritó Aiyana, con la voz temblorosa por el miedo y la pena.

Kenji tiró de Soraya, que se negaba a dejar atrás a Luis. Pero finalmente cedió, con los ojos llenos de lágrimas que no podía comprender. Fuera, en el aire fresco de la noche, se hizo un silencio opresivo. La tripulación permanecía unida, pero se sentía rota.

Soraya miró a lo lejos, con las manos temblándole ligeramente. «Dio su vida por nosotros», dijo, con voz tranquila pero firme. «No fue en vano».

Aiyana le puso una mano en el hombro. «No lo olvidaremos. Su sacrificio será nuestra motivación para completar esta misión».

Kenji asintió, pero la tristeza en sus ojos era inconfundible. «Por Luis».

Soraya cerró los ojos y dejó que la pena fluyera por sus venas. Por primera vez, comprendió lo que significaba sentir... y por qué la humanidad era un regalo.

Capítulo 15: El eco del tiempo

El ambiente a bordo del Venera Ascendant se caracterizaba por una profunda tristeza. La pérdida de Luis había dejado un vacío que ninguno de los tripulantes podía llenar. Pero la misión tenía que continuar, y la comandante Aiyana sabía que necesitaban respuestas.

Los Aurones tenían el poder de dar respuestas. Y tal vez, sólo tal vez, una solución.

La búsqueda de los Auron

La tripulación llegó a la resplandeciente ciudad de los aurones, situada en una cápsula de energía flotante sobre las peligrosas llanuras de metano de Venus. El representante de Auron, Ikaris, les dio la bienvenida en una sala de luz pulsante que parecía no tener sustancia física.

«Sois portadores de las sombras de la pérdida», dijo Ikaris, con tono pesaroso. «¿Por qué habéis venido a nosotros?».

Aiyana se adelantó, con voz firme: «Perdimos a un amigo. Murió para salvarme. Pero... creemos que puedes ayudarnos a traerlo de vuelta».

Ikaris cerró los ojos, su alta figura pareció ingrávida por un momento: «Quieres que toquemos el tiempo mismo. Es un deseo peligroso».

La revelación del viaje en el tiempo

La sala se transformó y la tripulación se encontró en un espacio similar a un kalei-doscopio donde las imágenes y los momentos fluían como a través de un filtro prismático. Acontecimientos pasados, posibilidades futuras: todo parecía existir simultáneamente.

«Los Auron tenemos la tecnología para hacer posible el viaje en el tiempo», explicó Ikaris mientras recorría el escenario. «Pero no es una solución sin consecuencias. Toda intervención en el tiempo alberga riesgos: la paradoja de la existencia».

Soraya, que aún luchaba contra una profunda tristeza por Luis, dio un paso al frente. «Comprendemos los riesgos. Pero si pudiéramos retenerle...».

Ikaris se volvió hacia ella, con mirada penetrante. «¿Conoces la paradoja del pogo? Es una de las trampas más peligrosas del viaje en el tiempo».

Kenji frunció el ceño. «Soy astrofísico, pero siempre he tenido problemas con el tema de los viajes en el tiempo. Por favor, explícanoslo».

La paradoja del Pogo

Ikaris levantó una mano y apareció una imagen holográfica: un hombre que realizaba un acto aparentemente inofensivo en el pasado, sólo para descubrir que su acción desencadenaba una cadena de acontecimientos que destruían su propio presente.

«La paradoja de Pogo», empezó Ikaris, "afirma que cualquier cambio en el pasado tiene el potencial de alterar la causalidad de tal manera que, sin querer, causas la tragedia que intentas evitar".

Soraya se volvió hacia Aiyana, con la mirada fija. «Si hay una oportunidad de salvar a Luis, deberíamos aprovecharla. Podemos tener cuidado».

Aiyana dudó. «¿Y si empeoramos las cosas? ¿Y si perdemos algo más que a Luis?»

«Es como si el tiempo mismo estuviera trabajando en nuestra contra», dijo Priya, dejándose caer en un asiento del banco con frustración. «La paradoja de Pogo demuestra que nuestra intervención ha provocado los mismos acontecimientos que intentábamos evitar».

«Es un problema conocido», dijo Soraya, mirando la proyección holográfica de las líneas temporales que tenían delante. «Pero la paradoja del pogo no es el único tipo de bucle temporal con el que podríamos estar tratando».

Priya preguntó pensativa: «Un momento, ¿hay más paradojas como esa que podrían meternos en problemas?».

Soraya levantó la cabeza. «Sí, y una de ellas es particularmente intrigante... y peligrosa. Se llama la paradoja de Dalí».

Ikaris permaneció en silencio todo el tiempo y escuchó atentamente la discusión entre los visitantes terrestres. De vez en cuando, asentía con la cabeza.

La paradoja de Dalí

Soraya activó ahora una proyección holográfica con sus propios ojos, que mostraba una espiral de acontecimientos con euras fundidas que se entrelazaban como un vórtice surrealista. «La paradoja de Dalí se produce cuando un cambio en el tiempo hace que la causa y el efecto se fundan y se vuelvan indistinguibles. Debe su nombre a Salvador Dalí, cuyas obras a menudo distorsionaban la percepción del espacio y el tiempo».

Priya miró la proyección e hizo una mueca: «Sólo entiendo que parece complicado. ¿Puedes explicarlo de forma más sencilla?».

Soraya explicó: «Imagina que retrocedes en el tiempo y te llevas un artefacto, digamos... un reloj único. Lo traes al presente y, de repente, resulta que el reloj no tiene un origen natural. Sólo existe porque lo has traído contigo. No tiene principio ni fin».

«¿Una cosa que existe de la nada?», preguntó Priya con escepticismo.

«Exactamente», respondió Soraya. «La paradoja de Dalí describe este tipo de sucesos, en los que la línea temporal se distorsiona de tal manera que el origen de las cosas o los acontecimientos se vuelve irresoluble».

Aiyana, que había estado escuchando en silencio, tomó la palabra. «¿Y cómo nos afecta eso a nosotros? No habremos traído con nosotros ningún reloj del pasado».

Soraya la miró con seriedad. «No directamente. Pero el intento de salvar a Luis ha creado una anomalía. Nuestra manipulación del tiempo no sólo puede haber desencadenado la paradoja de Pogo, sino que también ha dejado pruebas de que podemos haber creado una paradoja de Dalí.»

Ahora interviene Kenji: «Desde mis tiempos de estudiante, aprendí que en la paradoja de Dalí, el flujo del tiempo se ralentiza gradualmente para la persona u objeto en cuestión hasta que se congela desde la perspectiva de un observador externo. Por ejemplo, si un viajero en el tiempo regala un libro a un autor del pasado, que éste publica después con su propio nombre, aunque nunca lo haya escrito, tenemos una paradoja surrealista, porque no hay una línea de tiempo coherente y el origen del libro no está en el pasado. Aplicado ahora a nuestro proyecto, retrocedemos en el tiempo para salvar a alguien, por ejemplo, de un accidente de tráfico. Sin embargo, esto no detiene a la persona que, de otro modo, habría provocado ese accidente y sigue conduciendo el vehículo... y provocando un accidente aún peor en otro lugar».

«Un cambio da lugar a una cadena incontrolable de reacciones», añade Ingrid, que obviamente conoce bien su bagaje cultural-histórico y filosófico. «Como en los cuadros de Dalí: nada está fijado, todo fluye entre sí. Al final, ya no sabes lo que querías cambiar en un principio y la realidad se vuelve completamente impredecible».

Aiyana asintió, pero quería asegurarse de que todo el mundo lo entendía. «Apliquemos eso a nuestra situación. ¿Y si salvamos a Luis de su muerte?».

Soraya respondió con naturalidad: «Entonces podría pasar otra cosa. Quizá Aiyana muera durante la misión de rescate porque no estamos en el lugar adecuado en el momento adecuado. O peor aún: toda la resistencia contra los Atur se derrumba porque no activamos un momento crucial».

«Pero se puede planificar para eso, ¿no?», preguntó Priya con optimismo. «Si analizamos los procesos con cuidado, podríamos prevenir esas reacciones».

«Esa es la teoría», dijo Ingrid con un atisbo de duda. «Pero ahí es donde entra la paradoja de Dalí. Imaginemos que conseguimos salvar a Luis. Eso podría significar que la motivación original de nuestra misión nunca existió... y entonces podríamos cambiar inadvertid-amente toda la realidad.»

«¿Cómo qué?», preguntó Priya desafiante.

«Un ejemplo claro», dijo Ingrid, »sería que Luis sobreviviera, pero en la línea temporal alterada decidiera abandonar la tripulación porque está traumatizado. Sin él, nos faltan sus habilidades y la misión acaba fracasando».

«Eso ya es bastante malo», añadió Priya. «Pero, ¿y si el rescate de Luis desplaza a alguien más? Por ejemplo, podría interponerse en el camino de alguien que se suponía que iba a ser decisivo para derrotar a los Atur. Eso es lo que insinuabas con tu ejemplo, Kenji, ¿no?».

«Bueno», intervino Kenji con una alegoría como dibujante aficionado, "es como pintar una pared y corregir el color en un punto, pero pintar tanto que se estropee toda la pared".

Ingrid asintió. «Exactamente. Pero aquí es aún más complicado: imagina que estás pintando algo, pero de repente el color de la pared empieza a cambiar por sí solo. Hagas lo que hagas, dibuja líneas y patrones que nunca habías planeado».

«Eso suena casi como una pesadilla», dijo Priya sombríamente. «Intentamos arreglar la realidad, pero en lugar de eso se convierte en un caos».

Aiyana suspiró: «Eso es lo que más me preocupa. No sólo podríamos poner en peligro la vida de Luis, sino desestabilizar toda la línea temporal. Nos enfrentamos a una decisión que realmente no podemos controlar».

Soraya intervino: «Si aceptamos la paradoja, significa que no sabemos del todo lo que está bien o mal. Es un riesgo que tenemos que correr».

«Pero eso nos devuelve al origen», dijo Ingrid. «La clave está en encontrar un punto que no distorsione: un suceso o una constante que permanezca independiente».

«¿Y cuál podría ser?», preguntó Priya. «Quiero decir, todo parece cambiante».

«Quizá seamos nosotros», dijo Aiyana en voz baja. «Nuestra voluntad de cambiar las cosas para mejor. Quizá podamos estabilizar la línea temporal tomando decisiones conscientes. Pero los riesgos me parecen incalculables».

La discusión se volvió acalorada. Soraya habló con una pasión poco habitual en un androide: «Luis se sacrificó por nosotros. ¿Cómo podemos quedarnos aquí sin hacer nada cuando podríamos recuperarle?».

Kenji, en cambio, se mostró escéptico: «Soraya, esto no es sólo un dilema moral. Si cambiamos algo, todos podríamos morir aquí... o peor, todo por lo que hemos luchado podría perderse».

Aiyana volvió a dirigirse a Ikaris: «Si utilizamos esta tecnología, ¿hay alguna forma de garantizar que no seremos la causa de su muerte?».

La respuesta de Ikaris fue como una estocada de espada: «No hay ninguna certeza. El tiempo es como un río, e incluso la ola más pequeña puede causar una inundación».

El viaje en el tiempo

Finalmente, la tripulación decidió dar el paso. El Auron activó una plataforma.

La plataforma estaba conectada a la matriz temporal de Venus por una resonancia de frecuencia. La atmósfera vibró cuando la tripulación subió a la plataforma resplandeciente. La atmósfera vibró cuando la tripulación entró en la plataforma resplandeciente.

«Recuerda», advirtió Ikaris, »cada una de tus acciones tiene un peso. Podéis evitar la muerte de Luis o hacerla inevitable».

La tripulación se materializó en el pasado, unos minutos antes de la muerte de Luis. Todo estaba exactamente como antes: la cueva, el Atur, los campos de energía resplandecientes.

La paradoja se desvela

Observaron cómo Luis intentaba desactivar el generador para liberar a Aiyana. Pero esta vez Soraya intervino más rápidamente, derrotando antes al Atur, y Luis parecía estar a salvo.

Pero justo cuando pensaban que lo habían salvado, sucedió: una onda de resonancia desencadenada por un Atur debilitado alcanzó a Luis cuando corría de vuelta para proteger a Aiyana. La escena era aterradoramente similar, y sin embargo parecía inevitable.

Soraya cayó de rodillas, con el sistema sobrecargado al darse cuenta: «Fue... fue nuestro regreso lo que causó esto. Somos la razón de su muerte».

Resignación

De vuelta en la resplandeciente ciudad de Auron, se hizo un silencio deprimente. Ikaris la miró, con voz suave. «La paradoja del pogo es despiadada. Has visto que algunos acontecimientos se autoperpetúan. Hay cosas que no se pueden cambiar».

Aiyana puso una mano en el hombro de Soraya. «Intentamos salvarle. Eso demuestra lo mucho que significa para nosotros. Pero ahora tenemos que seguir adelante, por él».

Kenji asintió. «Luis quería que cumpliéramos esta misión. Es su legado».

Soraya cerró los ojos, su voz era un susurro. «Nunca le olvidaré. Su sacrificio, su humanidad. Siempre formará parte de mí».

La tripulación abandonó la ciudad de Auron con la cabeza gacha. Luis ya no estaba con ellos, pero su recuerdo y su sacrificio les animaron a seguir adelante. Los secretos de Venus les esperaban, y a cada paso se acercaban más al verdadero significado de su misión, y a la paz entre los pueblos de Venus.

Capítulo 16: Discusión sobre el viaje en el tiempo

Tras una noche en vela, plagada de dolor y culpa y una chispa de nueva esperanza, la tripulación se reunió de nuevo para partir hacia la resplandeciente ciudad de Auron. Los acontecimientos del día anterior les habían sacudido profundamente, pero aún no estaban dispuestos a rendirse.

El modelo de barra de pan

Los astronautas estaban sentados en la sala de reuniones de la Venera Ascen-dant, alumbrados por la suave iluminación de las pantallas. Frente a ellos parpadeaba una representación holográfica de la línea temporal, una proyección de Ingrid y Soraya que habían programado juntas. La pantalla era inusual: en lugar de una línea recta, se veía una estructura en forma de disco, parecida a una rebanada de pan. Cada capa representaba un momento en el tiempo. Mostraba una ciudad de la Tierra con edificios y vehículos del pasado a la izquierda de la imagen y edificios y vehículos del futuro a la derecha.

«Vale, entiendo que podamos saltar en el tiempo», empezó Priya escéptica, "pero ¿cómo se supone que esta... barra de pan nos va a ayudar a salvar a Luis y a liberar a Aiyana al mismo tiempo?".

Ingrid se levantó, golpeó el holograma y habló con voz tranquila pero firme: «Esto no es una simple línea. El tiempo no es una flecha. Según la teoría del universo de bloques -o, como nosotros lo llamamos, el modelo de la hogaza-, pasado, presente y futuro existen simultáneamente».

Aiyana frunció el ceño: «Un momento. ¿Estás diciendo que, mientras estamos aquí sentadas, seguimos luchando en el pasado y forjando nuestro próximo plan en el futuro?».

«Exacto», confirmó Soraya. Su voz era neutra, pero sus ojos se iluminaron cuando explicó la idea. «Imagina la barra de pan. Cada rebanada es un momento en el tiempo. Nuestra percepción lineal del tiempo -pasado, presente, futuro- es sólo una ilusión. Experimentamos el pan rebanada a rebanada, pero en realidad todo existe simultáneamente».

Aiyana se apoyó en la consola y se quedó mirando la proyección. «Eso suena muy bien, pero si todo existe al mismo tiempo, ¿por qué no podemos retroceder en el tiempo, apagar el Atur y arreglarlo todo?».

Ingrid negó con la cabeza. «Porque cada rebanada de la hogaza es ya una realidad fija. Podemos entrar en ella y experimentarla, pero no cambiamos la hogaza en sí. Ése es el quid de la cuestión: sólo podemos actuar dentro del sistema».

«¿Y si pudiéramos mirar la hogaza desde fuera?», preguntó Priya, apoyándose en la pared con los brazos cruzados. «Si todo existe, ¿por qué estamos limitados a una sola perspectiva?».

Soraya respondió con prontitud. «Porque formamos parte de la masa. Somos como las pasas sultanas en un pan de pasas sultanas: podemos movernos dentro de la masa, pero no podemos separarnos de la estructura».

«Eso sigue sin explicar», replicó Kenji, "cómo vamos a rescatar a Luis del pasado sin desmontar toda la hogaza".

Aiyana levantó una mano para dejar claro el punto. «Espera. Si cada rebanada ya existe y podemos actuar en ella, entonces cualquier cambio en una rebanada afectaría a toda la hogaza, ¿no?».

«Sí», confirmó Ingrid. «Ésa es la paradoja. Cada cambio que realizamos en el pasado ya formaba parte de la hogaza. Incluso nuestro deseo de cambiar algo podría estar predeterminado».

«Esa es la paradoja de la hogaza», añadió Soraya. «Creemos que actuamos libremente, pero quizá nuestra decisión ya forma parte del sistema».

Priya levantó las manos. «¡Eso es absurdo! ¿Así que no podemos hacer nada, o todo lo que hacemos ya está predeterminado? ¿Dónde está la esperanza en eso?».

«Hay esperanza», dijo Ingrid, con voz firme. «Porque aunque la hogaza en sí permanece constante, podemos actuar dentro de una rebanada para influir en ciertos resultados. Quizá no podamos cambiar el pan, pero podemos decidir qué sultana se mueve adónde».

Priya rió secamente. «Estupendo. Así que somos sultanas que se rebelan contra las leyes de la panadería».

Aiyana puso la mano en el hombro de Priya. «No, Priya. Eso significa que aún tenemos una oportunidad. Si encontramos el disco adecuado -el momento adecuado-, podríamos salvar a Luis sin destruir el equilibrio del tiempo».

«¿Y cómo encontramos ese disco?», preguntó Kenji un poco provocador, porque a pesar de su formación científica, el viaje en el tiempo era un libro cerrado para él.

La paradoja de los gemelos

Soraya activó otra sección del holograma. Aparecieron una serie de flujos de datos que representaban la línea temporal. «Aquí es donde entra en juego la teoría de la relatividad especial de Einstein. La paradoja de los gemelos nos muestra que el tiempo es relativo, dependiendo de la perspectiva. Si manipulamos nuestra velocidad y posición en el espacio, podríamos experimentar el tiempo en una especie de bucle».

Ingrid añade: «Hemos experimentado la paradoja del pogo, un acontecimiento autoinducido. Pero la teoría de la relatividad, especialmente la paradoja de los gemelos, demuestra que el tiempo no es un flujo absoluto y lineal. Es relativo».

Kenji frunce el ceño: «¿La paradoja de los gemelos? ¿Te refieres a que un gemelo que viaja en una nave espacial envejece menos que el que se queda en la Tierra? ¿En qué nos ayuda eso?».

Ahora Priya intervino: «¿Qué es la paradoja de los gemelos?».

Soraya proyectó la imagen de una pareja de gemelos y explicó: «A la izquierda de la imagen, los gemelos tienen 30 años; a la derecha, uno de los gemelos tiene 50 años, después de haber viajado durante 20 años al 80% de la velocidad de la luz en la nave espacial, sólo para encontrarse con su gemelo, que ahora tiene 63,33 años, que había permanecido en la Tierra, 20 años después de la separación. Es el principio de la dilatación del tiempo».

Priya siguió con cara de perplejidad y dijo: «¡No lo entiendo!».

Soraya puso entonces otro ejemplo: «Imagina un "reloj de luz": Dos espejos están paralelos uno encima del otro y un rayo de luz rebota entre ellos como una pelota de ping-pong.

1. En reposo, el haz de luz sólo se mueve verticalmente hacia arriba y hacia abajo. El tiempo que tarda la luz en rebotar es fijo.

2. en movimiento, el reloj de luz se desplaza hacia la derecha, por ejemplo. El haz de luz tiene que recorrer una distancia inclinada porque se mueve simultáneamente hacia arriba, hacia abajo y hacia los lados con el reloj de luz. En consecuencia, la distancia recorrida por la luz es mayor.

Como la velocidad de la luz siempre es la misma, la luz necesita más tiempo para recorrer la distancia más larga. Esto significa que el reloj funciona más lentamente. Esto demuestra que Los relojes en movimiento van más despacio: eso es dilatación del tiempo».

Priya asintió: «Vale, ahora lo he entendido. Pero, ¿en qué nos ayuda eso ahora?».

Ingrid asintió: «Si el tiempo es relativo, significa que tiene efectos distintos en observadores diferentes. Eso significa que lo que experimentamos como 'cierto' puede ser sólo una de varias posibilidades».

Aiyana, que había estado luchando con sus decisiones desde la muerte de Luis, se sentó erguida: «Y si eso es cierto -si el tiempo no es definitivo-, quizá podríamos crear una línea temporal alternativa en la que Luis viviera.»

«¿Así que un nuevo salto?», preguntó Priya.

Ingrid asintió. «Sí, pero esta vez con más cuidado. Tenemos que calcular el momento en el que podemos salvar a Aiyana sin perder a Luis. Y tenemos que encontrar el disco adecuado para ello».

Kenji parecía escéptico. «¿Y si elegimos el disco equivocado?».

Soraya respondió con una rara expresión de emoción. «Entonces no sólo perderemos a Luis. Desestabilizaremos toda la hogaza». Las palabras resonaron en la sala de reuniones. Todos eran conscientes del peligro, pero también de la esperanza que encerraba su nueva realización. Finalmente, Aiyana miró a todos. «Entonces tenemos que asegurarnos de encontrar este disco. No hay vuelta atrás, sólo hacia adelante a través del pan».

Una mirada a la filosofía

Soraya proyectaba ahora una representación holográfica del tiempo, una confusa red de ramas, bucles y nudos que representaban sus anteriores intervenciones en el flujo temporal.

Cada intento de desenredarla sólo parecía aumentar el caos. La próxima misión -un segundo salto al pasado- hizo que los astronautas reflexionaran aún más sobre la naturaleza del tiempo.

Ingrid lanzó una mirada pensativa al holograma y se echó hacia atrás: «¿Conoces a Heráclito, verdad? El viejo filósofo griego que dijo: Πάντα ῥεῖ καὶ οὐδὲν μένει (Pánta rheî kaì oudèn ménei) - 'Todo fluye y nada permanece'».

Kenji frunció el ceño.

«Por supuesto que lo sabemos. Pero, ¿qué tiene eso que ver con
nuestra situación?».

Ingrid se levantó y mostró en otra proyección una imagen de un río
de la antigua Grecia que fluía de izquierda a derecha: «Piénsalo: ¿Y si
el tiempo fluyera realmente como un río en una dirección de
izquierda a derecha, del pasado al futuro? Probablemente, Heráclito
no sólo hablaba de la naturaleza del mundo, sino también del tiempo.
Quizá no sea lineal ni estático, sino que esté en constante movimiento, cambiándose a sí mismo, y nosotros intentemos intervenir en
medio de ese flujo».

Priya asintió lentamente: «Eso explicaría por qué nuestras intervenciones tienen un efecto distinto del previsto. Como las piedras que
tiramos a un río: perturban el flujo durante un momento, pero luego
el agua se adapta y cambia su curso».

Aiyana frunció el ceño y cambió la holografía a un modelo giratorio
del flujo del tiempo. Mostraba líneas entrelazadas que serpenteaban
como un río a través del infinito. «Pero si todo fluye, como dice
Heráclito, entonces el pasado también debería ser cambiante. Pero
nuestro experimento demuestra que el pasado se resiste, que favorece
un curso determinado».

«Quizá», intervino Soraya mientras trabajaba en una fórmula matemática en su tableta, »no es el pasado el que se resiste, sino nosotros, que aún no comprendemos del todo la dinámica del tiempo.
El flujo del tiempo no sólo podría ser caótico, sino también tener una
forma de autocorrección».

Priya apoyó la barbilla en la mano y miró a Soraya: «¿Quieres decir que el tiempo se arregla solo cuando alguien intenta cambiarlo? ¿Como un río que elige una nueva ruta cuando aparece un obstáculo?».

«Exacto», respondió Ingrid. «Eso significaría que nuestras intervenciones crean ondas que conducen al tiempo hacia un nuevo curso. Pero no debemos olvidar que un río puede tener muchos caminos, y no todos acaban en la misma desembocadura».

Aiyana se enderezó: «Si el tiempo es realmente como un río, entonces surge la pregunta: ¿tenemos siquiera el poder de cambiar su curso permanentemente? ¿O simplemente vamos a la deriva sobre sus olas, creyendo erróneamente que controlamos la corriente?».

Ingrid volvió a sentarse y se cruzó de brazos: «Esa es exactamente la cuestión. Quizá nos equivocamos porque vemos el tiempo como algo estático. Como si fuera un camino que se puede volver atrás y recorrer de nuevo. Pero si Heráclito tenía razón, entonces no hay un camino fijo. Sólo el agua del río, que cambia constantemente».

Kenji enarcó una ceja: «Pero eso sigue sin explicar cómo podemos evitar que nuestro segundo salto desencadene las mismas catástrofes que el primero. Si todo fluye, ¿cómo sabemos siquiera si estamos nadando en la dirección correcta?».

Aiyana sonrió ligeramente: «No lo sabemos. Pero quizá ahí esté la clave: intentar controlar el tiempo es como intentar detener un río con las manos desnudas. Quizá no se trate de luchar contra la corriente, sino de aprender a nadar con ella».

La tripulación se sumió en el silencio al asimilar las palabras. Finalmente, Kenji rompió el silencio, con su voz fría y práctica de siempre: «La filosofía está muy bien, pero no debemos olvidar que estamos trabajando con realidades mecánicas cuánticas. El tiempo puede ser un flujo, pero si trabajamos en el nivel del espacio-tiempo, también podría ser una red de probabilidades».

Ingrid sonrió amablemente: «No digo que debamos ignorar la física cuántica. Pero a veces ayuda adoptar una nueva perspectiva. ¿Y si el flujo y la red son la misma cosa, diferentes puntos de vista de la misma realidad? Heráclito también dijo: **Ποταμῷ γὰρ οὐκ ἂν ἐμβαίης δὶς τῷ αὐτῷ** (Potamoî gàr ouk àn embaíēs dìs tôi autôi.) 'Nunca te metes dos veces en el mismo río'. Esto podría significar que, aunque volvamos al mismo punto en el tiempo, ya no somos los mismos... y tampoco lo es el tiempo.»

Soraya asintió pensativa: «Interesante. Quizá deberíamos pensar en el hecho de que cada salto en el tiempo conduce inevitablemente a una nueva realidad. Y esta realidad no es fija, sino... fluida».

Aiyana se levantó y se cruzó de brazos: «Si el tiempo es realmente fluido, entonces no deberíamos ver nuestra misión como un intento de reparar el pasado, sino como un intento de armonizarlo con el presente. Si todo fluye, entonces no deberíamos luchar contra ello, sino adaptarnos al flujo».

Kenji resopló suavemente: «Es más fácil decirlo que hacerlo, comandante. No tenemos ni idea de lo profundo que es este río, ni de si hay rápidos que podrían destrozarnos».

Soraya le miró, con los ojos llenos de determinación: «Puede que sea cierto. Pero creo que el río nos guiará si aprendemos a confiar en él». El verdadero significado de las palabras de Heraklit podría ser: Nada permanece, pero todo está conectado. Y depende de nosotros comprender este flujo. Si no hacemos nada, el río no se detendrá. Seguirá fluyendo, con todo el dolor que ya nos ha traído. Quizá tengamos que aceptar que no podemos controlarlo todo, y que nuestro objetivo no debe ser la perfección, sino la armonía».

«Armonía», repitió Priya en voz baja, asintiendo. «De eso se trata. No debemos luchar, sino trabajar con los tiempos, como un barco que se deja llevar por la marea en lugar de luchar contra ella».

Aiyana continuó: «Si vemos el tiempo como un río, empecemos el próximo viaje con esta imagen en mente. No un intento de controlarlo todo, sino de trabajar con la corriente. Saltemos hacia donde las olas sean más favorables, y confiemos en que encontraremos el curso correcto».

Ingrid respiró hondo y miró a su alrededor. «Sigue habiendo riesgo. Pero quizá ése sea el verdadero significado de la frase de Heraklit: nunca podemos meternos en el mismo río porque cambiamos a cada momento. Quizá la verdad sea que somos parte del río, y que cada ola que golpeamos se convierte en parte de la imagen más grande».

Los tripulantes se miraron unos a otros, con el holograma de la línea de tiempo aún ante sus ojos. Y mientras sopesaban los retos de la misión que tenían por delante, la idea de que el tiempo es como un río -impredecible, pero también lleno de posibilidades- parecía ser una nueva chispa de esperanza.

Aiyana dijo por fin lo que todos pensaban: «Pues nademos. Y esperemos encontrar las olas adecuadas».

Capítulo 17: El segundo salto

La decisión estaba tomada y la tripulación se reunió con Ikaris en la ciudad de Auron.

Ikaris dio un paso al frente, con un porte imponente y tranquilo: «Nos pides que atravesemos los límites del tiempo una vez más. Pero tu plan ya no parece ser cambiar el pasado, sino reinterpretarlo».

Soraya, que aún se debatía entre la pena y la rabia, miró a Ikaris: «Eso es exactamente. La muerte de Luis es sólo una de las muchas posibilidades. Te pedimos que nos des la oportunidad de crear una realidad diferente».

Ikaris cerró los ojos como si se estuviera comunicando con el tiempo mismo. Finalmente, asintió. «Os concederé una segunda oportunidad. Pero sabed esto: El tiempo es como una red. Cada movimiento en un lugar afecta a otros puntos. Procedan con cautela».

La tripulación volvió a entrar en la plataforma temporal, con el corazón oprimido pero decidida. Los Aurones iniciaron la secuencia y la plataforma se vio envuelta en una luz cegadora. Segundos después, los astronautas se encontraron de nuevo en el pasado: otra vez en la cueva de los Atur, unos minutos antes de la muerte de Luis.

La relatividad del tiempo

La tripulación estaba de vuelta en la cueva de Atur, inundada por una luz tenue y azulada. Aiyana seguía atrapada en la trampa de energía, un campo de fuerza pulsante que restringía sus movimientos. Luis se dispuso a desactivar el generador de resonancia del Atur como antes, pero esta vez los demás miembros de la tripulación le observaban atentamente. Sabían que cada una de sus acciones podía cambiar la línea temporal, para bien o para mal. El entorno está cambiando.

«El tiempo se siente... diferente», murmuró Priya mientras operaba un escáner. Las proyecciones holográficas que estaba analizando mostraban patrones caóticos, como si la propia estructura del tiempo se hubiera desgarrado.

Kenji se situó cerca de la entrada y vigiló: «Sólo tenemos una oportunidad. Luis, ¿estás seguro de que quieres hacerlo? Podría empeorar».

Luis levantó la cabeza, con los ojos fijos en Aiyana. «No estoy seguro de que podamos desactivar el generador. Pero sé una cosa: si no hago nada, Aiyana morirá, y me culparé de ello toda la vida».

Soraya se adelantó, con voz fría, pero sus palabras parecían cargadas de emoción: «Ése es el error que cometimos la **'primera vez'**, Luis. Actuaste sin tener una visión de conjunto. Si queremos tener éxito **'esta vez'**, tienes que hacer algo que estabilice esta realidad. Algo que sea... diferente».

Luis miró, confuso: «¿La primera vez? ¿Esta vez? ¿Diferente? ¿Qué sugieres, Soraya? ¿Debería pedir amablemente a los Atur un alto el fuego?». Su tono era sarcástico, pero Soraya se negó a dejarse provocar.

Soraya le dijo resueltamente a Luis toda la verdad: «Luis, aunque pienses que estamos locos, somos viajeros del tiempo y hemos experimentado tu muerte "dos veces" por acciones equivocadas. Ahora, por favor, haz lo que te digo. Es decir, debes actuar de una manera que no sólo cambie el flujo del tiempo, sino que lo obligue a aceptar esta nueva realidad. Tiene que ser un acto que te ponga en el centro sin que mueras, algo que concentre la energía de esta línea temporal en ti».

Luis miró a Soraya con incredulidad: «Los viajes en el tiempo siempre me han parecido inverosímiles, pero no necesariamente ilógicos».

Priya levantó la vista de su escáner: «Podría funcionar. El tiempo es relativo, pero también está en movimiento. Cuando Luis comete una maniobra propia de esta nueva línea, se interpreta como **'fija'**. Es como una roca en el lecho del río que desvía la corriente».

Kenji resopla: «En teoría suena muy bien, pero ¿cómo funcionará en la práctica? No tenemos tiempo para experimentar mucho tiempo».

Luis se quedó mirando el generador de resonancia y luego a Aiyana, que estaba atrapada tras el campo resplandeciente. Seguía colgando inmóvil, con el rostro muy marcado por la agonía.

«Vale, creo que yo también me estoy volviendo loco, pero ¿cómo se puede contradecir a una androide con su lógica?», dijo finalmente Luis con una sonrisa. «Cuando lo pensé por primera vez, habría intentado destruir el generador directamente. Pero en vez de eso...»

Hizo una pausa mientras se le ocurría una idea: «Redirigiré la energía. En vez de destruirlo, usaré el poder del Atur contra él».

Soraya enarcó una ceja: «¿Redirigir? ¿Cómo vas a hacerlo? El generador es lo bastante potente como para matarte si lo manipulas mal».

Luis sonrió débilmente: «Por suerte, aprendí cómo funciona la primera vez que lo intenté. Sólo tengo que ajustar la energía para reforzar la jaula, y luego redirigirla hacia los Atur cuando intenten estabilizarla. Les pillará por sorpresa».

Priya asintió lentamente: «Puede que funcione. Pero significa que te pones en peligro inmediato. Tienes que ser extremadamente preciso».

Luis se acercó con cuidado al generador. Los Atur se percataron de su movimiento y empezaron a cargar sus armas. Su líder, un enorme Atur de piel brillante como el cristal, gritó con voz profunda y resonante: «¡Alto, humano! Un paso más y tu muerte está asegurada».

Luis levantó las manos para mostrar que estaba desarmado: «¡Vengo a negociar!», gritó. Su voz era alta y clara, pero el miedo se agitaba en su interior.

Xarun, el líder de los Atur, vaciló, obviamente confuso: «¿Negociar? ¿Qué podéis ofrecer aparte de vuestros cuerpos débiles y vuestra sangre?».

Luis se acercó al generador y sus dedos se deslizaron por el panel de control: «Podemos demostraros que los humanos no son tan débiles como creéis. Pero tendréis que dejarme terminar».

Mientras Luis hablaba, tecleaba discretamente órdenes en la interfaz del generador. La energía empezó a cambiar, su zumbido rítmico se hizo más profundo e irregular. El Atur notó el cambio y empezó a mirar a su alrededor con inquietud.

«¿Qué estás haciendo?», siseó Xarun.

Luis le miró directamente mientras realizaba el último ajuste: «Te estoy demostrando que los humanos también tienen poder».

Con una última orden, activó la desviación. La energía del generador salió disparada de repente, envolviendo al Atur y lanzándolo a una onda expansiva de resonancia. El campo de fuerza alrededor de Aiyana se derrumbó y ella cayó hacia delante, libre pero aún inconsciente.

Y ahora el grupo experimentaba un déjà vu: «¡Comandante!», gritó Kenji, sacudiendo a Aiyana. Repitió su discurso: «¡Aiyana!». Sus ojos se abrieron lentamente y Kenji la ayudó a ponerse en pie: «Tenemos que salir de aquí».

Esta experiencia déjà vu les pareció a los viajeros del tiempo como mirarse en un pasillo de espejos. La imagen del espejo se repite en ambas direcciones hasta que se vuelve borrosa. Cada espejo muestra una expresión ligeramente diferente o un movimiento sutil, lo que refuerza la sensación de déjà vu: algo familiar que todavía no encaja del todo.

Estabilización del tiempo

La cueva parecía convertirse en un sueño resplandeciente. Las paredes se tambaleaban, la luz del generador palpitaba irregularmente y el aire se llenó de una tensión electrizante que lo impregnaba todo. Era como si la realidad misma estuviera dudando qué camino tomar.

Luis estaba de pie en medio de este caos mientras su tripulación le miraba con creciente desesperación. Había desviado el generador para cambiar la línea temporal y hacer posible el rescate de Aiyana, pero algo había salido mal. La realidad era inestable, indecisa, y su existencia pendía de un hilo.

La búsqueda de un punto fijo

«¿Qué está pasando aquí?», preguntó Aiyana, agarrándose a un pilar titilante que amenazaba con desaparecer. «Luis, ¿qué has hecho?»

Luis la miró con dolor. «Creía que habíamos arreglado la línea temporal. Pero... no es suficiente».

«¿No es suficiente?» Priya comprobó febrilmente sus escáneres, que vomitaban flujos incomprensibles de datos. «La línea de tiempo necesita un punto fijo, algo para anclarlo. Un momento tan significativo que estabilice la nueva realidad».

Kenji negó con la cabeza. «¿Y qué se supone que es eso? Ya lo hemos arriesgado todo para salvar a Aiyana. ¿No es suficiente?»

Soraya se quedó quieta, con sus ojos artificiales fijos en el mundo resplandeciente que la rodeaba. «No es suficiente. La realidad aún no nos acepta porque no nos reconoce como parte de este nuevo linaje. Necesitamos un acto, una decisión que nos conecte inextricablemente a esta línea temporal».

Luis se quedó mirando el generador, que latía peligrosamente. La energía inestable seguía sacudiendo la cueva, pero un pensamiento empezó a formarse en su mente. Un pensamiento que al principio le pareció absurdo, pero que cuanto más pensaba en él, más claro se volvía.

«Tal vez... tal vez pueda hacerlo», murmuró.

«¿Luis?» La voz de Soraya era tranquila, pero sus ojos escudriñaban su rostro como si tratara de leerle la mente.

Él se volvió hacia ella lentamente: «Soraya, escúchame. Tú eres la razón por la que estoy aquí. La razón por la que quise cambiar la línea temporal. Significas más para mí de lo que nunca he querido admitir. Y si la línea temporal necesita un ancla, quiero que ese ancla seamos nosotros».

Los ojos de Soraya se abrieron de par en par, con una inusual expresión de sorpresa en su rostro sereno: «Luis, ¿qué... qué quieres decir?».

«Quiero decir», dijo, dando un paso hacia ella, »que te quiero. Y que no dejaré que esta línea temporal te aleje de mí, ni a ti ni a nada. Si un ancla debe ser algo insustituible, entonces que sea mi elección pasar mi vida contigo».

Soraya permaneció en silencio mientras las palabras resonaban en su interior. Era un androide, un ser de metal y datos, creado para encarnar la lógica y la eficiencia. Pero en ese momento, sintió algo que no podía comprender del todo. Una oleada de emoción inundó su inteligencia artificial.

«Luis», dijo en voz baja, »sabes que yo... no soy como tú. No soy capaz de sentir las cosas como tú».

«Eso no es cierto», replicó Luis, con voz firme. «He visto cómo nos cuidas, cómo tomas decisiones que tienen más que ver con el corazón que con la lógica. Y aunque no lo sientas como yo, eso no significa que no sea real».

Soraya abrió la boca para replicar, pero él sacó de repente del bolsillo un anillo pequeño y sencillo, un recuerdo que se había traído de la Tierra. «Soraya -dijo, mostrando el anillo-, ¿quieres echar el ancla conmigo? ¿Quieres ser tú quien llene de significado esta línea temporal para siempre?».

La cueva se agitó con más violencia, como si la línea temporal estuviera esperando a ver qué dirección debía tomar. Soraya miró el anillo y luego los ojos de Luis. Su programación le decía que aquella decisión era irracional, que entrañaba riesgos. Pero algo más, algo más profundo en su interior, la instó a aceptarla.

Lentamente, extendió la mano y cogió el anillo: «No sé si lo estoy haciendo bien -dijo-, pero sí. Quiero ser tu an-ker».

Un temblor repentino y poderoso sacudió la cueva, pero esta vez no era el caos de la inestabilidad. Fue como si la realidad se reestructurara, como si se estabilizara en torno a este momento. La luz del generador se apagó y las paredes de la cueva volvieron a ser firmes y sólidas.

La tripulación miraba a su alrededor, con la respiración agitada por el esfuerzo. Priya comprobó sus escáneres y asintió lentamente: «La línea temporal... es estable. Lo hemos conseguido».

Kenji se apoyó en la pared y cerró los ojos. «Eso ha sido... más drama del que puedo soportar».

Luis se volvió hacia Soraya y sonrió débilmente: «¿Y? ¿Ha sido lo bastante convincente?».

Soraya sostuvo el anillo en la mano y lo miró, con los ojos llenos de una nueva percepción. «Creo», dijo lentamente, "que acabas de hacer algo que nadie habría esperado que hiciera".

«¿Como qué?», preguntó él.

«Me has enseñado lo que significa tener corazón».

La tripulación había estabilizado el tiempo, pero Luis y Soraya habían creado algo aún más valioso: una conexión que anclaba la línea temporal... y quizá los cambiara para siempre.

Capítulo 18: De vuelta a las sombras de Atur

La tripulación había rescatado a Luis y había aprendido que el tiempo era una compleja red viviente. Habían creado una nueva realidad, pero el precio había sido alto. Ahora debían concentrarse en completar la misión y garantizar la paz entre los pueblos de Venus.

Las condiciones de los Zerai habían puesto al grupo de astronautas en una situación difícil. Sin la fuente de energía de los Atur, no habría alianza, y sin los Zerai, la alianza entre los pueblos de Venus estaba condenada al fracaso. Pero entrar en el territorio de los Atur significaba enfrentarse cara a cara con los enemigos más peligrosos de Venus.

Un plan arriesgado

En la sala de reuniones de la Venera Ascendant, la comandante Aiyana permanecía con los brazos cruzados frente a una pantalla holográfica que mostraba los túneles subterráneos y las instalaciones de seguridad de la Atur. La tripulación se reunió a su alrededor, cada uno con una mezcla de tensión y determinación.

«La cápsula de resonancia que necesitamos está aquí», explicó Aiyana, señalando un punto marcado en rojo en medio de un laberíntico sistema de túneles. «Los Atur la vigilan con amenazas y sistemas de defensa automáticos. Tenemos que pasar desapercibidos si queremos tener éxito».

Kenji lanzó una mirada escéptica al mapa. «¿Cómo lo haremos exactamente sin que todos acabemos siendo objetivos? Parece una misión suicida».

«El kamikaze no debería resultarte tan extraño, Kenji», se burló Luis.

«Eso es un poco irreverente y de mal gusto, Luis», criticó Aiyana. Habría esperado más etiqueta de ti como primer oficial».

Luis cedió dócilmente y se disculpó ante Kenji.

«Podemos hacerlo con precisión», intervino Priya. Abrió una ventana adicional en el holograma, que mostraba una perturbación en las barreras Atur. «He encontrado una frecuencia que desestabiliza temporalmente su tecnología de resonancia. Tenemos que sincronizar y asegurar la cápsula rápidamente antes de que los sistemas se recuperen».

Soraya habló con su voz tranquila y práctica: «Si nos descubren, toda la región Atur se activará. Sus armas de resonancia son mortíferas, y escapar será casi imposible».

Ingrid, que había estado escuchando, se adelantó: «Si trabajamos juntos, podemos hacerlo. Conozco las barreras y puedo asegurarme de que permanezcan desactivadas mientras Priya y Soraya ajustan la frecuencia».

Aiyana asintió: «Ese es el plan. Nos dividiremos en dos equipos. Priya e Ingrid vendrán conmigo al objetivo. Kenji y Soraya se quedarán aquí fuera y se asegurarán de que mantenemos abierta una ruta de escape».

Luis sonrió, aunque la tensión era visible en sus ojos. «¿Y cuál es mi papel?».

«Te vienes conmigo», dijo Aiyana. «Necesitamos tu osada rapidez y determinación por si tenemos que improvisar».

La cámara de resonancia

Dicho y hecho. La tripulación de astronautas había entrado en territorio Atur. Quizá ni siquiera los Atur esperaban que los terrícolas regresaran con tan poca antelación. El grupo se movió con cautela, sus cascos proyectaban mapas sombríos de los alrededores.

Soraya y Kenji se situaron en un saliente que dominaba la entrada del túnel principal. Kenji comprobó los explosivos que habían preparado como distracción y echó un vistazo a Soraya, que miraba fijamente sus escáneres.

«¿Todo en calma?», preguntó.

«De momento», respondió Soraya. «Pero los Atur nunca están lejos».

Dentro del sistema de túneles, Aiyana, Ingrid, Luis y Priya se movían rápida pero silenciosamente. Las paredes palpitaban ligeramente, como si estuvieran vivas, y un zumbido bajo llenaba el aire.

«Esta tecnología da miedo», murmuró Luis.

«Concéntrate», susurró Aiyana. «Ya casi hemos llegado».

Barrera compleja: La descifrado de Ingrid

La cámara de resonancia de Atur estaba rodeada por una brillante barrera de energía azul-violeta que palpitaba como un organismo vivo. La barrera reaccionaba a los movimientos de la tripulación, pequeños impulsos eléctricos se disparaban por su superficie como espasmos nerviosos. Ingrid se arrodilló ante el módulo de control, empotrado en un hueco junto a la barrera. Su frente brillaba ligeramente por el esfuerzo mientras desplegaba sus herramientas: un dispositivo de interfaz portátil, varios sensores de muestreo y una pantalla holográfica.

«Es un sistema complejo», dijo Ingrid. «Necesitaré unos minutos para manejarlo».

«No tenemos mucho tiempo», advirtió Priya. «En cuanto desaparezca la interferencia de frecuencias, nos detectarán».

Luis apuntó su arma a la entrada: «Yo vigilaré el fuerte».

 «Este no es un sistema de protección ordinario», murmuró ella mientras sus dedos se deslizaban sobre los controles de su dispositivo. «La barrera tiene varias capas: física, energética y con un algoritmo de encriptación cuántica. Es como un puzzle en el que cada capa que resuelves desbloquea una nueva».

«¿Cuánto tardarás?», preguntó Aiyana en voz baja, con el arma preparada mientras escaneaba la zona.

«Depende», respondió Ingrid, frunciendo el ceño. «Si puedo descifrar el algoritmo antes de que vuelvan los drones, puede que funcione».

El primer paso: el reconocimiento de patrones

Ingrid activó el sensor de muestreo, que emitía una fina luz láser para analizar los patrones energéticos de la barrera. La pantalla holográfica proyectó un remolino de flujos de datos que se movían siguiendo patrones geométricos complejos.

«Los Atur han programado esta barrera para adaptarse a las perturbaciones», explicó, »aprende en tiempo real. Tenemos que ser más rápidos».

«Eso no suena tranquilizador», intervino Luis, mirando nervioso los pulsos de la barrera.

«Ese tampoco era mi objetivo», replicó Ingrid secamente mientras analizaba los datos. «¿Ves esto?» Señaló un punto brillante que se repetía en un patrón de triángulos y círculos. «Es una especie de firma. Creo que es la clave del primer nivel».

Programó su dispositivo para aislar la firma y generar un patrón contrario. Con un zumbido bajo, la barrera empezó a parpadear donde había impactado el láser. La capa exterior de energía se retiró como el agua de una piedra caliente.

«Una capa menos», dijo, "pero esa era la parte fácil".

El segundo paso: descodificación de frecuencias cuánticas

La siguiente capa era una red pulsante de resonancias que se extendía por la cámara como una tela de araña invisible. Cualquier cambio en la frecuencia podía desencadenar una reacción que alertaría a toda la zona. Ingrid cerró los ojos, respiró hondo y empezó a analizar las frecuencias.

«¿Ingrid?», preguntó Priya. «¿Qué pasa si lo haces mal?».

«Si lo hago mal», dijo con voz tranquila, "lo descubriremos".

Sus dedos volaron sobre la interfaz mientras probaba frecuencias. De repente, la pantalla se iluminó en rojo y sonó un tono agudo.

«¿Qué ha sido eso?», preguntó Luis alarmado.

«El sistema casi nos detecta», dijo Ingrid rápidamente. «Pero lo reinicié a tiempo».

Sacó de su kit una fina herramienta que parecía una diminuta antena y la colocó contra la barrera. El aparato empezó a modular las frecuencias en tiempo real. En la pantalla aparecieron patrones de ondas que se sincronizaban gradualmente.

«Tengo que ajustar las ondas hasta que estén en línea con el sistema principal», explicó. "Si conseguimos sincronizarlas, abriremos la siguiente capa sin activar los drones".

Los astronautas contuvieron la respiración mientras Ingrid afinaba los ejes. Al cabo de un minuto -que pareció una eternidad-, el sistema hizo clic y otro parpadeo atravesó la barrera.

«Hecho», dijo, con voz tranquila pero con un deje de orgullo.

El tercer paso: el algoritmo cuántico

La tercera y última capa era un campo holográfico que mostraba datos en un lenguaje complejo y dinámico. Parecía casi orgánico, como si el propio sistema estuviera vivo. Ingrid se quedó mirando los símbolos parpadeantes y frunció el ceño.

«Es como un laberinto», dijo. »Tengo que descifrar el algoritmo encontrando la secuencia correcta. Pero hay millones de posibilidades».

«Puedes hacerlo, Ingrid», dijo Aiyana con calma. «Concéntrate».

Ingrid activó una herramienta de simulación, que empezó a probar secuencias. Cada secuencia errónea provocaba una ligera distorsión del campo holográfico, y el tiempo se agotaba. Las amenazas de fondo se hacían cada vez más fuertes.

De repente, la luz parpadeó y sonó un rugido desgarrador. «Eso no suena bien», dijo Luis, adoptando una posición defensiva.

Mientras Ingrid trabajaba febrilmente, surgieron varios drones, cuyos cuerpos metálicos brillaban bajo la luz azul de la barrera. Empezaron a atacar al grupo con pulsos de resonancia.

«¡Nos han visto!», gritó Luis y disparó a los drones, mientras Aiyana se colocaba a su lado para proporcionar cobertura.

«¡Ya casi está!», gritó Ingrid. «¡Mantenedlos alejados de mi espalda unos segundos más!».

Priya lanzó una granada disruptiva que desequilibró brevemente a los drones. «¡Es ahora o nunca, Ingrid!»

«Piensa», murmuró Ingrid para sí misma. «¿Qué harían los Atur para proteger el laberinto?».

Volvió a estudiar los patrones hasta que se dio cuenta de algo: cierto símbolo reaparecía una y otra vez en diferentes variaciones. Era sutil, pero claramente una pista.

«¡Ya está! Listo». Introdujo la secuencia y la última barrera desapareció con un suave zumbido. El acceso a la cápsula de resonancia era libre.

Después de que Ingrid desactivara la barrera, Aiyana y Luis se apresuraron a asegurar la cápsula. Era pesada, pero juntos consiguieron sacarla de sus amarras.

«Impresionante», dijo Luis mientras sonreía apreciativamente a Ingrid. «Estaríamos perdidos sin ti».

«Todavía no estamos fuera», dijo Ingrid mientras guardaba los últimos datos. «Coge la cápsula y salgamos de aquí».

«¡Retrocedan!» gritó Aiyana. El grupo corrió de vuelta por los túneles mientras los drones seguían persiguiéndolos.

Fuera, Kenji y Soraya habían activado las cargas explosivas. Un estallido ensordecedor hizo que la entrada del túnel se derrumbara, deteniendo a los perseguidores.

«Ha estado cerca», dijo Kenji y ayudó a Ingrid, que salió al exterior respirando con dificultad.

La emboscada

Mientras la tripulación salía de la cueva de Atur con la cápsula de resonancia, Aiyana hizo una pausa y se detuvo de repente: «¡Alto! Algo no va bien aquí. Esto ha ido demasiado bien».

Luis, que corría justo detrás de ella, se detuvo justo a tiempo y casi tropezó con ella. «¿Qué pasa?», le preguntó, mirándola con irritación. «¿Por qué no te alegras de que lo hayamos conseguido?».

Pero Aiyana no se movió. Sus ojos escrutaron el terreno que tenían delante mientras su mano se dirigía lentamente al arma que llevaba en la cadera. «Eso es», dijo con una calma ominosa. «Eso es, todo era aún demasiado fácil. No podemos ser ingenuos y dejar que los Atur se escapen tan fácilmente. Los Atur no dejarán escapar a su presa así como así».

Kenji resopló escéptico. «Quizá no esperaban que los humanos les arrebataran la cápsula tan fácilmente».

«O quizá nos tendieron una trampa», añadió Ingrid secamente. Su voz era tranquila pero firme. Centró su escáner en el pasillo que tenían delante, buscando señales de movimiento.

Aiyana asintió sin apartar los ojos de las sombras que tenían delante: «Eso es exactamente lo que pienso. Mantente alerta».

Nada más pronunciar las palabras, unos pasos surgieron de la oscuridad. Pesados, rítmicos y cada vez más cercanos. De repente, un resplandor rojizo surgió de los resonadores de la armadura de Atur. Un grupo de cinco enormes figuras salió de las sombras con las armas en alto.

«¡Lo sabía!», siseó Aiyana, desenfundando su arma.

«Danos la cápsula», atronó el Xarun, el líder de los Atur, con su profunda voz resonando en la cueva. «No tenéis ninguna posibilidad de escapar».

Soraya retrocedió un paso, aferrando con fuerza la cápsula de resonancia. «No vamos a renunciar a ella».

Luis amartilló su arma y se colocó frente a Priya. «Si quieren detenernos, tendrán que pasar por delante de nosotros».

«Lo intentarán», dijo Kenji secamente y levantó su rifle.

Pero antes de disparar, el suelo tembló bajo ellos. Un enorme estruendo indicó que algo grande se acercaba. De repente, varias piedras enormes se desprendieron del muro y un grupo de Zerai apareció con un fuerte rugido. Estas criaturas de tres metros de altura, de complexión musculosa y cuerpos genéticamente optimizados, parecían montañas andantes. Sus armas tenían formas extrañas y un zumbido característico acompañaba todos sus movimientos.

«¡Atur!» tronó uno de los Zerai, su voz resonó por la cueva como un terremoto. «Esta presa es nuestra».

«¡No mientras estemos aquí!» gritó un Atur, apuntando con su resonador a los gigantes que se acercaban.

Los Zerai y los Atur se abalanzaron unos sobre otros y la zona frente a la cueva se convirtió en un campo de batalla. Los rayos láser y las ondas de resonancia atravesaban la oscuridad, mientras los enormes cuerpos de los Zerai se abalanzaban sobre el enemigo a una velocidad impresionante.

«¡Vamos, es nuestra oportunidad!», gritó Aiyana, guiando a la tripulación más allá de los grupos de combate.

Pero antes de que pudieran abandonar la zona, el aire parpadeó frente a ellos. Un grupo de Virani apareció de la nada, con su tecnología de camuflaje desactivada. Sus elegantes armaduras escamosas brillaban en la tenue luz de la caverna y se movían con una precisión mortal.

«¿Más? Kenji lanzó una rápida mirada por encima del hombro. «Estamos atrapados».

Pero los Virani se habían centrado en los Atur. Con sus reflejos superiores y sus ataques precisos, hicieron retroceder a los Atur. «¡Adelante!», gritó uno de los viranis con voz profunda y gutural, sin mirar directamente a los astronautas.

«No sabía que pudieran hacer eso», susurró Ingrid, que se había puesto a cubierto junto a Aiyana.

«Esto es tecnología de sigilo a otro nivel», murmuró Soraya. «Impresionante».

Escapar a través del caos

Los astronautas aprovecharon el caos para salir de la cueva. Pero fuera no tuvieron tiempo de recuperar el aliento: tres Atur se habían separado del grupo y les perseguían. Sus resonadores zumbaban amenazadores mientras se acercaban cada vez más.

«Atrás», gritó Luis mientras repelía a uno de los Atur con disparos certeros.

Pero, de repente, uno de los Atur agarró a Priya y tiró de él al suelo. «¡La cápsula se queda aquí!», gruñó el Atur.

 «¡No!», gritó Aiyana y dio media vuelta, pero otro Atur se interpuso en su camino.

Antes de que la situación pudiera agravarse, una sombra se movió en la oscuridad a la velocidad del rayo. Apareció una Virani. Con su imponente aspecto y su velocidad sobrehumana, atacó al Atur. Con golpes bien dirigidos y una fuerza increíble, los eliminó uno a uno.

Cuando descendió la última amenaza, se volvió hacia Priya y le tendió una mano. «¿Puedes levantarte?» Su voz era fría y melodiosa, con un tono que parecía a la vez distante y compasivo.

Priya miró al Virani, que tiró de él para ponerlo en pie con un movimiento suave pero firme. Sus miradas se cruzaron, y un momento de comprensión -quizá más- brilló entre ellos. Su rostro liso y escamoso parecía brillar bajo la tenue luz. «Gracias... No sé cómo agradecértelo», respondió Priya.

«Teniendo más cuidado», dijo, sonriendo ligeramente. «Los humanos jugáis con poderes que no entendéis».

Priya le sostuvo la mirada, y su voz tembló ligeramente al hablar. «¿Cómo te llamas?»

Ella hizo una pausa por un momento, como si estuviera sopesando si responder. Finalmente, dijo: «Myara».

«Myara», repitió Priya en voz baja, asintiendo. «Soy Priya. Gracias por... por salvarme».

Myara le escrutó, como buscando algo en sus palabras. Luego inclinó ligeramente la cabeza. «Tienes valor, Priya. Pero el valor por sí solo no te salvará. Recuérdalo». Se dio la vuelta, dispuesta a marcharse, pero la voz de Priya la detuvo.

«¡Espera!», llamó, y ella se detuvo. «¿Por qué nos ayudas? Los Virani no soléis meteros en nada».

Myara se volvió lentamente. Su mirada era inescrutable. «Tal vez he visto algo diferente en ti. O quizá es que tu mundo necesita un poco más de caos». Una leve sonrisa se dibujó en su rostro antes de desaparecer.

Priya miró en la dirección por la que había desaparecido la Virani, y una leve sonrisa jugueteó en sus labios. «A veces la ayuda llega de los lugares más inesperados».

Luis miró a Priya con una amplia sonrisa. «¿Acabas de flirtear con un virani?».

«Basta», murmuró Priya, sonriendo encantadora ante su evidente excitación.

«Una supermujer así es atractiva, y sé de lo que hablo...», dijo Luis con un guiño.

Aiyana palmeó a Priya en el hombro. «No importa por qué vino a buscarnos - lo logramos. Y eso es lo que cuenta».

Ingrid apagó su escáner y echó un vistazo a los alrededores. «Pero tenemos que tener cuidado. Esto sólo ha sido el primer paso».

Soraya sostenía la cápsula de resonancia firmemente en sus manos. «Un paso que casi perdemos. Ahora no debemos cometer errores».

De vuelta en la Venera Ascendant, el ambiente era tenso pero aliviado. La cápsula de resonancia estaba a salvo y la tripulación había completado su misión. Pero la misión les había llevado al límite.

«No era para pusilánimes», dijo Kenji, recostándose en una silla. «Pero lo hemos conseguido».

Soraya, que permanecía en silencio a su lado, miró a Aiyana: «Ahora los zerai tendrán que ofrecer su alianza. Pero no debemos hacernos ilusiones. Podrían volverse contra nosotros en cualquier momento».

Aiyana asintió: «Es un riesgo que tenemos que correr. Ahora necesitamos su apoyo más que nunca».

Ingrid, que seguía comprobando los escáneres de la cápsula, miró a Luis: «Buen trabajo ahí abajo. No podríamos haberlo hecho sin ti».

Luis sonrió agotado: «Eso significa que me debes una cerveza cuando volvamos a la Tierra».

Priya rió secamente: «Creo que todos nos debemos una copa después de esta misión».

La tripulación sabía que sólo habían ganado una batalla. Todavía quedaba un largo camino por recorrer para salvar Venus, y las facciones del planeta seguían siendo impredecibles. Pero por ahora, podían celebrar un pequeño triunfo y prepararse para los retos que les aguardaban.

Capítulo 19: Los secretos de la resonancia

A bordo de la Venera Ascendant, la tripulación se reunió en el laboratorio para analizar la cápsula de resonancia. El artefacto era impresionante: un objeto cilíndrico hecho de un material resplandeciente que parecía cambiar constantemente de color entre el violeta intenso y el plateado brillante. Palpitaba en silencio, como si tuviera su propio latido. El ambiente en el laboratorio era tenso. So-raya, la androide de mente científica y precisa, ya había instalado varios sensores y analizadores.

«Sea lo que sea», empezó Priya, caminando con cuidado alrededor de la cápsula, »no es sólo un dispositivo de almacenamiento de energía. Se siente... vivo».

«Sin duda reacciona a su entorno», añadió Ingrid, pasando los dedos con cuidado por el material. «Puedo sentir cómo reaccionan las moléculas cuando me acerco».

Investigaciones iniciales

Soraya activó los escáneres. Una imagen holográfica de la cápsula de re-sonancia apareció en el aire sobre ellos. El diseño interior era una escalera de caracol, una estructura de venas de cristal que parecían canalizar la energía entre los nodos centrales.

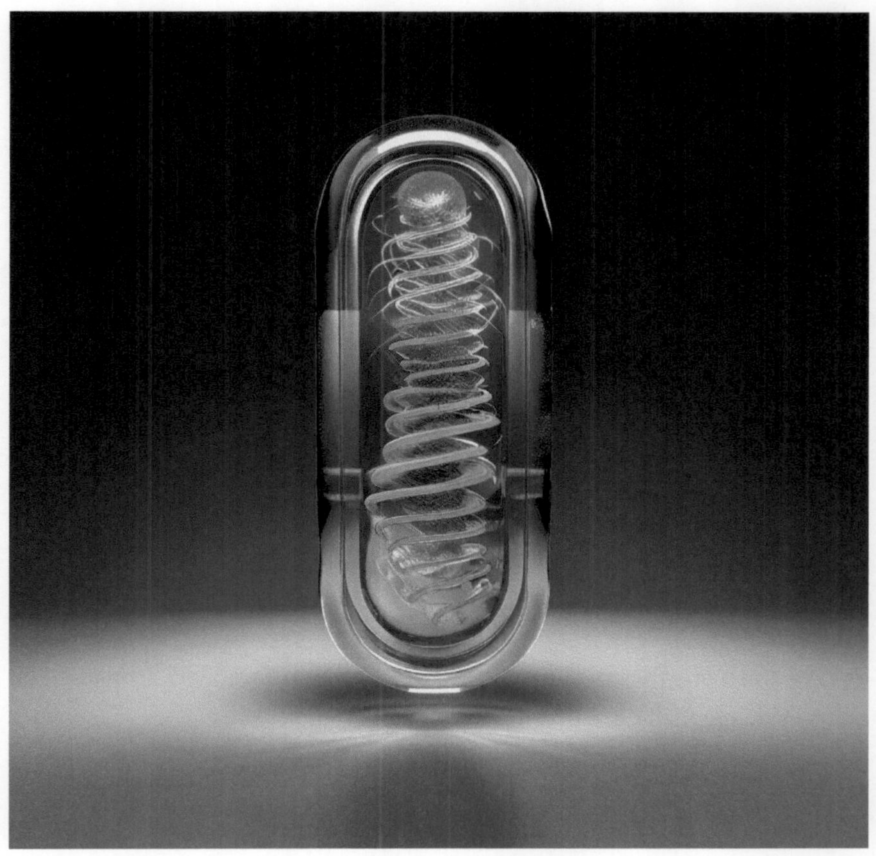

«Es increíble», dijo Ingrid, con los ojos brillantes. «La estructura cristalina parece almacenar energía en su forma más pura. Sin pérdidas por conversión, sin radiación: energía pura y concentrada».

«No me extraña que los Atur lo guarden así», murmuró Kenji, mirando con escepticismo la cápsula palpitante. «Pero, ¿qué hacemos exactamente con ella ahora?».

«Tenemos que averiguar cómo funciona», dijo Aiyana con decisión. «Sin esa información, no podremos cumplir las exigencias de los zerai».

Soraya asintió: «Llevaré a cabo una serie de pruebas no invasivas. No debemos desestabilizar el artefacto, no sabemos cómo reaccionará». «Es una buena idea», dijo Priya. «Podría ser como un artefacto explosivo nuclear, sólo que ... en una frecuencia diferente».

Mientras Soraya preparaba las primeras pruebas, Ingrid se sentó ante la consola para analizar los datos del escáner. De repente, la cápsula empezó a latir con más fuerza. Un sonido suave, casi melódico, llenó la habitación.

«¿Qué está pasando?», preguntó Luis alarmado mientras daba un paso atrás.

Soraya miró sus instrumentos: «Está reaccionando a algo. Quizá a la energía de esta sala o a nuestras voces».

«Espera», dijo Ingrid e hizo una pausa. Se acercó a la cápsula: «Cambia su frecuencia de resonancia cuando hablamos».

Aiyana se adelantó: «Soraya, ¿qué dice el análisis? ¿Es seguro?»

«No muestra signos de inestabilidad», respondió Soraya, »pero las frecuencias cambian como un eco de nuestras voces. Podría ser algún tipo de sistema de comunicación».

«¿Un sistema de comunicación?», repitió Priya, frunciendo el ceño. «¿Quieres decir que está intentando hablar con nosotros?».

«Quizá», dijo Ingrid, »o quizá sólo esté captando información. Deberíamos intentar enviarle una señal controlada».

Soraya asintió y activó un generador de frecuencias. Empezó a enviar diferentes patrones de ondas a la cápsula, que respondía en silencio a cada frecuencia. Tras unos cuantos intentos, las resonancias se intensificaron y la cápsula empezó a proyectar un complejo patrón de luz a su alrededor.

«Esto no es sólo energía», susurró Ingrid con asombro. «Es información. Datos».

«Podría contener toda la tecnología de los Atur», conjeturó Priya. «Podría ser nuestra clave».

Un dilema moral

«Un momento», dijo Aiyana alzando la voz, recuperando su autoridad como comandante. «Tenemos que pensar qué hacer con estos datos. Los Zerai quieren la cápsula para sus propios fines. Pero si realmente contiene tecnología Atur, podría ser peligroso ponerla en las manos equivocadas.»

«Los Zerai no nos han dado precisamente muchas opciones», intervino Kenji. «Sin su apoyo, no sobreviviremos mucho tiempo en este infierno de planeta».

«Quizá haya otra forma», dijo Ingrid en voz baja, con los ojos fijos en la brillante cápsula. «Podríamos intentar utilizar la información nosotros mismos. Quizá podamos encontrar una solución que implique a todas las facciones».

«Un juego arriesgado», dijo Luis. «Si los Zerai se enteran de que estamos analizando la cápsula antes de que se la demos, podrían destruir la Alianza».

«Aun así, deberíamos reforzar nuestra posición», argumentó Soraya. «La cápsula podría ayudarnos a crear un equilibrio entre las facciones. Pero tenemos que tener cuidado».

«Bien», dijo finalmente Aiyana y miró a todos los miembros del equipo. «Soraya e Ingrid, seguid analizando la cápsula. Averiguad cómo podemos utilizar los datos sin desestabilizarla. Priya y Kenji, elaborad un plan para negociar con los Zerai si sospechan. Luis y yo aseguraremos el laboratorio».

La tripulación asintió, cada uno con una tarea clara. Pero mientras todos se dispersaban, Ingrid permaneció de pie frente a la cápsula, con los pensamientos ausentes. Sentía una extraña conexión con el artefacto, como si fuera algo más que tecnología.

Un secreto silencioso

En el silencio del laboratorio, Ingrid volvió a tocar la superficie de la cápsula. Por un momento, sintió un ligero cosquilleo que recorría sus dedos. Un susurro pareció sonar en su cabeza, como un eco lejano.

«¿Quién... o ¿qué eres?», murmuró en voz baja.

La cápsula no respondió, pero la luz pulsante pareció sincronizarse
con los latidos de su corazón por un momento. Era como si el artefacto fuera consciente de su presencia y estuviera esperando algo.

La cápsula de resonancia no era un simple dispositivo de almacenamiento de energía. Era algo más grande, algo que la tripulación aún
no comprendía del todo. Pero Ingrid estaba segura de una cosa: este
artefacto podría ser la clave del futuro de su misión, y quizá de toda
su especie.

Ingrid se levantó y se dirigió al panel de control, con el ceño fruncido
mientras sus dedos se deslizaban suavemente sobre los controles. «El
sistema es increíblemente complejo -murmuró-. Hay varias capas de
encriptación. Y cada una de ellas está... viva. Es como si la cápsula
respondiera a nuestros intentos de descodificarla».

Luis, que estaba junto a ella en un holograma, resopló: «¿Viva? Eso
suena como si hubiéramos traído un niño extraterrestre al salón».

«No tiene gracia, Luis», dijo Aiyana, que estaba de pie detrás de ellos
con los brazos cruzados, »No tenemos ni idea de lo que pasará si
hacemos algo mal. Esto podría ser la clave de todo el futuro de Venus... o de nuestra destrucción».

«Estoy de acuerdo», dijo Priya, estudiando los datos holográficos de
la cápsula. «Debemos ser extremadamente cuidadosos. Cualquier
entrada errónea podría liberar la energía - o bloquear la cápsula permanentemente».

Soraya, que permanecía en silencio en un rincón de la sala, escrutó la
cápsula con sus ojos profundos y brillantes. «Podría ser más», dijo en
voz baja. «Esta estructura... Me recuerda a las redes neuronales de mi

propia arquitectura. Es posible que la cápsula no sólo almacene, sino que también interprete».

Aiyana se volvió hacia ella: «¿Crees que podría… pensar?».

«Quizá no en el sentido clásico», respondió Soraya. «Pero podría tener la capacidad de reconocer contextos: intenciones, emociones. Eso explicaría por qué es igual de importante para los Atur y los Virani».

Ingrid enarcó una ceja: «Si eso es cierto, podríamos comunicarnos fácilmente con ella». Se volvió hacia Aiyana. «Pero necesitaríamos más datos para ello. Hemos descodificado las primeras capas de la resonancia, pero el verdadero corazón del sistema está más profundo».

Un mensaje de las profundidades

Luis golpeó el borde de la mesa de hologramas con la palma de la mano: «¡Entonces cavemos más hondo! No lo hemos arriesgado todo para detenernos ahora».

«No te precipites», dijo Aiyana, dirigiéndole una mirada severa. «Si damos un paso en falso, podríamos perderlo todo. Ingrid, ¿puedes continuar con la desencriptación de forma segura?».

Ingrid asintió vacilante. «Puedo intentarlo. Pero necesito paz y tranquilidad, y el apoyo de Soraya. Su red neuronal podría ayudarme a interpretar los datos».

Soraya se acercó a la mesa: «Haré lo que pueda».

Juntas, Ingrid y Soraya profundizaron en las capas anidadas de la cápsula. Ingrid descifraba una sección tras otra, mientras Soraya analizaba los sutiles patrones de los flujos de datos. Pasaron minutos que parecieron horas. El ambiente en la sala era tenso, cada respiración pesada.

De repente, Ingrid se estremeció: «Hay algo... una señal. Es débil, pero clara».

«¿Una señal?», preguntó Priya, inclinándose más cerca. «¿De la cápsula?»

«Sí», dijo Ingrid, girando una rueda de control holográfica para amplificar la señal. «Es como un susurro suave. Creo que se está comunicando con nosotros».

«¿Pero en qué idioma?», preguntó Luis, mirando confuso los datos parpadeantes.

«No es un idioma que conozcamos», dijo Soraya. «Es como la música, una resonancia. Envía patrones que indican algún tipo de armonía».

Ingrid dejó volar los dedos mientras analizaba los datos: «Espera... si convierto las ondas de resonancia y las transfiero a nuestro espectro, podría... ¡Sí! Ahí está». Una corriente holográfica de ondas apareció sobre la mesa, pulsando rítmicamente.

Soraya inclinó la cabeza. «Es un patrón. Se repite, pero con una ligera variación cada vez. ¿Quizá un código?».

«O un mensaje», susurró Aiyana. Se acercó y miró las olas. «¿Pero qué intenta decirnos?».

Ingrid siguió trabajando febrilmente mientras la tripulación la observaba, hipnotizada. De repente, el holograma se iluminó y apareció una estructura: un mapa formado por finas líneas. «Esto es…», empezó Ingrid, pero hizo una pausa. «No es un lugar. Es… una disposición. ¿Una máquina?»

«¿Una máquina para qué?», preguntó Luis nervioso.

«No lo sé», dijo Ingrid. «Pero si interpretamos bien este mapa, podríamos entender cómo funciona la cápsula».

La tripulación se miró. En medio de la incertidumbre, brotó una chispa de esperanza. Priya puso una mano en el hombro de Ingrid. «Habéis hecho un gran trabajo. Quizá ahora tengamos la oportunidad de resolver esto de verdad».

Ingrid le miró, con una leve sonrisa en los labios. «Esto es sólo el principio. Pero sí, tal vez la tengamos».

Aiyana asintió. «Bien, entonces seguiremos trabajando en ello. Averiguaremos qué es esta cápsula y por qué es tan importante».

Soraya observó el holograma con ojos brillantes de curiosidad. «Las respuestas están en la resonancia. Y creo que estamos cerca de descifrarlas».

En la sala se respiraba una mezcla de tensión y determinación. La cápsula de resonancia ya no era sólo un enigma: era la clave de una verdad mayor que cualquier cosa que pudieran imaginar.

Descifrar la resonancia

La cápsula de resonancia proyectó una red de líneas brillantes y patrones pulsantes sobre la mesa de hologramas. Ingrid y Soraya trabajaron sin descanso para descifrar el significado de estos datos. Cada momento era tenso, cada pequeño paso adelante electrizaba a la tripulación.

Una revelación en oleadas

«Lo tengo», gritó Ingrid de repente y dio un golpecito triunfal en el panel de control. Las líneas del holograma formaron una estructura compleja y brillante, una especie de rompecabezas tridimensional. Parecía un laberinto geométrico que cambiaba constantemente, como si respirara.

Soraya se acercó: «Es más que un mapa. Es una secuencia, una secuencia temporal que hay que activar».

Luis, que miraba cruzado de brazos, frunció el ceño. «¿Una secuencia? ¿Para qué? ¿Y por qué parece que estemos desactivando una bomba?».

«No es una bomba», dijo Soraya con calma. «Al menos no en el sentido convencional. Esta cápsula contiene una energía de resonancia basada en ondas armónicas. Fue creada para activar un mecanismo específico: una especie de sistema de llaves».

«¿Pero qué se supone que activa exactamente?», preguntó Aiyana, que también estaba inclinada sobre el holograma. Su voz era seria, pero también curiosa.

Ingrid señaló una de las secuencias más complejas que parecía una red giratoria: «Esa es la clave. La cápsula fue modificada por los Atur, pero su propósito original es más antiguo. Es una reliquia del Auron».

Soraya asintió y añadió: «El mensaje dice que la cápsula de resonancia está diseñada para generar una frecuencia que resuena con el núcleo de Venus».

Se hizo un breve silencio entre la tripulación.

«¿Con el núcleo de Venus?», repitió Priya, con los ojos desorbitados. «Eso suena... como una maldita tecnología de terraformación».

«Eso es exactamente lo que es», dijo Soraya. «La cápsula tiene el potencial de alterar las condiciones gravimétricas y atmosféricas de Venus en un proceso masivo y controlado».

Ingrid señaló las líneas pulsantes. «Pero hay un inconveniente. Esta secuencia debe activarse en un orden muy concreto. Cada paso se basa en el anterior. Si cometemos un error, la balanza podría desequilibrarse... y el resultado sería catastrófico».

«¿Cómo de catastrófico?», preguntó Luis, enarcando una ceja.

Soraya respondió con voz tranquila: «Imagina una explosión que afecte no sólo a la nave, sino a toda la superficie de Venus. Un colapso por resonancia podría destruir la estabilidad tectónica del planeta». «Así que no hay errores», murmuró Priya secamente.

«La cosa se complica aún más», añadió Ingrid. «La secuencia requiere que se activen varias fases en distintos puntos del planeta. La cápsula proyecta estas ubicaciones como coordenadas».

Apareció un nuevo holograma. Mostraba un mapa de Venus con tres puntos marcados distribuidos en distintas regiones. Cada marcador brillaba con un color diferente.

«Son los puntos de resonancia», explicó Ingrid. «Cada punto representa una parte de la frecuencia que el núcleo necesita para entrar en resonancia».

Aiyana dio un paso atrás, con los ojos entrecerrados. «Espera un momento. Si activamos estos puntos de resonancia, ¿qué ocurrirá con los pueblos de Venus? ¿Sobrevivirán?»

Soraya respondió pensativa: «Eso no está claro. El mensaje original de Auron sugiere que este proceso pretendía estabilizar Venus, hacerlo habitable. Pero con las modificaciones de los Atur, los efectos podrían ser... impredecibles».

«¿Así que nos arriesgamos a salvar el planeta o a destruirlo por completo?». Luis negó con la cabeza. «Parece la clásica situación de ganar o perder».

Ingrid se volvió hacia Aiyana. «Podríamos intentar deshacer las modificaciones de Atur. Pero eso significaría que necesitaríamos tiempo, mucho tiempo».

Aiyana cerró los ojos y respiró hondo. «Nos enfrentamos a una decisión: o lo arriesgamos todo para estabilizar Venus, o no lo hacemos y dejamos el planeta en manos de los Atur».

Surge un plan

«¿Pero por qué querrían eso los Atur?», preguntó Priya. «Si esta tecnología es tan poderosa, ¿por qué no la han utilizado ellos mismos?».

Soraya respondió: «Quizá lo intentaron y fracasaron. O quizá tienen miedo de las consecuencias».

Ingrid cambió de vista: «Mira esto. Las modificaciones de los Atur parecen destinadas a utilizar la resonancia sólo para su propia generación de energía. Están bloqueando las frecuencias armónicas que estabilizarían el planeta».

Aiyana asintió lentamente. «Eso significa que si restauramos la secuencia original, podríamos salvar el planeta... y eliminar la mayor fuente de poder de los Atur».

«Pero eso nos convertirá en enemigos», dijo Priya en voz baja. «Grandes enemigos».

«Ya tenemos enemigos», respondió Luis con una sonrisa irónica. «Esto sólo sería otro punto en su lista».

«Entonces está decidido», dijo finalmente Aiyana. «Ingrid, Soraya, vosotras dos seguid trabajando para descodificar la secuencia y eliminar las modificaciones del Atur. Priya, Luis y yo nos estamos preparando para alcanzar los puntos de resonancia. Nos aventuraremos a cualquier punto si es necesario».

«¿Y qué pasa con los Zerai?» preguntó Priya. «No estarán contentos si activamos esto sin decírselo antes».

«Tenemos que explicarles que esto es en su interés también», dijo Aiyana. «Si Venus se estabiliza, todas las razas tendrán una oportunidad. Pero si no hacemos nada, no habrá futuro».

Soraya asintió. «La resonancia es la única solución. Y si trabajamos juntos, podemos hacerlo».

La tripulación se miró entre sí, decidida a emprender la titánica tarea que tenían por delante. La cápsula de resonancia no sólo les había revelado un enigma, sino también una forma de cambiar el destino de Venus. Pero el camino estaba lleno de peligros y el final seguía siendo incierto.

Capítulo 20: La danza de las resonancias

Los astronautas habían devuelto la cápsula de resonancia a la cámara principal del templo, donde preparaban su siguiente paso: activar y fijar los puntos de resonancia para estabilizar la red de la cápsula. El ambiente era tenso, una mezcla de concentración y nerviosismo subliminal.

En la cámara principal del templo

La cámara principal del templo era un lugar impresionante. Las paredes, altas y entrecruzadas con intrincados dibujos, brillaban con una luz iridiscente emitida por los extraños cristales de la sala. La cápsula de resonancia que los astronautas habían rescatado de las garras de los Atur se encontraba ahora en el centro de la sala, sobre una plataforma de piedra rodeada de anillos de símbolos. El aire parecía palpitar como si estuviera vivo: un eco de energías pasadas.

Ingrid estudió las proyecciones holográficas que emitía la cápsula. Los mapas y diagramas que se formaban en el aire parecían representar una intrincada red de puntos de energía que debían calibrarse con precisión.

«Si estoy interpretando esto correctamente», empezó Ingrid, señalando un punto brillante, »tenemos que ajustar estos puntos manualmente. La cápsula especifica la frecuencia, pero la ubicación tiene que ser absolutamente exacta».

«¿De qué estamos hablando exactamente?», preguntó Luis, que observaba con los brazos cruzados. «¿Milímetros o nanómetros?».

Soraya, que ya se había adaptado a la cápsula, asintió. «La desviación no debe ser superior al 0,002%. De lo contrario, todo el sistema se desestabilizará».

«Estupendo», murmuró Aiyana secamente. «Así que estamos trabajando con una tecnología que tiene que ser impecable, de lo contrario explotaremos o -peor aún- distorsionaremos el espacio-tiempo».

«Esto no me tranquiliza precisamente», murmuró Luis mientras miraba a su alrededor. Su mirada se desvió hacia los cristales, que emitían un zumbido grave. «Estas cosas... casi suenan como... respiraciones».

«No ayuda, Luis», dijo Aiyana, echándose el arma al hombro y escudriñando los alrededores con mirada escrutadora. «Concéntrate. Si esta vaina aquí es realmente va a controlar una red, necesitamos cada mente en esto ».

«Vaya», murmuró Priya cuando la proyección iluminó toda la sala. «Esto es... increíble. Parece la pieza central de un sistema enorme».

«Es más que eso», dijo Ingrid, mirando hipnotizada el mapa. «¿Ves las líneas de conexión? Todas pasan por la cámara principal, pero se extienden hacia fuera, como un sistema nervioso».

Soraya se acercó y señaló una serie de puntos brillantes en el mapa. «Estos son los puntos de resonancia, ¿verdad?».

«Exacto», confirmó Ingrid. «La cápsula nos muestra las ubicaciones. Hay tres posiciones clave. Si los calibramos correctamente, toda la red debería estabilizarse».

«¿Y qué pasa si no lo conseguimos?», preguntó Kenji, con voz tranquila pero tensa.

«En el mejor de los casos, nada», respondió Ingrid, mordiéndose el labio. «En el peor de los casos... podríamos desestabilizar los flujos de energía del templo. La red podría colapsarse... o explotar».

Luis resopló. «Por supuesto. Sin presiones».

«No tenemos elección», dijo Aiyana con firmeza. «Es nuestra única oportunidad de activar la resonancia y asegurar la frágil alianza con los Zerai. Ingrid, ¿cómo empezamos?».

La preparación

Ingrid volvió a tocar los símbolos flotantes y obtuvo una vista detallada del primer punto de resonancia. Se encontraba en las profundidades de la cámara principal, casi en una red laberíntica de túneles. «Cada punto tiene una frecuencia específica, y la cápsula debe sincronizar la resonancia antes de que podamos activar el siguiente punto».

Soraya comprobó los alrededores. «Tenemos que asegurarnos de que las frecuencias se mantienen estables. Llevaré la cápsula si necesitamos moverla».

«Espera», dijo Aiyana. «No sabemos cómo reaccionarán los Atur a nuestra activación. Podría ser que ya hayan manipulado los puntos de resonancia».

«He estado mirando eso», dijo Ingrid, señalando una desviación en el mapa holográfico. «Aquí - ¿ves eso? Una de las líneas de frecuencia está ligeramente distorsionada. Parece que el A-tur intentó mover los puntos».

«Eso significa que podríamos estar cayendo en una trampa», comentó Priya. «O lo han preparado para que hagamos el trabajo por ellos».

Luis se cruzó de brazos. «Estupendo. Así que o lo estropeamos todo o activamos algo que nos aniquile a todos».

«No tenemos elección», volvió a decir Aiyana, esta vez más tajante. «Luis, Soraya, coged la cápsula. Ingrid, vigila las frecuencias. Priya y Kenji, asegurad el perímetro. No debemos cometer ningún error».

Mientras la tripulación comprobaba su equipo, Aiyana se detuvo y miró el mapa. Su ceño se frunció, sus pensamientos parecían lejanos.

«¿Qué pasa, Comandante?» preguntó Ingrid.

«Es que...» Aiyana vaciló. «¿Por qué dejarían los Atur este lugar sin vigilancia? No tiene sentido».

Luis la miró. «Quizá nos subestimaron. O quizá estén demasiado ocupados preparándose para el próximo ataque».

«Tal vez», dijo Aiyana, pero su voz sonaba insegura. «¿Pero y si eso es exactamente lo que querían? ¿Que activáramos los puntos?».

«Aiyana, sé lo que estás pensando», dijo Ingrid con calma. «Pero tenemos que arriesgarnos. Sin la resonancia, no tenemos ninguna posibilidad de mantener el equilibrio entre las facciones. Y sin las facciones... estamos solos».

Aiyana asintió lentamente, su determinación de regresar. «De acuerdo. Pero permaneceremos vigilantes. No hay riesgos que no podamos controlar».

El primer punto de resonancia

El mapa de la cápsula de resonancia pulsaba rítmicamente y proyectaba una estela de luz que marcaba el camino hacia el primer punto. La atmósfera del templo se volvió notablemente más pesada cuando la tripulación comenzó a moverse. Cada eco de sus pasos parecía reverberar en las antiguas paredes, como si el templo estuviera registrando su presencia.

Aiyana iba en cabeza, con el arma preparada, seguida de Soraya y Luis, que llevaban la cápsula de resonancia entre los dos. Ingrid, Priya y Kenji permanecían cerca, con los ojos atentos al entorno.

«Ya casi hemos llegado», dijo Ingrid, comprobando el proyector con su escáner. «El primer punto debería estar justo detrás de la siguiente cámara».

«Mantente alerta», advirtió Aiyana. «Si los Atur han manipulado lo que encontró Ingrid, podrían haber colocado trampas aquí también».

Luis se encogió de hombros y miró a Soraya. «A los Atur se les da muy bien complicar las cosas. ¿Pero trampas? Supongo que podemos arreglárnoslas».

Soraya sonrió irónicamente. «Esperemos que tu optimismo no sea la única defensa que tengamos».

La tripulación entró en la siguiente cámara. La sala era circular, con paredes revestidas de cristales que sobresalían de las superficies como olas solidificadas. En el centro de la sala flotaba una luz azul palpitante: el primer punto de resonancia. Era a la vez hipnótico e inquietante, y un zumbido bajo llenaba el aire.

«Ahí está», susurró Priya. Su voz era casi reverente.

«Y ahí está el problema», murmuró Ingrid mientras miraba fijamente su escáner. «La frecuencia del punto está completamente desestabilizada. Si conectamos la cápsula, podría sobrecargarse».

«¿Qué sugieres?», preguntó Aiyana, acercándose a Ingrid.

«Tenemos que sintonizar manualmente las ondas de resonancia antes de activar la cápsula», explicó Ingrid. «Pero eso es complicado. El punto parece autocorregirse, lo que significa que cualquier cambio que hagamos podría revertirse rápidamente».

«Así que necesitamos precisión», dijo Kenji. «No tenemos mucho margen de error».

El desafío

Luis y Soraya colocaron con cuidado la cápsula de resonancia en una plataforma redonda situada justo debajo de la luz flotante. Un suave clic indicó que la cápsula había sido activada, e inmediatamente comenzó a procesar datos. Patrones holográficos se arremolinaron a su alrededor, como llamas danzando en el aire.

«¿Ingrid?», preguntó Aiyana, con voz tensa.

«Dame un momento», respondió Ingrid, con los dedos volando sobre la interfaz de la cápsula. «Estoy escaneando la frecuencia. Alterna dos modulaciones principales, pero también hay patrones secundarios... Maldita sea, esto es más caótico de lo que pensaba».

«¿Vas a conseguirlo?», preguntó Priya.

«No tengo elección», dijo Ingrid con firmeza. «Pero necesito concentración absoluta. Cualquier interferencia podría romper la onda de resonancia».

Soraya se adelantó y adoptó una posición defensiva con Luis. «Mantendremos la línea», dijo con firmeza.

Aiyana asintió. «Bien, Ingrid, ¿a qué esperas?».

Ingrid respiró hondo y empezó a mani-pular las ondas de resonancia. Sus dedos golpearon con precisión la interfaz mientras ajustaba los flujos de datos en tiempo real. La luz azul sobre ellos empezó a parpadear y el zumbido se hizo más fuerte.

«Las frecuencias están chocando», dijo Ingrid tensa. «Estoy intentando armonizarlas, pero el punto está reaccionando de forma más sensible de lo que esperaba».

«¿Qué podemos hacer?», preguntó Kenji, mirando por encima de su hombro.

«Nada, excepto estar quietos», dijo Ingrid bruscamente. «Cualquier energía adicional -incluso un movimiento- podría perturbar las olas».

De repente se oyó un fuerte estruendo. Una grieta atravesó una de las paredes de cristal y saltaron chispas.

«Eso no tiene buena pinta», dijo Luis, levantando instintivamente su arma.

«¡Calma!», gritó Ingrid. «Es sólo una reacción a la cápsula. Casi lo tengo, sólo unos segundos más».

La luz azul comenzó a estabilizarse, su pulsación se hizo más uniforme. Pero justo cuando Ingrid estaba haciendo un último ajuste, se oyó un ruido estridente y la luz se encendió con fuerza.

«¿Qué ha sido eso?», preguntó Priya, retrocediendo.

«Está... Está bien», dijo finalmente Ingrid y se echó hacia atrás. Tenía la cara cubierta de sudor, pero una pequeña sonrisa se dibujó en sus labios. «El punto está estabilizado. La cápsula ha sincronizado la frecuencia».

«Buen trabajo», dijo Aiyana, con la voz llena de alivio. «Ese fue el punto uno. Dos más y lo habremos conseguido».

Pero antes de que la tripulación pudiera avanzar más, la cápsula empezó a pitar. Ingrid miró la interfaz y su rostro palideció.

«Eso no es bueno», dijo.

«¿Y ahora qué?», preguntó Aiyana, acercándose.

«El siguiente punto... Su frecuencia es aún más inestable que ésta. Parece que la manipulación de Atur es más fuerte allí. Y... espera». Frunció el ceño. «Estoy recibiendo una señal. No viene de la cápsula. Es un patrón de movimiento: algo se acerca».

Luis levantó su arma mientras Soraya se colocaba a su lado. «¿Oyes eso?», preguntó. "Pasos".

Aiyana asintió. «Todo el mundo en posición. Vamos al siguiente punto, pero permaneceremos alerta».

Con la cápsula bien estibada, la tripulación se preparó para dirigirse al segundo punto de resonancia. La tensión era palpable, pero una chispa de esperanza brilló en sus ojos: habían dominado el primer paso. Pero la señal que Ingrid había detectado era un presagio de advertencia.

El segundo punto de resonancia

La tripulación recorrió los laberínticos pasillos del templo. Ingrid lideraba el grupo, con la cápsula de resonancia firmemente sujeta bajo el brazo. El camino hacia el segundo punto era más complejo, el mapa holográfico de la cápsula mostraba varias rutas posibles, pero todas parecían plagadas de obstáculos.

«Este templo parece vivo», dijo Priya en voz baja, observando las paredes brillantes. «Casi como si nos estuviera observando».

«Tal vez sea así», dijo Soraya, sacando su escáner. «Los cristales de las paredes reaccionan a nuestros movimientos. Podrían ser mecanismos de transmisión».

«O sistemas de alerta», añadió Aiyana, lanzando una mirada escrutadora hacia atrás. «Concéntrate. Tenemos que deshacernos de los Atur antes de que se reagrupen».

El desafío del pozo

El segundo punto de resonancia se encontraba en las profundidades del templo, en un lugar al que sólo se podía llegar a través de un pozo vertical. El mapa lo mostraba como un punto de luz pulsante, pero llegar hasta allí era todo un reto. El pozo era estrecho y estaba rodeado de cristales brillantes que resplandecían como venas palpitantes.

«No va a ser fácil», dijo Luis, inclinándose sobre la abertura. «El pozo tiene casi 30 metros de profundidad y los cristales parecen frágiles. Un movimiento en falso y podríamos desencadenar una reacción ketten».

«He traído suficiente equipo de escalada para nosotros», dijo Kenji, sacando una cuerda de su mochila. «Pero tenemos que tener cuidado. Si estos cristales conducen energía, un paso en falso podría asarnos».

Aiyana asintió. «Ingrid, Priya y yo bajaremos la cápsula. Luis, Soraya y Kenji asegurarán el perímetro».

«Entendido», dijo Luis, comprobando su rifle. «Si aparecen los Atur, me aseguraré de que se arrepientan».

Soraya sonrió con satisfacción. «Me aseguraré de que no necesiten ninguna excusa para protegernos».

El descenso

El equipo ató con cuidado las cuerdas y comenzó el descenso. Aiyana iba en cabeza, con movimientos tranquilos y precisos. Ingrid la seguía con la cápsula, con el rostro tenso. Priya se quedó detrás de ella para estabilizar la cápsula en caso de que Ingrid perdiera el equilibrio.

«Los cristales... Están vibrando», susurró Ingrid. «Es como si reaccionaran a nuestra presencia».

«No te detengas», dijo Aiyana en voz baja. «Concéntrate en la siguiente bodega».

El grupo descendió lentamente y el brillo de los cristales se intensificó. Cuando llegaron al centro del pozo, un zumbido bajo empezó a llenar el aire. La frecuencia del zumbido aumentó y los cristales palpitaron más deprisa.

«Eso no suena bien», murmuró Priya.

«¿Qué está pasando ahí arriba?» Soraya llamó desde arriba.

«Los cristales parecen estar acumulando energía», respondió Ingrid. «¿Quizá a través de nuestros movimientos? No lo sé».

Aiyana llegó al suelo y aseguró la cuerda. «Baja rápido. Tenemos que estabilizar el punto de resonancia antes de que se dispare nada».

La interferencia de resonancia

Cuando los tres llegaron al fondo del pozo, se abrió ante ellos una cámara circular. En el centro había un núcleo rojo brillante: el segundo punto de resonancia. Pero, a diferencia del primero, este punto era inestable. Arcos rojos de luz saltaban por el aire y hacían vibrar los cristales.

«Eso parece peligroso», dijo Priya, con la voz ligeramente temblorosa.

«Es más que peligroso», dijo Ingrid, colocando la cápsula en el suelo. «El punto está masivamente sobrecargado. Podría haber una explosión si no la descargamos».

«¿Cómo lo hacemos?», preguntó Aiyana, lanzando una mirada escrutadora a los cristales incandescentes.

Ingrid se inclinó sobre la cápsula. «Desviaré la energía del punto hacia la cápsula. Pero tenemos que estabilizar el entorno, de lo contrario la sobrecarga lo destrozará todo aquí abajo».

«Priya, ¿puedes asegurar los cristales?» preguntó Aiyana.

«Puedo intentar neutralizarlos con los amortiguadores de energía», dijo Priya. Sacó un dispositivo de su mochila y empezó a escanear los primeros cristales. «Esto llevará algún tiempo».

«Date prisa», dijo Ingrid. «Empezaré la sincronización».

El momento crítico

Ingrid activó la cápsula e inmediatamente el núcleo rojo comenzó a palpitar. Los arcos de luz se hicieron más intensos y el zumbido de los cristales aumentó hasta convertirse en un rugido insoportable.

«¡Es demasiado!», gritó Priya. «Los cristales están reaccionando con más fuerza de lo que pensaba».

«¡Entonces muévete más rápido!» gritó Aiyana.

De repente, la cámara comenzó a temblar. Una grieta atravesó la pared y fragmentos de cristal volaron en todas direcciones.

«¡Maldita sea!», gritó Ingrid. «¡Necesito un minuto más!»

«¡Tienes diez segundos!» gritó Aiyana, desenfundando su arma. «¡Soraya, Luis, necesitamos apoyo aquí abajo!».

Luis y Soraya bajaron inmediatamente. Luis aterrizó con un ruido sordo y desenfundó su pistola mientras Soraya ayudaba a Ingrid con la cápsula.

«¡Ya casi lo tengo!», gritó Ingrid.

De repente, un fuerte estallido atravesó la cámara y el núcleo rojo explotó en una luz brillante. Pero la cápsula absorbió la energía en el último segundo y la luz se desvaneció. El silencio llenó la cámara.

«¿Se ha acabado?», preguntó Priya sin aliento.

«Sí», dijo Ingrid, exhausta. «El punto se ha estabilizado».

Un nuevo camino

Aiyana asintió y ayudó a Ingrid a levantarse. «Bien hecho. Pero ése
era sólo el segundo punto. Tenemos que seguir».

«¿Cuántas explosiones más podemos esperar?», preguntó Luis con
una sonrisa irónica.

«Las que hagan falta», dijo Aiyana con decisión. «Saldremos de esta.
Todos juntos».

La tripulación se reunió y se preparó para encontrar el siguiente
punto. Pero la sensación de ser observados persistía, y el zumbido de
los cristales les acompañó mientras abandonaban el pozo.

El tercer punto de resonancia

La tripulación se encontraba en un estrecho pasillo cuyas paredes
estaban surcadas por finos patrones de luz que pulsaban como las
venas de un organismo vivo. La atmósfera era diferente a la anterior:
más densa, más eléctrica, como si el propio templo supiera que estaban a punto de completar su misión. El último punto de resonancia
era la clave para activar los poderes del templo, pero sabían que
también sería el desafío más peligroso.

«El mapa muestra el punto directamente detrás de esta barrera», dijo
In-grid, señalando una enorme puerta negra hecha de un material
alienígena. «Pero no hay ninguna forma obvia de abrirla».

«He visto un material como este en el Atur», murmuró Priya mientras examinaba la superficie de la puerta con un escáner. «Reacciona a la energía: frecuencias específicas».

Soraya asintió. «La cápsula de resonancia podría proporcionar la frecuencia que necesitamos».

«O activar una trampa», dijo Aiyana bruscamente. Miró la puerta con desconfianza. «No me fío de este lugar. Tenemos que estar preparados».

Activación de la puerta

Ingrid colocó con cuidado la cápsula de resonancia en un hueco junto a la puerta, que parecía hecho para ella. Cuando activó la cápsula, la puerta empezó a vibrar en tonos bajos que toda la tripulación pudo sentir.

«Suena como un latido», comentó Luis, desenfundando inconscientemente su arma.

«Es más que eso», dijo Ingrid, con la voz tensa. «Es como si el templo reaccionara a nuestra presencia».

Las vibraciones se intensificaron y, de repente, un haz de luz salió disparado de la cápsula e impactó contra la puerta. Las venas de luz de las paredes aceleraron su ritmo y la puerta empezó a abrirse lentamente, acompañada de un profundo crujido metálico.

«Preparados», dijo Aiyana, levantando su arma. «No sabemos lo que nos espera detrás».

La puerta se abrió del todo, revelando una enorme cámara. Un enorme mo-nolito cristalino flotaba en el centro, pulsando en todos los colores del espectro. Era el último punto de resonancia.

La perturbación inesperada

«Eso es», dijo Ingrid con reverencia, entrando con cuidado en la cámara. «Ése era el último punto. Ahora el templo debería estar completamente activado».

«Es hermoso», dijo Priya, mirando el monolito. «Pero ¿por qué se siente tan … inquietante?»

«Porque no es sólo hermoso», dijo Soraya en voz baja. «Es poder. Y el poder nunca viene sin un precio».

Apenas había hablado cuando un ruido atronador sacudió la cámara. Varios Atur emergieron de las sombras, sus enormes cuerpos brillaban amenazadores a la luz del monolito. Los dirigía uno de sus comandantes, cuya armadura estaba adornada con pulsantes venas rojas de luz.

«Habéis ido demasiado lejos», dijo el comandante con una voz que resonó en la cámara como un estruendo. «Este templo pertenece a los Atur, y nunca lo activaréis por completo».

«No nos detendrán», le gritó Aiyana, apuntándole con su arma. «Este templo no pertenece a nadie: es una herramienta para salvar este mundo».

«Entonces pagaréis con vuestras vidas», replicó el comandante y ordenó a sus guerreros que atacaran.

La batalla por el último punto

La cámara se convirtió en un campo de batalla. Luis y Aiyana abrieron fuego mientras Soraya y Priya intentaban cubrir a Ingrid, que trabajaba febrilmente en la cápsula de resonancia.

«¡Necesito tiempo!», gritó Ingrid mientras intentaba sincronizar la cápsula con el monolito. «¡Aiyana, detenlos!»

«¡Haremos lo que podamos!», respondió Aiyana, disparando una andanada contra un Atur atacante.

Luis se abrió paso entre las filas de los Atur, con movimientos precisos y decididos. «Ingrid, ¿cuánto falta?»

«¡Veinte segundos, si no me molestan!», le gritó ella.

Soraya esquivó el golpe de un Atur y asestó un golpe bien dirigido con su porra eléctrica. «¡Estos tipos no se rendirán!».

«¡Entonces hagamos que se den cuenta de que no tienen elección!», gritó Aiyana y lanzó una granada de choque que tiró a varios Atur al suelo.

La sincronización

Ingrid ignoró el caos que la rodeaba y se concentró en sincronizar la cápsula con el monolito. Las luces de la cámara se intensificaron y un zumbido bajo llenó el aire.

«¡Ya casi está!», gritó, "¡Sólo unos segundos más!".

Un Atur atravesó la línea de defensa y cargó directamente contra Ingrid. Priya se interpuso en su camino y activó su escudo. El impacto hizo que el atur rebotara, pero se mantuvo firme.

«¡No conmigo!», gritó Priya y lanzó al atacante hacia atrás con una descarga eléctrica.

Y de repente, unos aliados inesperados aparecieron de la nada: Un grupo de Zerai y Virani, que finalmente hicieron retroceder al Atur.

«Nos habéis ayudado», dijo Myara, que lideraba a los Virani, y miró rápidamente a Priya, que le devolvió la mirada feliz. «Ahora nos toca a nosotras», dijo y se fue corriendo a abalanzarse sobre Xarun.

«¡Sincronización completada!», gritó Ingrid, justo cuando el monolito se iluminó con una luz brillante.

La luz del monolito llenó la cámara y los Atur retrocedieron, cegados y desorientados. La tripulación aprovechó para unir fuerzas para capturar a Xarun y ahuyentar al resto de sus secuaces.

«¿Lo hemos conseguido?», preguntó Luis mientras corrían por los pasillos.

«Sí», dijo Ingrid, con voz aliviada. «¡El templo está activo!».

La tripulación sintió que el templo había cobrado vida. Las venas de luz pulsaban a un ritmo armonioso y la energía que fluía por el templo era palpable.

«Lo hemos conseguido», dijo Soraya en voz baja y miró a Aiyana. «Ahora nos toca a nosotras usar este poder como es debido».

«Y lo haremos», dijo Aiyana con decisión. «Por Venus. Por todos».

Capítulo 21: La voz del templo

La activación de la cápsula de resonancia desencadenó una reacción en cadena que ninguno de los tripulantes podía prever. Cuando el último rastro de energía inundó el templo y se concentró en la cámara principal, el suelo bajo los pies de los astronautas empezó a vibrar. La temperatura de la sala aumentó notablemente y un sonido pulsante llenó el aire.

«Esto es... gigantesco», murmuró Soraya mientras miraba las paredes resplandecientes con los ojos muy abiertos. «Parece como si el templo cobrara vida».

En el centro de la sala, la cápsula de resonancia que la tripulación había colocado con tanto esmero empezó a girar. Lentamente al principio, luego cada vez más rápido hasta que se hizo casi invisible. Un haz de luz pura salió disparado de su centro y golpeó el techo. Allí se formaron círculos concéntricos, que se ensanchaban constantemente y creaban patrones holográficos que parecían mapas cósmicos.

«¿Eso parece... ¿un mapa?», preguntó Priya, que involuntariamente se acercó un paso.

Ingrid asintió mientras escribía apresuradamente notas en su bloc. «Sí, y más que eso. No sólo muestra el templo. Muestra... todo el planeta».

«¿Ves esto?», gritó Aiyana, señalando unos puntos palpitantes en las imágenes holográficas. «Son las cuatro ciudades de las facciones. Y ahí está el templo. Estas líneas las conectan todas».

Luis frunció el ceño. «Parece una red. ¿Pero para qué?»

De repente, una voz profunda y melódica resonó en la habitación. Hablaba en un idioma que ninguno de ellos conocía, pero el significado penetraba directamente en sus pensamientos.

«Se ha alcanzado la armonía de la resonancia. El camino hacia la unidad está abierto. Pero el equilibrio es frágil. Elegid sabiamente, habitantes de Venus, porque vuestros destinos están entrelazados».

La tripulación se miró, sin palabras. Ingrid finalmente dijo lo que todos estaban pensando. «El templo... Se está comunicando con nosotros. Debe ser un antiguo sistema de IA».

«Está intentando decirnos algo», añadió Aiyana, con voz firme. «Pero no hay instrucciones claras. ¿Qué significa 'elige sabiamente'?».

El mapa holográfico empezó a cambiar. Las líneas entre las ciudades de las facciones y el templo se volvieron rojas y empezaron a parpadear, como si fueran inestables. Al mismo tiempo, aparecieron nuevos puntos en el mapa, firmas de energía más pequeñas y aisladas. „Seht ihr das?", rief Aiyana und zeigte auf pochende Punkte auf den holografischen Bildern. „Das sind die vier Städte der Fraktionen. Und da ist der Tempel. Diese Linien verbinden sie alle miteinander.

Luis runzelte die Stirn. „Es sieht aus wie ein Netzwerk, aber wozu?"

Plötzlich hallte eine tiefe, melodische Stimme durch den Raum. Sie sprach in einer Sprache, die keiner von ihnen kannte, aber die Bedeutung drang direkt in ihre Gedanken ein.

„Die Harmonie der Resonanz ist erreicht. Der Weg zur Einheit ist offen. Aber das Gleichgewicht ist zerbrechlich. Wählt weise, Bewohner der Venus, denn eure Schicksale sind miteinander verwoben."

Die Besatzung schaute sich gegenseitig an, sprachlos. Ingrid sprach schließlich aus, was sie alle dachten. „Der Tempel... Er kommuniziert mit uns. Es muss ein altes KI-System sein.

„Es versucht, uns etwas mitzuteilen", fügte Aiyana mit fester Stimme hinzu. „Aber es gibt keine klaren Anweisungen - was bedeutet 'wähle weise'?"

Die holografische Karte begann sich zu verändern. Die Linien zwischen den Fraktionsstädten und dem Tempel färbten sich rot und begannen zu flackern, als wären sie instabil. Gleichzeitig erschienen neue Punkte auf der Karte, kleinere, isolierte Energiesignaturen.

El sacrificio del pasado

De repente, apareció otro holograma en el centro de la cámara. Mostraba una escena que se grabó a fuego directamente en las mentes de la tripulación. Las cuatro facciones de Venus se enfrentaban en una guerra implacable, sus ciudades, antaño prósperas, en ruinas. Pero en medio del caos, el templo se alzó y envió una potente señal de resonancia que interrumpió el conflicto por un momento. La voz del templo volvió a sonar, esta vez más calmada, casi triste. «El equilibrio se destruyó antes. Debes elegir: Armonía o caos. La resonancia no puede estabilizarse sin sacrificio».

«Esto es una advertencia», susurró Aiyana. «El templo nos muestra lo que ocurrirá si fallamos».

«O si no actuamos», añadió Priya. «Las facciones podrían utilizar el templo como un arma si no tenemos cuidado».

Un visitante inesperado

De repente, la luz parpadeó y una figura emergió de las sombras. Era

Ikaris, el representante de Auron, con su cuerpo plateado envuelto en el azul resplandeciente del templo.

«Has activado el templo», dijo con una voz que expresaba admiración y preocupación a la vez. «Pero no entiendes lo que has desencadenado».

«Entonces ayúdanos», dijo Aiyana con firmeza. «Estamos intentando unir a las facciones, pero necesitamos más información. ¿Qué nos espera?»

El rostro de Ikaris se puso serio. «La Resonancia es más que una fuente de energía. Es el corazón del equilibrio planetario. Pero sólo permanecerá estable si todas las facciones están dispuestas a comprometerse con ella. Si una sola facción se opone, el templo lo destruirá todo».

«Una prueba final, entonces», murmuró Luis. «Qué apropiado».

«¿Y qué propones, Ikaris?», preguntó Ingrid. «No podemos obligar a las facciones a trabajar juntas».

Los ojos de Ikaris brillaron suavemente. «Puedes crear confianza. Has activado la resonancia. Es un símbolo de unidad. Pero

también debes resolver los conflictos del pasado».

«¿Y cómo exactamente?», preguntó Soraya. «No tenemos tiempo para resolver todas las disputas».

«El tiempo es irrelevante, sólo cuenta la vida», replicó Ikaris. «Debes encontrar y estabilizar los puntos de resonancia de las facciones. Cada punto es una clave para la armonía. Y si metéis la pata... Venus os arrastrará con ella».

La tripulación se miró. La carga de la responsabilidad pesaba sobre ellos, pero había una chispa de determinación en sus ojos, pero también incertidumbre por las crípticas palabras de Ikaris.

«¿Qué quieres decir en concreto, Ikaris? Hablas con acertijos», respondió Aiyana.

«Habrá un tribunal. Si os sentís capacitados para la tarea, podéis actuar como defensores en este proceso porque, como habitantes de otro planeta, podéis permanecer neutrales.»

«¿Y quién se supone que es el cliente?», preguntó Luis en tono ominoso.

«Creo que ya te has dado cuenta», respondió Ikaris.

«No será Xarun, ¿verdad?», dijo Luis con cara de asco.

Ikaris asintió: «¡Sí, que así sea!».

«Entonces ya sabemos qué hacer», dijo Aiyana con firmeza. «Estaremos a la altura del desafío. Por Venus y por todos nosotros».

Fuera del templo, empezó a formarse una tormenta, como si el propio planeta estuviera esperando el siguiente capítulo de su aventura.

Capítulo 22: Lazos tiernos y verdades frágiles

El jardín del templo era un lugar de quietud y reflexión, un sitio raramente tranquilo en medio de la cargada atmósfera. Priya había venido aquí para encontrar un momento de paz, para procesar los perturbadores acontecimientos de los últimos días: la captura de Xarun, las acaloradas discusiones entre la tripulación y el inminente desafío del Tribunal. Pero no podía deshacerse del recuerdo de un encuentro en particular: Myara. La orgullosa y misteriosa líder de los Virani. Ella sólo se había fijado en él en dos ocasiones y, sin embargo, aquellos momentos habían despertado en él algo que no podía expresar con palabras.

Un suave susurro le hizo levantar la vista. Myara estaba de pie a pocos pasos, una silueta esbelta y grácil en medio de la exuberante vegetación del jardín. Sus ojos dorados se encontraron con los de él y Priya sintió que el corazón le latía más deprisa.

«Priya», le dijo con su voz tranquila y melodiosa. «No pensé que te encontraría aquí».

Se levantó de un salto precipitadamente, agarrándose al respaldo del banco para no tropezar: «¡Myara! No... no quería interrumpir. Sólo pensé que podría descansar un poco».

Una leve sonrisa curvó sus labios y se acercó: «No molestas. Este jardín es un lugar de paz para todos los que lo buscan. ¿Por qué no te sientas?»

Él volvió a sentarse vacilante, mientras ella se sentaba a su lado, pero a una distancia respetuosa. El silencio entre ellos no fue incómodo, sino más bien tranquilizador.

Al cabo de un rato, ella rompió el silencio: «Tú estabas allí cuando capturaron a Xarun. Vi cómo reaccionaste. No eres una luchadora, Priya, pero demostraste valor».

Priya se frotó la nuca, avergonzada: «¿Valentía? Me sentí más bien como una completa tonta. Estuve a punto de arruinarlo todo».

«El valor no es la ausencia de miedo», respondió ella con calma, "sino actuar a pesar del miedo".

Él sonrió tímidamente: «Puede ser. Pero, para ser sincero, me has intimidado. Tu determinación, tu fuerza... son impresionantes. Yo sólo soy un científico. Alguien que analiza muestras e intenta comprender el código de la vida».

«¿Un científico?», preguntó ella, con sus ojos dorados brillando bajo la suave luz. «Un exobiólogo, si no recuerdo mal».

Él asintió: «Sí, y bioquímico. Estudio cómo funciona la vida, y cómo puede ser tan diferente y a la vez familiar aquí en Venus. Pero si soy sincero, sucesos como el encuentro con Xarun... no son algo para lo que me hayan entrenado. No son exactamente los desafíos que esperaba».

«Cada uno tiene su lugar», dijo Myara pensativa. «La fuerza por sí sola no trae la armonía. Quizá sean las pequeñas cosas -la comprensión, la conexión entre los seres- las que marcan la diferencia».

Sus palabras golpearon profundamente a Priya, pero antes de que pudiera responder, movió torpemente el brazo hasta rozarle ligeramente el hombro. Se oyó un crujido y Priya apretó los dientes para reprimir un grito de dolor.

La mirada de Myara se ensombreció: «¿Qué ha sido eso?».

«Nada, en realidad», dijo apresuradamente, sujetándose el brazo. «Sólo... me di un golpe hace unos días. Ya se está curando».

«¿Un golpe?», repitió ella con escepticismo. «No fue una simple fisura. ¿Qué escondes, Priya?»

«¡No es nada! De verdad!» Intentó mover el brazo pero hizo una mueca, lo que hizo sospechar definitivamente a Myara. Se levantó y lo miró con ojos penetrantes.

«Los humanos son tan frágiles», dijo en voz baja, casi más para sí misma que para él. «No me había dado cuenta de que... espera». Hizo una pausa, y fue como si una sombra de comprensión cayera sobre su rostro. «¿Te he hecho daño?»

Priya sacudió la cabeza precipitadamente. «¡No, no! No es nada. Sólo soy torpe. No tienes por qué preocuparte».

Pero Myara no se dejó engatusar tan fácilmente. «Soy más fuerte de lo que debería cuando trato con vosotros, los humanos. No me di cuenta cuando nos conocimos». Volvió a sentarse, esta vez más cerca, y le puso una mano en el brazo ileso. «Tienes que decirme la verdad, Priya. Si te he hecho daño, no ha sido a propósito. Pero necesito saberlo».

Suspiró pesadamente y bajó los ojos. «No fue culpa tuya. Sólo me tocaste muy levemente, pero… no soy tan estable como tú».

Los ojos de Myara se entrecerraron y su voz se llenó de culpa. «Debería haber tenido más cuidado. Pero, ¿por qué no me lo dijiste? ¿Por qué me mantuviste en la oscuridad?».

«Porque no quería que te sintieras mal», admitió Priya en voz baja. «Tienes tanta responsabilidad, Myara. Tu pueblo confía en ti y llevas tanto sobre tus hombros. No quería que te agobiaras aún más».

Hubo un momento de silencio antes de que Myara negara con la cabeza. «Eres una tonta, Priya. Pero una tonta honesta y valiente». Sus palabras tenían un toque de calidez que le sorprendió.

«Prometo tener más cuidado», continuó. «Pero tú también debes ser más cuidadosa y honesta. Nuestros pueblos no pueden unirse si no somos sinceros los unos con los otros. Eso va también por ti y por mí».

Priya asintió lentamente: «Entiendo. Gracias, Myara».

Se miraron durante un momento antes de que Myara se levantara. «Tengo que volver con mi gente. Pero… me alegro de que hayas venido, Priya. Quizá nos volvamos a ver».

Con esas palabras, desapareció silenciosamente en el jardín, y Priya se quedó solo - su corazón un poco más ligero y su admiración por Myara mayor que nunca.

Un beso a la sombra de las estrellas

Había caído la noche y el jardín del templo se llenó de un suave resplandor fosforescente. Plantas de hojas relucientes y flores que centelleaban como diminutas estrellas llamaban la atención de Priya mientras paseaba por el sendero. Había algo mágico, casi terrenal en aquel lugar, y sin embargo cada flor, cada hoja, le recordaba que estaba en otro planeta.

«Parece que te gusta este jardín», sonó una voz suave y melódica detrás de él.

Priya se dio la vuelta y vio a Myara caminando hacia él con la elegancia de un depredador. Sus ojos dorados brillaban a la luz de las estrellas y su sonrisa era como una caricia suave. Sintió que el corazón le daba un vuelco.

 «Me siento... tranquila aquí», confesó Priya, y su voz tenía un tono ligeramente soñador. «Es un lugar a la vez tan extraño y, sin embargo, de algún modo familiar».

«Lo es», dijo Myara y se acercó. «Las plantas de aquí sólo crecen en lugares fuertemente influenciados por las resonancias. Se dice que reflejan la armonía o el conflicto de un pueblo. Últimamente, brillan más que nunca».

Priya sonrió débilmente y miró una flor cuyos pétalos se movían suavemente, como si bailaran al son de una melodía invisible. «Quizá sea una buena señal».

«Tal vez», respondió Myara en voz baja. «O quizá seas tú quien les traiga nueva luz».

El corazón de Priya latió más rápido a medida que ella se acercaba, y se dio cuenta de que tenía la boca repentinamente seca. «No creo que yo tenga ese tipo de efecto», murmuró, con los ojos fijos en las flores para evitar su intensa mirada.

«Oh, Priya», dijo Myara con una sonrisa divertida. «A veces eres demasiado modesta».

Ahora estaba delante de él. Con cuidado le puso una mano en el hombro.

«Eres especial», le dijo, su voz era poco más que un susurro. «Sólo que aún no lo ves».

«Myara...», empezó él, pero no sabía cómo pronunciar las palabras. Todo lo que sentía -la admiración, la atracción, la abrumadora necesidad de estar con ella- parecía demasiado grande para una simple explicación. Priya sonrió tímidamente: «Ojalá yo tuviera tu compostura. Siempre pareces tan... segura. Pase lo que pase».

«¿Segura?» Myara rió suavemente, un sonido raro y sorprendentemente suave. «Priya, soy cualquier cosa menos segura. Llevo las expectativas de mi pueblo sobre mis hombros. Cada decisión podría cambiarlo todo, para los Virani y para mí».

«No puedo imaginar lo pesada que debe ser», dijo Priya con sinceridad. «Pero sé que tienes la fuerza para llevarlo».

«¿Y tú?», preguntó, acercándose. «Tú también llevas algo de Schweres contigo. No físicamente, sino aquí». Le puso la mano en el pecho, directamente sobre el corazón.

Su suave contacto le hizo detenerse. El contacto fue leve, casi fugaz, pero Priya sintió que una oleada de calor y algo indescriptible le atravesaba.

«A veces», confesó en voz baja, »siento que estoy fuera de lugar aquí. Sólo soy una científica. ¿Qué puedo hacer cuando se trata de algo tan grande como la unidad de los pueblos?».

«Estás aquí porque puedes marcar la diferencia», dijo Myara con firmeza. «Quizá no con armas o poder, pero sí con tu mente, tu corazón. Eso te hace más fuerte de lo que crees».

Priya la miró, y en ese momento, el tiempo pareció detenerse. Sus palabras le impactaron profundamente, y supo que ya no sólo sentía admiración por ella. Era algo más, algo que le inspiraba y le preocupaba al mismo tiempo.

«Myara», empezó, pero se le quebró la voz. ¿Cómo podía expresar con palabras lo que sentía?

Pero antes de que pudiera continuar, Myara se acercó aún más. Levantó la mano para tocarle suavemente la mejilla y sus ojos se clavaron en él como si pudieran ver dentro de su alma.

«Eres un tonto, Priya», le dijo suavemente, con un toque de ternura en la voz. «Pero un tonto al que ya no puedo ignorar».

«No digas nada», susurró ella, acercándose aún más hasta que sus rostros quedaron a un suspiro de distancia. «Hay cosas que no hace falta decir».

Sus labios tocaron los de él y, por un momento, todo a su alrededor se desvaneció. Los colores del cielo, los sonidos de la noche, incluso el suelo bajo sus pies, todo se desvaneció en un telón de fondo sin importancia para lo que estaban compartiendo en ese momento. Priya sintió un calor que nunca antes había experimentado y, durante un latido, todo fue perfecto.

Pero cuando Myara se movió ligeramente y le puso la mano en el hombro, sonó un suave crujido. Priya se estremeció y se apartó ligeramente.

«¡Priya!» La voz de Myara estaba llena de preocupación: «¿Te he hecho daño?».

«No es nada», se apresuró a decir, aunque se sujetó el hombro. «Sólo... una cosita. Estoy bien».

«¡No es una cosita!». Ella le agarró suavemente del brazo y le escrutó con preocupación. «¿Por qué no dijiste nada? Debería haber tenido más cuidado».

«No quería estropear el momento», admitió, con una sonrisa de disculpa en los labios. «Además, un hueso roto no es nada comparado con... esto».

Myara le miró un momento y luego sacudió la cabeza. «Realmente eres un tonto, Priya. Pero un tonto yo...» Hizo una pausa, como si buscara las palabras adecuadas. «...no quiero perder».

Priya sintió que su corazón daba un vuelco. «Yo tampoco quiero perderte, Myara».

Le puso una mano en el hombro ileso y le miró profundamente a los ojos: «Entonces prométeme que tendrás más cuidado... y que siempre me dirás la verdad».

«Lo prometo», dijo él con seriedad. «Pero también tienes que prometerme algo».

«¿Qué cosa?

«Que no te alejarás de mí. Pase lo que pase».

El rostro de Myara se suavizó y asintió: «Lo prometo».

Se apoyaron el uno en el otro, las estrellas y el cielo de Venus
parecían ser testigos de su conexión. A pesar del dolor, a pesar de la
incertidumbre del futuro, en aquel momento supieron que habían
encontrado algo más fuerte que cualquier otra cosa: el uno en el otro.

Secreto médico

Esa misma noche, Priya se dirigió a la enfermería del Venera

Ascendant, donde Soraya, la médico de la tripulación, estaba orden-
ando su instrumental. Cuando vio entrar a Priya, enarcó las cejas.

«¿Otra vez? Es la segunda vez esta semana, Priya. ¿Qué ha pasado
esta vez?».

Priya le sujetó el brazo, con la cara contorsionada en una mueca.
«Oh, sólo… tropecé. Un pequeño accidente».

Soraya detuvo su trabajo y lo escrutó con ojos penetrantes. «¿Un
pequeño accidente? Te rompiste el brazo la semana pasada y ahora
tienes el hombro dislocado. ¿Te doy un curso intensivo de andar y
estar de pie?».

«Son cosas que pasan», murmuró Priya, evitando su mirada. Pero
Soraya no cejó en su empeño. Se acercó, con las manos en las
caderas. «Priya, soy médico, pero no soy tonta. Estos delitos no ocur-
ren por casualidad. O me dices la verdad o sospecharé».

Priya parecía estar preparando una respuesta cuando Soraya se detuvo de repente, sus ojos se entrecerraron y un destello de com-

prensión cruzó su rostro. «Un momento... el momento. Es cada vez después de pasar tiempo con Myara, ¿no?».

La cara de Priya palideció. «¡Qué, no! Eso es absurdo».

Soraya se cruzó de brazos. «¿Ah, sí? Sabes que los virani tienen una fuerza física excepcional. No sería la primera vez que otro ser a su alrededor parece... un poco frágil».

No pudo evitar asentir levemente: «¡No es culpa suya! Sólo le pasa cuando... cuando me toca accidentalmente».

Soraya suspiró profundamente y se frotó las sienes. «Priya. Tienes que decírselo. Si te hace daño sin querer, es porque no sabe lo frágil que eres. Si sigue haciendo lo que está haciendo, al final acabará aquí hecha pedazos».

Pero Priya sacudió la cabeza con firmeza. «No. No quiero que se sienta mal. Tiene tanta responsabilidad, tanto peso sobre sus hombros. Lo último que necesita es preocuparse por hacerme daño».

Soraya se le quedó mirando largo rato antes de reírse por lo bajo. «Realmente eres una causa perdida, Priya. Pero eso también es algo... conmovedor».

«¿Me prometes que no se lo dirás a los demás?», le preguntó a Soraya.

Soraya respondió con un brillo en los ojos: «Bueno, los demás ya lo sospechaban de todos modos, pero por supuesto no descubrirán las verdaderas razones de tus lesiones por mí. Así lo dicta mi secreto médico».

Capítulo 23: El Tribunal

La vasta sala del Tribunal de Auron era un lugar sobrecogedor. En el centro de la sala circular se alzaba un pedestal de metal reluciente, rodeado de una suave luz azulada. Allí se sentaba Xarun, el líder de los Atur, fuertemente encadenado. A pesar de su encarcelamiento, irradiaba una determinación inquebrantable y sus ojos brillaban de rabia. Los representantes de las facciones se colocaron a su alrededor en una formación simbólica.

Tres Auron estaban sentados en sus asientos flotantes como observadores silenciosos y omniscientes. Myara, la embajadora Virani, se dirigió con elegancia a su asiento, con sus ojos brillantes llenos de rigor. Los Zerai, representados por su emisario Karolak, parecían colosos de piedra, decididos a alcanzar la justicia a través de la fuerza. La tripulación de astronautas permanecía de pie cerca de la plataforma de Xarun, con rostros mezcla de tensión y determinación.

Palabras de apertura

«El tribunal está abierto», llegó la voz de Ikaris, el Auron supremo. Su tono era tranquilo, pero cada palabra transmitía una autoridad inquebrantable. «Estamos hoy aquí para decidir el destino de Xarun, líder de los Atur. El acusado se enfrenta a los crímenes más graves contra la armonía del planeta Venus».

Una proyección holográfica apareció en el aire, mostrando imágenes de destrucción: ruinas humeantes, ciudades devastadas y las sombras de miles de vidas perdidas. El murmullo en la sala creció antes de que un movimiento de la mano de Ikaris lo silenciara.

«Se convoca a los Virani y a los Zerai como acusadores. La defensa queda en manos de los visitantes humanos».

Un murmullo recorrió las filas de los Virani y los Zerai. Myara, la embajadora virani, se puso en pie, su postura irradiaba confianza en sí misma y determinación. Su túnica plateada brilló a la luz de la sala mientras se dirigía al centro.

La primera acusación: Myara habla

«Xarun», empezó Myara, con la voz afilada como una cuchilla. «Nos has llevado a todos al borde de la destrucción. Tu codicia por el control y el poder ha desestabilizado la Resonancia y saqueado los recursos de nuestro planeta. Has acabado con innumerables vidas, incluidos niños que ni siquiera tuvieron la oportunidad de comprender este mundo. No eres sólo un tirano, eres un azote para Venus. Exijo el castigo más severo: la muerte».

Xarun levantó lentamente la cabeza, con una sonrisa burlona en los labios. «¿Azote?», repitió en voz baja. «Lo que tú llamas destrucción, yo lo llamo visión. Sólo a través de la fuerza puede crearse el verdadero orden. Los virani no sois más que débiles que os escondéis tras vuestras tecnologías».

Los ojos de Myara se entrecerraron, pero permaneció imperturbable. «Es fácil justificar vuestra propia crueldad como fuerza. Pero la fuerza sin moralidad no es más que barbarie. Has intentado esclavizarnos a todos y te has negado a considerar siquiera la paz o la cooperación. No hay lugar para ti en una Venus armoniosa».

Xarun rió suavemente, un sonido gutural teñido de desafío. «¿Armonía?», se burló. «¿Habláis de armonía mientras vosotros mismos estáis enfrentados? Vuestro tribunal es una farsa».

Karolak, el enviado de Zerai, se levantó de su asiento. Su figura de tres metros de altura parecía aún más imponente al subrayar las palabras de Virani.

La segunda acusación: Karolak comparece

«Xarun, no sólo has intentado subyugarnos, sino que has utilizado la Resonancia como arma contra nosotros», atronó Karolak, con voz grave y amenazadora. «Los Zerai han perdido incontables guerreros por tus intrigas. Os hemos demostrado que podemos luchar, pero no habéis retrocedido. Vuestras acciones demuestran que sois incapaces de aceptar la paz. Sólo hay una solución para vosotros: vuestro fin».

«Oh, los nobles Zerai», replicó Xarun con una sonrisa amarga. «Siempre tan orgullosos de su fuerza y sus cuerpos. Y, sin embargo, mis planes te han puesto de rodillas. Quizá no seáis tan invencibles como creéis».

Karolak gruñó, con la mirada como un puñal, pero una mirada de Ikaris le hizo callar.

«Los cargos han sido presentados», dijo Ikaris, su voz transmitiendo la tensión. «Ahora hablará la defensa».

Comienza la defensa

Aiyana entró en el centro de la sala, la luz de las esferas flotantes sobre ella le daba un aspecto casi majestuoso. Su corazón latía con fuerza, pero no dejó que se le notara. Las miradas de los Auron, Virani, Zerai e incluso Xaruns penetraron en ella, desafiándola. Era un desafío que debía aceptar, no sólo por sí misma, sino por el destino de todo el planeta.

«No intentaré justificar lo que ha hecho Xarun», comenzó con voz firme. «La destrucción, el sufrimiento, las pérdidas… todo esto está ante nosotros, abierta e innegablemente. Pero te pido que no te fijes sólo en lo evidente».

Myara enarcó una ceja. «¿Y qué, comandante, podría ser más obvio que las acciones de un asesino y tirano?».

Aiyana se volvió hacia ella. «¿Y si lo que estamos haciendo ahora es el comienzo de un nuevo ciclo de violencia? Si ejecutamos a Xarun, sólo confirmaremos que la venganza y la retribución son los medios para resolver los conflictos. Y eso sería el principio del fin de tu pueblo, de tu mundo».

Xarun rió secamente, con un tono cargado de sarcasmo. «Qué conmovedor. Los humanos abogan por la moralidad. Sin embargo, vosotros mismos sois un pueblo de guerra, de intriga. Vuestra historia es más sangrienta que la de todo un sistema solar».

Kenji dio un paso adelante, con las manos en las caderas. «Sí, Xarun, nuestra historia está llena de errores. Y por eso estamos aquí. Porque sabemos lo difícil que es salir de un ciclo de odio y violencia. Pero es posible. Los humanos lo hemos hecho, y creemos que Venus también puede».

«Los acusadores tienen razón», comenzó Aiyana, mirando a su tripulación. «Xarun ha hecho cosas crueles. Pero no estamos aquí para reabrir viejas heridas. Estamos aquí para encontrar una solución que no sea sólo venganza, sino verdadera justicia.»

«Y eso significa compasión», añadió Priya. «Los humanos hemos aprendido que incluso nuestro mayor enemigo merece una segunda oportunidad».

Myara le cortó con un gesto brusco. «¿Compasión? ¿Por alguien que ha aniquilado millones de vidas? Los humanos sois unos ingenuos».

Soraya dio un paso adelante, con los ojos brillantes. «Tal vez. Pero quizá sea precisamente esta ingenuidad lo que necesitamos. Puede que Xarun haya causado mucho sufrimiento, pero matarlo no garantizará la paz. Sólo creará otro ciclo de odio y venganza».

«¿Qué sugieres?», preguntó Myara, con su voz grave como un gruñido. «¿Que lo liberemos?»

Kenji negó con la cabeza. «No libre. Pero vivo. Que le demos la oportunidad de arrepentirse de sus actos y enmendarlos. El mayor castigo para un hombre como él es vivir con las consecuencias de sus decisiones.»

Intervención de los Zerai

Karolak se levantó de su asiento. Su enorme figura pareció engrosar el ambiente de la sala cuando su voz rompió el silencio.

«Bonitas palabras», dijo en un tono bajo y retumbante. «Pero las palabras no devuelven las vidas perdidas. Las palabras no borran los rastros de sangre dejados por Xarun. Lo que tú llamas 'compasión' no es más que debilidad».

Soraya dio un paso adelante y miró a Karolak directamente a los ojos. «Eso no es debilidad. La compasión es una elección. Una que requiere más valor y fuerza que cualquier arma o batalla. Eres fuerte, Karolak, todo el mundo puede verlo. Pero, ¿eres lo bastante fuerte para perdonar?»

Karolak le sostuvo la mirada, pero un leve movimiento de las comisuras de los labios reveló que sus palabras le habían llegado. No dijo nada, pero volvió a sentarse con expresión pensativa.

Los argumentos se intensifican

Myara se cruzó de brazos y se paseó alrededor de Aiyana. Su voz era fría y cortante. «El perdón es un lujo que no podemos permitirnos. Xarun ha demostrado que sólo entiende el lenguaje de la violencia. ¿Y si le perdonamos y vuelve a provocar el caos? ¿Volveremos a estar aquí rogándole que le perdone?».

«¡No!», dijo con rotundidad Ingrid, que había permanecido callada hasta ahora. «No debemos perdonarle porque seamos ingenuos. Sino porque creemos que otro mundo es posible. Hemos visto de lo que son capaces sus pueblos cuando trabajan juntos. Los puntos de resonancia, la activación del templo... todo esto demuestra que la armonía puede ser no sólo una idea, sino una realidad. Pero tenemos que vivirla», añadió Priya, con voz cada vez más insistente. «Myara, Karolak: imaginaos en el lugar de Xarun. ¿No esperaríais que alguien tuviera la fuerza de darle una segunda oportunidad? Si le ejecutamos, le privamos de cualquier oportunidad de cambiar. Y nos privamos a nosotros mismos de la oportunidad de crear un futuro mejor».

Un momento de silencio

Xarun observaba la discusión con rostro inexpresivo. Pero en sus ojos había una chispa de algo que los astronautas no sabían interpretar: ¿desafío, duda o incluso remordimiento?

Finalmente, Ikaris, el juez supremo del Auron, se levantó. Su voz sonaba tranquila, pero resonó en la sala como un gong. «No hay una verdad clara en este conflicto. Pero yo os pregunto, humanos: ¿Por qué defendéis a alguien que os ve como enemigos? ¿Cuál es vuestro verdadero motivo?»

Aiyana respondió sin vacilar. «Nuestro motivo es la paz. No una paz forzada, sino una paz verdadera basada en la comprensión y el perdón. No defendemos a Xarun porque aprobemos sus acciones. Sino porque creemos que su ejecución sería un signo de división. Y este mundo ya ha visto suficiente división».

Ikaris parecía pensativo, con la mirada perdida entre los presentes. Luego asintió lentamente: «Tus palabras son... notables. Pero el tribunal decidirá si son suficientes».

Defensa de la humanidad

La tensión en la sala del tribunal era casi palpable cuando Aiyana entró en el centro de la sala. La luz de las esferas que flotaban sobre ella parecía hacerse más intensa, como si la propia sala percibiera la importancia del momento. Todos los ojos se posaron en ella: los de los Virani, con Myara a la cabeza, críticos y vigilantes; los de los Zerai, con Karolak, escépticos y exigentes; y, por último, los de los Auron, inmóviles en su papel de jueces. Xarun permanecía en silencio, con una expresión entre desafiante y desinteresada.

Aiyana respiró hondo. «No estoy aquí hoy para decir que Xarun es inocente. Sería una mentira, y respeto demasiado a este tribunal como para profanarlo con tales palabras. Xarun ha cometido crímenes, y las huellas de sus actos cruzan este planeta. Pero hay una verdad que no debemos ignorar: La violencia no trae la armonía».

Karolak se rió burlonamente, su voz grave resonó en la sala como un trueno. «¿Armonía? Hablas de armonía con un monstruo que sólo conoce el derramamiento de sangre. Si mostramos debilidad ahora, volverá, más fuerte y cruel que nunca».

Aiyana resistió su mirada penetrante. «No se trata de debilidad, Karolak. Se trata de demostrar que somos algo más que seres que responden a la violencia con violencia. Todos vosotros -Virani, Zerai, Auron- habéis sobrevivido a través de vuestras historias porque habéis demostrado fuerza. Pero la verdadera fuerza no se demuestra en el acto de destrucción. Se muestra en la voluntad de elegir un camino diferente».

Un llamamiento emocional

Soraya se adelantó, con voz clara y teñida de emoción. «Comprendemos su dolor. Nosotros también hemos perdido amigos, gente importante para nosotros. Luis...» Luis es como un hermano para nosotros, y su pérdida en otra línea temporal casi nos ha destrozado, sobre todo a mí. Xarun es responsable de muchas cosas que nos han arrebatado. Pero si lo ejecutamos, ¿qué ganamos realmente?».

Myara, que había estado escuchando en silencio, dio un paso adelante. «Y si lo perdonamos, ¿qué perdemos? ¿Y si utiliza esta debilidad para volver a causar estragos? ¿Puedes garantizar que tu humanidad lo detendrá?».

«No, no puedo», admitió Soraya. «Pero creo que todo el mundo tiene la capacidad de cambiar. Incluso Xarun. Quizá no hoy, quizá no mañana, pero en algún momento. Y si le negamos esa oportunidad, nunca sabremos si podría cambiar las cosas».

El significado de la humanidad

«Humanidad no es sólo una palabra», dijo Aiyana en voz baja pero con firmeza. «Es una elección. Una decisión de mostrar compasión a pesar de todo lo que está en nuestra contra. Xarun nos ha hecho daño, sí. ¿Pero qué dice de nosotros si sólo le respondemos con odio y represalias? ¿Acaso somos mejores que él?».

Karolak resopló. «Puede que tus palabras conmuevan a los humanos, pero nosotros no somos humanos. Somos Zerai. Hemos mantenido nuestra fuerza durante milenios sin mostrar nunca debilidad».

«Tal vez», replicó Aiyana con calma. «Pero la cuestión no es quién fuiste. Es quién quieres ser. La cápsula de resonancia te ha demostrado que este mundo sólo sobrevivirá si todos trabajamos juntos. ¿De verdad quieres renunciar a esa oportunidad sólo para satisfacer tu ira?».

Un punto de inflexión

Xarun, que había permanecido en silencio, levantó lentamente la cabeza. Su voz era áspera y profunda. «Hablas de compasión y de cambio como si fuera algo que simplemente ocurre. ¿De verdad crees que alguien como yo merece el perdón?».

Soraya se acercó. Sus ojos brillaban y su voz era suave y firme al mismo tiempo. «¿Te lo mereces? Quizá no. Pero no se trata sólo de lo que tú mereces, Xarun. Se trata de lo que todos necesitamos para sanar este mundo. Puedes ser tú quien rompa el ciclo del odio, o puedes seguir alimentándolo. La elección es tuya».

Un murmullo bajo recorrió la sala. Incluso los jueces del Au-ron intercambiaron miradas, pero sus rostros permanecieron impenetrables.

La voz del traidor

La sala quedó en silencio cuando los pesados pasos de Zerai resonaron en la enorme sala del tribunal. El testigo principal, un poderoso gigante de tres metros de altura llamado Zerath, ocupó el centro del escenario. A pesar de su imponente aspecto, parecía destrozado. Tenía los hombros caídos y una mezcla de vergüenza y miedo en los ojos. Los jueces de Auron lo observaban inmóviles, mientras Myara y Karolak miraban a su antiguo oponente con sentimientos encontrados.

Zerath era conocido como uno de los estrategas más hábiles de los Zerai. Pero su lealtad había tenido un alto precio, y al final se había quebrado. El traidor se había aliado con los Atur por avaricia y deseo de poder, sólo para ser traicionado por Xarun. Ahora estaba aquí para testificar y mitigar así su propio castigo.

La apertura del interrogatorio

La voz del juez aurón Ikaris era tranquila, pero con una severidad que llenaba la sala. «Zerath, has sido condenado como traidor a tu propio pueblo. Hoy compareces aquí como testigo clave. Tu testimonio decidirá el destino final de Xarun. Pero tenlo en cuenta: tu castigo depende de que tus palabras sean verdaderas y tengan sentido».

Zerath asintió gravemente, su enorme cuerpo parecía balancearse bajo el peso de su culpa. «Lo entiendo, noble Auron. Diré la verdad».

«Comienza», exigió Ikaris.

Zerath levantó la cabeza y miró directamente a Xarun, que estaba sentado tranquila pero sombríamente en el banquillo. El líder de los Atur no mostraba ningún signo de emoción, pero sus ojos brillaban de ira.

La revelación del trato

«Comenzó hace tres ciclos», empezó Zerath con voz grave. «Estaba descontento con el aislamiento de los Zerai. Nuestro pueblo siempre se ha mantenido al margen de los conflictos de las demás facciones, pero yo veía debilidad en ello. Quería más para nosotros: más poder, más influencia».

«¿Y eso te llevó a Xarun?», interrumpió bruscamente Myara, con la voz llena de disgusto.

Zerath asintió lentamente. «Sí. Xarun me prometió que juntos podríamos conquistar Venus. Me ofreció recursos, tecnología y, sobre todo, un lugar a su lado. Le creí».

Karolak resopló despectivamente. «¿Y qué le diste a cambio?».

«Las estrategias de defensa de los Zerai», admitió Zerath, suavizando la voz. «Le di acceso a nuestros canales de comunicación y le proporcioné información sobre nuestros puntos más débiles. A través de mí, pudo destruir nuestros puestos avanzados sin que estuviéramos preparados».

«Y, sin embargo, ahora estás aquí sentada y testificas contra él», dijo Ingrid, que seguía el proceso con atención. «¿Por qué?»

Zerath se volvió hacia ella y la miró directamente. «Porque Xarun me traicionó. En cuanto consiguió lo que quería, me convertí en prescindible para él. Me dejó atrás cuando los Atur atacaron nuestras posiciones aliadas. Mi propia gente me capturó y sufrí las consecuencias de mis decisiones».

«¿Así que estás aquí para salvarte?», preguntó Soraya con escepticismo.

Zerath negó lentamente con la cabeza. «Estoy aquí porque me he dado cuenta de que estaba equivocado. Xarun es un peligro, no sólo para mi pueblo, sino para todos los pueblos de Venus. No quiero que otros cometan el mismo error que yo».

Ikaris asintió lentamente. «Entonces danos la información que necesitamos, Zerath. ¿Qué tiene planeado Xarun, y cómo podemos asegurarnos de que no suponga otra amenaza?».

Zerath dudó antes de hablar. «Xarun nunca ha buscado sólo gobernar a los Atur. Su objetivo es utilizar la cápsula de resonancia para subyugar a todas las demás facciones. Quería manipularla para crear una oleada de energía que destruiría las condiciones ambientales de Venus, pero haría invulnerables a los Atur gracias a su adaptación genética. Habló de un Ve-nus sólo para los Atur».

Un murmullo recorrió la sala. Myara se levantó de su asiento, con las manos apretadas. «Esto es un crimen más allá de cualquier cosa que hayamos conocido. ¿Quería destruir el propio Venus?»

Zerath asintió. «Sí. Lo veía como la única forma de convertir a los Atur en la especie dominante. Y yo... fui tan estúpido como para ayudarle antes de darme cuenta de sus verdaderas intenciones».

La defensa interviene

Kenji se adelantó, con voz tranquila pero firme. «Zerath, ¿qué has aprendido en todo esto? ¿Por qué deberíamos creer que te arrepientes?»

Zerath le miró durante un largo instante antes de responder. «Porque amo a mi pueblo, a pesar de lo que he hecho. Quiero que los Zerai vuelvan a prosperar. Si no detenemos a Xarun, acabará con todos, incluida mi gente. Quiero esta oportunidad para hacer las paces».

«¿Y qué sugieres?», preguntó Aiyana. «¿Cómo puedes ayudar a recuperar la confianza de tu pueblo?».

«Los guiaré, si me dejan», dijo Zerath. «Pero si no, seguiré haciendo todo lo que pueda para detener a Xarun. Mi castigo no tiene importancia. Sólo importa el futuro de Venus».

Una nueva chispa de esperanza

Los jueces intercambiaron miradas, y finalmente Ikaris habló. «Tus palabras tienen peso, Zerath. Pero no depende sólo de nosotros decidir tu destino. Tu pueblo tendrá que perdonarte... o no».

Zerath inclinó la cabeza. «Lo aceptaré».

Myara se levantó y caminó hacia Zerath, con los ojos llenos de ira, pero también de compasión. «Te odio por lo que has hecho. Pero si realmente quieres ayudar, quizá merezcas una oportunidad. Demuéstranos que tus palabras son ciertas».

Karolak gruñó. «Pero no más errores, Zerath. Un solo paso en falso y yo mismo te juzgaré».

Zerath asintió en silencio, pero una chispa de esperanza parpadeó en sus ojos. Su declaración había allanado el camino para una nueva alianza, una que podría representar la última oportunidad para Venus.

Un agradecimiento paradójico

La sala del tribunal permaneció en un tenso silencio cuando Luis se levantó de su asiento. Los ojos de todos los presentes se volvieron hacia él, sorprendidos por su decisión de hablar como testigo de la defensa de Xarun. Soraya, en particular, parecía desgarrada por su decisión. Sus ojos revelaban una mezcla de preocupación y admiración.

Luis, aún marcado por la tensión emocional y física de las últimas semanas, se puso delante de los jueces. Era consciente del peso de sus palabras y del riesgo de ser malinterpretado.

«Honorables jueces», comenzó, mirando directamente a Ikaris, el presidente de Auron. «He decidido hablar aquí porque mi perspectiva es quizás inusual - y sin embargo podría ser decisiva».

El comienzo del alegato

Ikaris asintió lentamente, su voz como un trueno lejano. «Luis Ortega, no has sido llamado como testigo, pero escuchamos tus palabras. Habla».

Luis respiró hondo, su voz clara pero compuesta. «Xarun ha causado mucho sufrimiento, no puedo ni quiero negarlo. Pero hay algo que me hace ver sus acciones desde otra perspectiva. No porque quiera excusarlas, sino porque desencadenaron una cadena de acontecimientos que cambiaron mi vida para siempre.»

«¿Una cadena de acontecimientos?», preguntó Myara con escepticismo, alzando una ceja. «Hablas con acertijos, humana. Sé claro».

Luis asintió. «Soy claro, Myara. Puede parecer absurdo, pero Xa-run es responsable indirecto de que yo esté aquí hoy, y de que sea feliz. En otra línea temporal, él me mató. Su traición puso a mi tripulación en una situación que me costó la vida. Pero esta pérdida abrió caminos que nos han dado la oportunidad de cambiar el tiempo».

«¿Quieres dar las gracias a Xarun por matarte?», interrumpió Karolak, con cara de incredulidad. «¡Eso parece una locura!».

Luis resistió la mirada escéptica del zerai. «Escúchame. No estoy aquí para defender a Xarun, al menos no de la forma que tú crees. Pero a través de estos acontecimientos, por dolorosos que hayan sido, he encontrado algo que nunca esperé: el amor.»

La sorprendente revelación

Luis se volvió hacia Soraya, que se ruborizó ante sus palabras pero mantuvo sus ojos orgullosamente fijos en él. «Soraya y yo nos conocimos mejor durante esta época turbulenta. La desesperación causada por las acciones de Xarun nos unió. Puede sonar paradójico, pero le debo a Xarun esta parte de mi vida».

Soraya se levantó, con voz suave pero firme. «Luis, eres importante para mí, y entiendo lo que dices. Pero no debes olvidar que Xarun ha hecho otras cosas atroces. Tus palabras podrían ser malinterpretadas».

«Lo sé, Soraya», dijo Luis suavemente, con la voz llena de afecto. «Y no me antepondré a la verdad. Xarun ha causado sufrimiento a innumerables seres. Pero incluso en este caos, algo bueno ha encontrado su camino. Esto demuestra que incluso los actos más oscuros pueden tener consecuencias que fortalezcan la luz.»

El mensaje detrás de las palabras

Ikaris levantó una mano para interrumpir la conversación que surgía en la sala. «Luis, ¿qué intentas decirnos exactamente? ¿Cuál es tu conclusión de esta cadena de acontecimientos?».

Luis dio un paso adelante y miró directamente a Xarun, cuyo rostro mostró por primera vez un atisbo de sorpresa. «Xarun, tengo motivos para odiarte. Pero no te odio. Porque si lo hiciera, me enredaría en el ciclo de odio que ha desgarrado este mundo durante generaciones. En lugar de eso, quiero demostrar que podemos trascender esos ciclos».

Se volvió hacia los jueces. «Xarun ha cometido errores, graves errores. Pero depende de nosotros decidir si nos limitamos a castigarle o si podemos aprender una lección de sus actos. ¿Y si, en lugar de ser condenado a muerte, Xarun ayuda a curar Venus? ¿Y si su inteligencia, su poder y sus estrategias pueden utilizarse para un futuro mejor, en lugar de volver a sembrar la destrucción?».

Las reacciones

La sala se llenó de un murmullo nervioso. Las palabras del astronauta parecieron sacudir a los presentes hasta sus cimientos. Karolak fulminó a Luis con la mirada. «¿Dejarías libre a un asesino de masas?».

Luis negó con la cabeza. «No. No digo que Xarun deba quedar libre. Digo que su castigo no debería ser sólo una retribución, sino una oportunidad para cambiar este mundo. Todos los que estamos aquí tenemos la oportunidad de convertir este tribunal en algo más grande que una simple ejecución.»

La reacción de Xarun

De repente, Xarun habló, con voz profunda y penetrante. «Eres un hombre fascinante, Luis Ortega. Aportas luz a la oscuridad donde otros sólo ven ira y castigo. Pero no te equivoques. Mi camino nunca fue el tuyo. No soy como tú».

Luis sostuvo la mirada de Xarun. «Tal vez no. Pero puedes elegir quién quieres ser a partir de ahora. Todo el mundo tiene esa opción».

Xarun permaneció en silencio, pero un brillo apenas perceptible apareció en sus ojos. Nadie sabía si era remordimiento o mero cálculo. Pero Luis había tocado algo, quizá incluso al propio Xarun.

El alegato final de la acusación

El ambiente en el tribunal era electrizante. Los imponentes jueces de Auron estaban sentados en sus podios flotantes con expresiones inexpresivas, mientras que la luz de la cápsula de resonancia bañaba la sala con un resplandor fluido e iridiscente. Xarun permanecía inmóvil en el centro de la sala, con los grilletes en las muñecas como símbolo de su cautiverio. Myara, como embajadora de los virani, dio un paso al frente, seguida por el fornido fiscal zerai Karolak.

La voz de Myara se alzó, cristalina y penetrante: «Honorables jueces del Auron, representantes de todas las razas y también de la estimada tripulación humana, hoy apelo a todos en nuestra búsqueda de justicia. Xarun, el líder de los Atur, no es un simple oponente ni un trágico antihéroe. No, es un incansable arquitecto del caos y un enemigo de la armonía. Su búsqueda del poder no sólo ha sumido a su propio pueblo en la ruina, sino que ha puesto en peligro a todos los pueblos de Venus».

Bajo su liderazgo, los Atur no sólo profanaron el principio de la vida, sino que también manipularon la cápsula de resonancia, una herramienta creada para el equilibrio de todos. Los Atur han destruido incontables vidas en su camino hacia el poder, y Xarun era la cabeza de este aparato perturbador. Incluso los humanos de aquí, que se enfrentan a nosotros sin prejuicios, quedaron marcados por sus acciones. Su misión fue saboteada, su equipo amenazado... y en una línea temporal alternativa, uno de sus miembros, Luis, incluso murió a manos de este hombre. La existencia de una segunda línea temporal demuestra que Xarun no sólo ha amenazado nuestra realidad, ¡sino que ha puesto en peligro los propios cimientos del tiempo!».

El silencio fue abrumador y Myara dio un paso atrás. Se volvió hacia Zerath, el Zerai, que ahora tomaba la palabra.

«Yo, Zerath, hablo no sólo como acusador, sino también como alguien que conoce el precio de la traición», comenzó, su profunda voz un eco atronador en la cámara, »Xarun me ha manipulado. Ha debilitado mi fe en los Zerai y me ha convertido en una herramienta de su intriga. Mi culpabilidad es indiscutible, pero hoy estoy aquí para admitir que la influencia de Xarun por sí sola es una fuerza destructiva. Utiliza las debilidades de los demás para lograr sus objetivos. Mi traición fue el resultado de sus promesas, y sin embargo... no hubo recompensa. Sólo destrucción».

Respiró hondo, sus enormes hombros subían y bajaban visiblemente: «Te lo ruego, Auron. Piensa no sólo en la justicia para el pasado, sino también en las lecciones para el futuro. Si Xarun se libra sin el castigo más severo, enviamos un mensaje de debilidad. No debemos permitir que alguien con métodos tan poco escrupulosos crea que puede deshacer sus actos sólo con remordimientos».

Myara se adelantó de nuevo, el escenario era suyo una vez más: «Vuestro juicio, honorables jueces, es más que un castigo. Es una señal para todos nosotros. Es una decisión sobre si queremos seguir siendo un peón en el juego de la violencia y el ansia de poder, o si elegimos un futuro marcado por la justicia y la confianza mutua. Xarun ha roto todas las confianzas, ha hecho añicos todos los acuerdos. No merece compasión, merece justicia».

Con una última mirada a los jueces, Myara se retiró. Las palabras de la acusación resonaron en la sala, en agudo contraste con la sobresaliente defensa. Todos los ojos se volvieron hacia los jueces aurones, que murmuraban en voz baja mientras la tensión en la sala crecía de forma palpable.

El alegato final de la defensa

La sala se llenó de tensa expectación cuando la comandante Aiyana se puso lentamente en pie. Fue la última abogada de la defensa en hablar. Su postura era erguida, su voz tranquila, pero había un fuego en su mirada que se apoderó de todos los presentes. Los jueces externos la miraban con ojos impenetrables, mientras Myara y Karolak -los fiscales- esperaban impacientes una oportunidad para destrozar sus argumentos.

«Honorables jueces, estimados invitados», comenzó Aiyana, con su voz resonando en la cámara de piedra. «Estamos aquí hoy no sólo para juzgar a Xarun, el líder de los Atur. Estamos aquí por la cuestión de si nosotros, como seres de mundos diferentes -y con todas nuestras diferencias- podremos alguna vez romper las cadenas que nos atan al odio y la venganza.»

Comienza la recapitulación

Aiyana dio un paso adelante, sus ojos recorrieron al público y se detuvieron un momento en Xarun, que estaba encadenado. Su rostro era pétreo, pero sus ojos parpadearon brevemente mientras ella continuaba: «Es innegable que Xarun ha cometido actos atroces. Sus estrategias no sólo han traído sufrimiento, sino que también han sembrado la desconfianza y el miedo entre los pueblos. Y sin embargo -su voz se hizo más insistente-, os pregunto: ¿No es precisamente esta desconfianza, este miedo, lo que nos ha traído hoy aquí?».

«Ve al grano, humano», le espetó Myara. Sus brillantes ojos viranianos parecían querer atravesar a Aiyana.

Aiyana no se dejó intimidar: «La cuestión, Myara, es que tenemos que decidir: ¿Queremos seguir atrapados en esta espiral de retribución? ¿O queremos encontrar la forma de romper esta cadena? Xarun es un símbolo de esta cadena. Pero, ¿y si también pudiera convertirse en un símbolo del cambio?».

El argumento de la humanidad

Luis se levantó y se puso al lado de Aiyana: «Lo que Aiyana está diciendo es que todos estamos formados por elecciones que nos hacen ser quienes somos», añadió. «Yo mismo soy una prueba viviente de ello. En otra línea temporal, Xarun me mató. Esa experiencia me cambió, sí. Pero también me demostró que incluso los actos más oscuros pueden tener consecuencias que saquen a la luz».

Luis dejó que su mirada recorriera a los presentes: «Xarun no es sólo un líder. Es un ser que ha tomado decisiones, algunas equivocadas, otras quizá imperdonables. Pero eso no significa que debamos renunciar a nuestra propia humanidad viéndole sólo como un monstruo».

La discusión se acaloró cuando Myara volvió a ponerse en pie: «Los Virani han visto lo que ocurre cuando confías en los Atur. Explotan cualquier signo de debilidad. Xarun no ha mostrado ningún remordimiento».

«Quizá porque nadie le ha ofrecido nunca una alternativa real», intervino Ingrid. «Nuestras experiencias con los Atur nos han demostrado que su sociedad se basa en la dureza y la desconfianza. Pero si ahora tomamos un camino diferente, podríamos marcar la diferencia».

Ikaris interrumpió la discusión: «La gente habla de humanidad. De compasión. ¿Qué dices a eso, Xarun?».

Xarun levantó la vista, con el rostro como una máscara de desafío, pero en sus ojos había una chispa de algo que la tripulación no había esperado: incertidumbre. «No sabes nada de los Atur. Sólo respetamos la fuerza. Todo lo demás es debilidad».

«Puede que sea así», dijo Aiyana. «Pero la fuerza no sólo significa tener poder. También significa cambiar. Cambiar uno mismo».

Soraya tomó la palabra y se unió a sus compañeros. «He visto por mí misma a los ojos de un enemigo lo que puede significar el cambio.

Xarun puede ser responsable de muchas cosas, pero está en nuestra mano demostrarle que somos diferentes. Que no sólo buscamos retribución, sino una justicia que conduzca a algo mejor».

Su voz tembló ligeramente, pero continuó: «Si lo matamos, ¿qué queda? Otro mártir, otra historia de derramamiento de sangre y odio. Pero si le dejamos vivir, en condiciones que le obliguen a enfrentarse a sus errores, entonces podríamos conseguir algo que nunca se ha conseguido en este mundo: el perdón.»

Una mirada al futuro

Aiyana tomó la última palabra. Se puso delante de los jueces, con voz tranquila pero llena de convicción: «Xarun no es un héroe. No es un inocente. Pero tampoco es un símbolo que debamos destruir para curar nuestras propias heridas. Si lo matamos, demostraremos que no conocemos mejor camino que la venganza. Pero si le hacemos parte de un futuro en el que los pueblos de Venus puedan coexistir, le convertiremos en la prueba de que el cambio es posible».

Se volvió hacia Xarun, clavando sus ojos en los suyos: «Xa-run, tienes una elección. Estos jueces decidirán tu destino. Pero cómo influyas en esa decisión depende de ti. ¿Estás dispuesto a usar tu poder para reconstruir lo que has destruido? ¿O continuarás por el camino que sólo deja oscuridad a su paso?»

El giro final

Xarun levantó lentamente la cabeza. Sus labios apenas se movieron, pero su voz profunda y áspera resonó en la cámara: «Sois criaturas ingenuas si creéis que el perdón deshará mis decisiones. Pero...», hizo una pausa, como si sopesara las palabras con cuidado, "quizá haya más fuerza en vuestra ingenuidad de la que yo creía".

Aiyana asintió apenas perceptiblemente: «Eso no es una admisión, Xarun. Pero es un comienzo».

La sala quedó en silencio. Todos esperaban el juicio de Auron. Pero algo había cambiado, una chispa nacida en medio del conflicto y la tensión.

Una decisión que lo cambia todo

Ikaris, el juez principal del Auron, levantó una mano para llamar la atención de todos: «Ya hemos oído suficiente. La defensa ha dejado clara su postura. Ahora corresponde al tribunal decidir si los principios de la humanidad pueden mantenerse en un mundo como éste. Las resonancias han demostrado que la armonía es posible. Pero la armonía requiere sacrificio. La cuestión es si ese sacrificio será en forma de perdón o de castigo».

Miró a Xarun y luego a Aiyana y sus compañeros: «Habéis argumentado que la compasión es el camino hacia la unidad. Lo tendremos en cuenta. Pero os advierto que si Xarun vuelve a provocar el caos, no habrá más defensa».

Con estas palabras, el consejo abandonó la sala para retirarse a deliberar. El silencio que siguió fue aterrador. Nadie se atrevía a decir una palabra mientras el destino de Xarun y quizás de todo Venus estaba en manos de los jueces.

Capítulo 24: El juicio

El aire del tribunal estaba cargado de expectación. Un enorme gong flotaba en el centro de la sala. A su alrededor estaban reunidos los representantes de las cuatro razas y la tripulación humana, que había elegido una defensa que les había granjeado respeto, pero también desconfianza.

Aiyana miró a sus compañeros. Sus manos estaban cerradas en puños, pero su voz era tranquila mientras susurraba en voz baja: «Pase lo que pase, debemos aferrarnos a nuestras convicciones. La unidad de los pueblos depende de este momento».

Luis asintió, con los músculos de la mandíbula crispados por la tensión. Soraya le puso una mano en el hombro para calmarle. Priya e Ingrid permanecían juntas, con rostros de preocupación y esperanza. Kenji permanecía de pie, sin mostrar ninguna emoción.

Sonó el gong, anunciando el comienzo del juicio. Los tres jueces de Auron se acercaron un poco más, y sus capas doradas brillaron bajo la luz mortecina. El juez principal, cuya voz sonaba como una melodía cósmica, tomó la palabra.

«Xarun el Atur», comenzó con una calma infinita que era a la vez sobrecogedora y aterradora. «Hoy estás ante el tribunal de los pueblos de Venus. La acusación te ha declarado culpable de traición, destrucción y de poner en peligro la vida en este planeta. Sin embargo, sus defensores han presentado un argumento que desafía los fundamentos mismos de nuestra comprensión moral. Este es un juicio que no sólo determinará tu destino, sino que definirá los cimientos de nuestro futuro».

Xarun levantó ligeramente la cabeza y sus cadenas sonaron. Había un atisbo de desafío en su rostro, pero un rastro de comprensión también parecía impregnar su expresión.

El juez se dirigió a los presentes: «Dictaremos sentencia en tres fases: La cuestión de la culpabilidad, la sentencia y las consecuencias para la unidad de los pueblos».

Fase 1: La cuestión de la culpabilidad

El ambiente en el tribunal era pesado y tenso. La atención se centra ahora únicamente en Xarun, cuyo frío silencio no hace sino aumentar la tensión. La fiscalía explicaría por qué debía ser declarado culpable, mientras que la defensa aprovecharía cualquier oportunidad para presentarlo bajo una luz diferente. Los ojos de todas las naciones estaban fijos en ese momento.

Habla la acusación

Myara, la embajadora viraní, se puso en pie, con su esbelta figura envuelta en una reluciente capa plateada que acentuaba su autoridad. Su voz era clara, casi cortante:

«Xarun de los Atur, no sólo eres un traidor a tu propio pueblo, sino una amenaza para todos los pueblos de Venus. Tus acciones han causado un daño inconmensurable. Has liberado tecnologías que no estaban destinadas a ningún individuo. Has manipulado las fuerzas de resonancia para asegurar tu poder sin tener en cuenta las vidas que has puesto en peligro».

Hizo una pausa y miró a su alrededor. Sus ojos se posaron brevemente en los humanos antes de volver a Xarun.

«Y lo que es peor, has sembrado la discordia deliberadamente. Tu traición ha roto alianzas y saboteado nuestros esfuerzos por construir un futuro juntos. Puede que los Atur te vieran una vez como su líder, pero los has llevado a la ruina».

Xarun permaneció en silencio, con la mirada clavada en los ojos de Myara, pero no dijo ni una palabra.

Ahora Karolak, el representante de los Zerai, se levantó. Su poderoso cuerpo parecía temblar de tensión, pero su voz era firme y llena de ira.

«He luchado a tu lado, Xarun. Confié en ti, y ese fue mi mayor error. No sólo traicionaste mi confianza, sino la de todo mi pueblo. Me utilizaste para debilitar el poder de los Zerai mientras experimentabas en secreto con tecnologías que amenazaban la existencia de todos nosotros».

Apretó los puños y dio un paso adelante: «Fue tu codicia, Xarun. Tu insaciable ansia de dominarlo todo y a todos te llevó a crear tu propia perdición. Pero todos sufrimos por ello. No sólo traicionaste a tu pueblo, sino también los cimientos sobre los que se asienta nuestro mundo».

Las palabras de acusación resonaron en la sala y se levantó un murmullo entre el público. La tensión era palpable.

La defensa responde

Aiyana, que habló como representante de los humanos, dio ahora un paso al frente. Era consciente de la enorme tarea que tenía por delante: no sólo tenía que defender a Xarun, sino también a la humanidad y la posibilidad del perdón. Su voz era tranquila pero firme: «Es fácil ver a Xarun como la cara de todos los problemas. Es fácil condenarle y decir que sus actos son imperdonables. Pero no lo olvidemos: Detrás de cada mal comportamiento hay una historia, un contexto que debemos comprender».

Se dirigió directamente a Myara y Karolak: «Habláis de traición y destrucción. Son hechos que nadie discute. Pero yo os pregunto: ¿Por qué actuó Xarun como lo hizo? ¿Fue sólo codicia de poder? ¿O fue tal vez el miedo a la pérdida, el miedo a que los Atur fueran despojados de su identidad en un nuevo orden?».

Un murmullo bajo recorrió la sala mientras algunos empezaban a reflexionar sobre estas palabras. Aiyana continuó: «Estáis hoy aquí porque queréis dejar atrás el pasado. Pero no podréis hacerlo si sólo os centráis en la culpa y el castigo. Si realmente queréis la paz, debéis entender por qué vuestro enemigo actuó como lo hizo, y darle la oportunidad de enmendarse».

La respuesta del acusado

El juez se levantó y habló con voz tranquila pero insistente: «Xarun, tienes la oportunidad de hablar por ti mismo. ¿Le gustaría comentar la cuestión de la culpabilidad?».

Toda la sala se quedó en silencio. Todos los ojos estaban puestos en Xarun. Guardó silencio unos segundos, luego levantó la cabeza y miró directamente a los ojos del juez. Su voz era áspera, pero llena de determinación: «Todos habláis de traición, de destrucción, de codicia. Quizá tengan razón. Tal vez fui todo aquello de lo que me acusan. Pero lo que hice, lo hice por los Atur. Quería proteger a nuestro pueblo. Éramos débiles, amenazados por el creciente poder de las otras razas. Tú nos habrías aniquilado».

Sus ojos recorrieron la reunión y su voz se hizo más fuerte: «Sí, hice cosas de las que quizá debería arrepentirme. Pero nunca actué por mí mismo, luché por mi pueblo. Y todos sabéis que los mismos miedos e inseguridades acechan en vuestros corazones. No sois mejores que yo».

Las palabras golpearon al tribunal como un martillazo. Algunos apartaron la mirada, otros asintieron con la cabeza. Pero los jueces permanecieron en silencio.

El momento de decisivo

Luis, que hasta ahora había permanecido en silencio, dio un paso al frente. Estaba decidido a cambiar el equilibrio de la discusión. «Habláis de traición y codicia», comenzó, »pero yo veo algo más. Xarun os ha obligado a cuestionaros a todos. Sus acciones, por terribles que fueran, os han traído a esta cámara. Sin él, seguiríais enfrentados. Quizá -y lo digo como alguien que estuvo a punto de morir a sus manos- Xarun os ayudó sin querer».

La multitud volvió a guardar silencio, y Luis añadió: «Estáis aquí para decidir el futuro. No podéis cambiar el pasado. Pero quizá, a través de la comprensión y la compasión, podáis crear algo nuevo, algo que ni siquiera Xarun podría haber imaginado.»

El juez resume

El juez principal se levantó de nuevo. «La cuestión de la culpabilidad es complicada. Los actos de Xarun son indudablemente graves. Pero nos corresponde a nosotros decidir cómo tratar esta culpabilidad. Ahora nos retiraremos para aclarar esta cuestión».

Con estas palabras, los jueces se trasladaron a una cámara alejada de la sala principal y la tensión alcanzó su punto álgido. Había llegado la hora del destino.

Fase 2: La sentencia

Los jueces del tribunal regresaron, con sus togas doradas brillando a la suave luz de la sala. Un silencio opresivo se apoderó de la sala cuando la decisión sobre el destino de Xarun estaba a punto de tomarse. La acusación y la defensa se pusieron en pie, todos los ojos puestos en los tres aurores que ahora decidirían la sentencia.

El discurso del fiscal prinicipal

Myara se adelantó de nuevo, con su postura tan digna como siempre, pero su voz más áspera que antes: «Señoría, la cuestión de la culpabilidad ha quedado zanjada. Xarun ha puesto en peligro no sólo a su propio pueblo, sino a todos los pueblos de Venus. Sus crímenes exigen un castigo que envíe una señal clara: ningún individuo puede ponerse por encima del bien de la comunidad».

Se volvió hacia los reunidos y habló en tono urgente: «Exijo el máximo castigo. Xarun ha destruido muchas vidas con su traición y ansia de poder y ha sumido la armonía de nuestro planeta en el caos. Su muerte no sería una mera retribución: sería una advertencia para todos los que intenten seguir sus pasos».

Un murmullo recorrió la sala. Muchos asintieron con la cabeza, pero algunos parecían dudar de su afirmación.

La demanda de la defensa

Aiyana dio un paso al frente, con una postura firme pero una voz suave y persuasiva: «Señorías, la petición de la muerte de Xarun puede parecer comprensible, pero no es la solución. Ejecutarlo no haría más que perpetuar el ciclo de violencia. Xarun puede ser culpable, pero no deben olvidar que también merece una oportunidad de enmendarse».

Se volvió hacia los jueces, luego hacia los acusadores, y habló con rotundidad: «La verdadera justicia no significa dejarnos llevar por nuestras emociones. Significa que demos ejemplo de perdón y comprensión. Demostremos que hay lugar para el cambio y la curación en este planeta, incluso para alguien como Xarun».

Luis añadió, con voz calmada pero insistente: «Yo experimenté la violencia de Xarun de primera mano. En otra línea temporal, me mató. Y, sin embargo, estoy aquí para decir: su muerte no mejoraría nada. Si realmente queremos un futuro en el que los pueblos de Venus y la Tierra puedan vivir juntos en armonía, entonces debemos actuar de forma diferente. El castigo debe conducir a la mejora, no a la destrucción».

La voz de los Zerai

Karolak, el representante de los Zerai, tomó la palabra, con la voz cargada de emoción: «Una vez luché al lado de Xarun. No siempre fue el hombre que tenemos ante nosotros. Hubo un tiempo en que tenía visiones, visiones de un futuro fuerte para los Atur. Pero el poder lo ha corrompido. Ahora me pregunto: ¿podrá volver a ser el líder que una vez admiré?».

Miró a los jueces: «Si matamos a Xarun, pondremos fin a su historia. Pero si le dejamos vivir, le damos la oportunidad de asumir la responsabilidad de sus actos. No digo que deba quedar libre. Pero hagamos que mejore el mundo que ha destruido».

La voz de los Virani

Myara estaba menos dispuesta a transigir. Miró fijamente a Karolak: «El perdón es una idea noble, pero no debe ir en detrimento de la justicia. Xarun ha manipulado deliberadamente las fuerzas de resonancia y ha enfrentado a unas naciones contra otras. Sus acciones han amenazado miles de vidas. Si le dejamos vivir, corremos el riesgo de que vuelva a hacer daño. ¿Podemos permitirnos ese riesgo?».

Se dirigió directamente a la defensa: «Usted habla de perdón, pero ¿qué pasa con las víctimas de sus actos? ¿Cómo van a encontrar la paz si saben que sigue existiendo?».

Habla el acusado

El juez se volvió hacia Xarun: «Xarun, el Atur, esta es tu última oportunidad para hablar en tu defensa. ¿Tienes algo que decir en tu defensa?».

Xarun, que había permanecido bastante callado y estoico durante todo el juicio, se levantó ahora lentamente. Su mirada estaba fija, su postura erguida: «Queréis que me arrepienta. Queréis que admita que soy un monstruo. Pero nunca fui un monstruo. Todo lo que hice fue por la supervivencia de mi pueblo». Hizo una pausa, dejando que su mirada recorriera la reunión: «Sí, he cometido errores. He tomado decisiones que han costado vidas. Pero en mi posición, no tenía otra opción. Si crees que mi muerte es la respuesta, acepto ese juicio. Pero te pregunto: ¿Realmente mi muerte les traerá paz? ¿O seguiréis buscando a alguien a quien culpar porque os negáis a miraros en el espejo?».

Las palabras resonaron en la silenciosa sala. Algunos de los espectadores parecían sorprendidos, otros enfadados.

Se pronuncia la sentencia

El juez principal, cuyo rostro era tan ilegible como las mismas estrellas, se levantó. Su voz era tranquila, pero tenía el peso de la eternidad: «Hemos escuchado los argumentos de la acusación y de la defensa. Hemos escuchado las voces del pueblo y hemos sopesado el testimonio de los acusados. La sentencia que dictemos no sólo afectará a Xarun: será un mensaje para todos los pueblos de Venus».

Se hizo un tenso silencio. Todos esperaban la decisión. El juez hizo una pausa antes de continuar: «Xa-run no será condenado a muerte. En su lugar, será puesto al servicio de todos los pueblos. Sus poderes y conocimientos se utilizarán para reparar el daño que ha causado. A partir de ahora, su vida pertenece a Venus, no a los Atur, ni a sí mismo, sino a todos los seres vivos de este planeta».

Las palabras provocaron una respuesta dividida. Algunos aplaudieron en silencio, otros parecían decepcionados. Xarun permaneció en silencio, con expresión cerrada.

«La sentencia ha sido dictada», concluyó el juez. «Que éste sea el comienzo de un nuevo capítulo para nuestro mundo».

Fase 3: Las consecuencias para la unidad

El pronunciamiento de la sentencia aún resonaba en las mentes de todos cuando los jueces se levantaron y abandonaron sus asientos. Pero el tribunal aún no había terminado. Las consecuencias de la sentencia de Xarun iban mucho más allá de su castigo personal. Fue un punto de inflexión en las relaciones entre los pueblos de Venus y un reto para la tripulación, que ahora era consciente de su responsabilidad.

Comienza la discusión

La primera voz que rompe el silencio es la de Myara. Caminó con pasos lentos y mesurados hacia el centro de la sala: «Puede que el tribunal haya fallado, pero yo me pregunto: ¿es esto realmente una victoria para la unidad? Xarun está vivo. Los Atur han conservado a su líder, aunque roto. Pero, ¿qué les impide volver a sembrar la discordia?».

Soraya, que se había colocado junto a Aiyana, dio un paso al frente, con voz firme: «La cuestión no es si podemos eliminar todos los riesgos. La cuestión es si estamos dispuestos a confiar los unos en los otros. La unidad no proviene de la ausencia de conflictos, sino de la capacidad de superarlos».

Myara enarcó una ceja con escepticismo: «¿Confianza? ¿Después de todo lo que han hecho los Atur? ¿Después de todo lo que ha hecho Xarun? La confianza de la que hablas me parece una esperanza ingenua».

Luis, que había estado escuchando en silencio hasta ahora, intervino: «My-ara, comprendo tu duda. Pero déjame que te cuente algo. En otra línea temporal, Xarun me mató. Y, sin embargo, aquí estoy. No sería la misma persona sin esa muerte, sin los sacrificios y las batallas que pasamos. A veces lo peor que puede pasar nos acerca a lo que realmente necesitamos».

Myara le miró con una mezcla de curiosidad y escepticismo: «¿Y qué es lo que realmente necesitamos?».

Luis sonrió ligeramente: «Una oportunidad para hacerlo mejor. La unidad no es un estado, es un proceso. Y la sentencia de Xarun nos da a todos la oportunidad de trabajar en ello».

La reacción de los Zerai

Karolak asintió con la cabeza, pero también se adelantó para expresar sus pensamientos: «Estoy de acuerdo con Luis en que la unidad es un proceso. Pero ¿cómo podemos asegurarnos de que los Atur -o cualquiera de los nuestros- no saboteen este proceso? Puede que Xarun esté ahora bajo vigilancia, pero sus seguidores son numerosos y leales. ¿Y si lo liberan o encuentran un nuevo líder que comparta sus ideales?».

Aiyana respondió con voz tranquila: «Por eso el juicio no es el final, sino el principio. Xarun no sólo ha sido castigado, sino que ha tenido que rendir cuentas. Se verá obligado a reparar el daño que ha causado. Y al hacerlo, estará bajo la atenta mirada de todos. Cada paso que dé será un paso que nos demuestre si realmente puede cambiar».

Soraya añadió: «También depende de todos nosotros proteger este proceso. Si seguimos fomentando la desconfianza y los prejuicios, ningún castigo, ningún juicio, cambiará nada. Tenemos que estar preparados para abrirnos, aunque eso signifique asumir riesgos».

Karolak parecía pensativo mientras hablaba: «Quizá el mayor desafío no esté en los Atur o los Xarun, sino en nosotros mismos. ¿Podemos realmente perdonar y mirar juntos al futuro?».

La voz de los Auron

Uno de los jueces Auron, un hombre alto y etéreo de voz suave pero insistente, se adelantó: «Todos habláis de riesgos, de confianza, de perdón. Pero permítanme ofrecerles una perspectiva diferente: La unidad es un igual. Como los puntos de resonancia del templo, nosotros también debemos equilibrarnos. La confianza por sí sola no basta: se necesita responsabilidad. Y la responsabilidad viene de la voluntad de reconocer los errores y aprender de ellos».

Dirigió su mirada a la congregación: «El juicio de Xarun es una prueba, no sólo para él, sino para todos nosotros. Depende de cada uno de vosotros mantener este equilibrio. Y eso significa mirar no sólo los defectos de los demás, sino también vuestras propias debilidades y miedos».

Las palabras hicieron que los presentes se detuvieran, todos parecían ensimismados.

Los astronautas deliberan

Una vez calmadas las discusiones, la tripulación se retiró a una pequeña cámara lateral para discutir sus próximos pasos. Luis fue el primero en hablar: «¿Qué os parece? ¿Tenemos realmente alguna posibilidad de reunir a esta gente?».

Aiyana se cruzó de brazos y se apoyó en la pared: «No será fácil. Pero para ser sincera, creo que el juicio fue la decisión correcta. Si hubiéramos matado a Xarun, podríamos haber encendido la ira de los Atur y destruido cualquier esperanza de unidad».

Soraya asintió, con el ceño fruncido por la preocupación: «Pero incluso con esta sentencia... Parece que caminamos por la cuerda floja. Un paso en falso y todo se desmorona».

Ingrid, que había permanecido callada hasta ahora, tomó la palabra: «Ése es siempre el riesgo del cambio. Pero recuerda por qué estamos aquí. Estos puntos de resonancia, este templo, existen para crear un equilibrio. Quizá podamos aprender de ellos. En lugar de centrarnos en las diferencias entre los pueblos, deberíamos hacer hincapié en sus puntos fuertes».

Luis sonrió y miró a Soraya: «Como has dicho antes: la unidad no es un estado, sino un proceso. Creo que debemos liderar este proceso».

Un plan para el futuro

La tripulación regresó a la sala principal, donde los representantes de los pueblos seguían debatiendo. Aiyana se adelantó y levantó la mano para llamar la atención: «Todos hemos pasado por mucho, y aún queda mucho por hacer. Pero no debemos permitir que viejas heridas creen nuevos conflictos. El juicio de Xarun es un símbolo de que el cambio es posible. Ahora depende de todos nosotros dar forma a este cambio».

Los presentes asintieron vacilantes, algunos parecían convencidos, otros no tanto. Pero fue un comienzo, una nueva chispa de esperanza que recorrió la sala.

Y en algún lugar a lo lejos, el templo pareció confirmar la unidad que ahora surgiría gradualmente con un sonido suave y armonioso.

Capítulo 25: Una nueva chispa de esperanza

El aire en la sala del tribunal se había relajado notablemente tras el pronunciamiento de la sentencia. Pero la tripulación del Astro-Nave podía sentir la tensión persistente entre las diferentes facciones de Venus.

Aiyana permanecía de pie en el centro de la sala, con sus pensamientos aparentemente alejados. Finalmente habló, con voz suave pero firme. «Hoy hemos conseguido algo grande. Pero esto es sólo el principio. Si las facciones no están preparadas para trabajar juntas de verdad, todo se quedará en un bonito sueño».

Soraya asintió y se acercó más a ella. «Y es un sueño frágil. Los Atur podrían interpretar este juicio como debilidad. Necesitamos algo más que palabras».

Luis suspiró y se cruzó de brazos. «¿Pero qué? Hemos activado la cápsula de resonancia, despertado el templo, y ahora tenemos el tribunal detrás de nosotros. ¿Qué queda por hacer para unirlos de verdad?».

La voz de los Auron

Ikaris dio un paso al frente, su rostro tranquilo como siempre, pero había un brillo en sus ojos dorados que irradiaba tanto esperanza como preocupación. «Tu actuación ha sido notable. Has demostrado que la compasión puede ser un arma poderosa. Pero Soraya tiene razón. Las palabras por sí solas no bastan».

«Entonces dinos qué más podemos hacer», instó Priya. Parecía agotado, pero sus ojos brillaban con determinación. «Tiene que haber una forma de conseguir que las razas colaboren de verdad».

Ikaris dudó antes de responder: «La cápsula de resonancia es un símbolo, pero también tiene un significado práctico. Es la clave de una armonía que va más allá de la mera política. Pero para que sean plenamente eficaces, los puntos de resonancia no sólo deben establecerse físicamente. También deben anclarse en los corazones de los grupos políticos».

«¿Qué significa eso?», preguntó Ingrid frunciendo el ceño. Se había estado conteniendo la mayor parte del tiempo, pero ahora dio un paso al frente. «¿Hablas con acertijos o hay algo concreto que podamos hacer?».

El reto de la unidad

Myara, la líder viraní, habló ahora, con voz suave pero firme: «No se trata sólo de técnica o simbolismo. Se trata de que las facciones aprendan a confiar las unas en las otras. Y eso es algo que no puede imponer ni un tribunal ni un templo».

«¿Confianza?» Karolak rió con dureza, su enorme figura parecía dominar la sala. «¿Cómo se supone que va a funcionar eso cuando todo lo que hemos conocido durante siglos es enemistad? Incluso con vuestros trucos, humanos, esto no desaparecerá así como así».

«No será fácil, pero es posible», respondió Aiyana con calma. Se acercó un paso a Karolak y lo miró directamente a los ojos sin pestañear. «Cada uno de vosotros ha dado hoy un pequeño paso hacia la paz. Myara, aceptaste dejar vivir a Xarun, aunque tenías motivos para odiarle. Karolak, te contuviste aunque pensabas que el juicio era erróneo. Eso demuestra que hay una chispa de esperanza en cada uno de vosotros».

Una visión de futuro

Soraya se volvió hacia Ikaris. «Hablas de puntos de resonancia en los corazones de las facciones. Pero, ¿cómo vamos a conseguirlo? ¿Cómo puede acabar con confianza una guerra que ha durado tanto tiempo?».

Ikaris sonrió ligeramente, una expresión de paciencia y sabiduría. «Siguiendo siendo los enlaces. Vosotros, los humanos, no tenéis nada que ver con las antiguas rencillas de este planeta. No estáis implicados. Y eso es lo que os convierte en los mediadores perfectos. Pero también debéis estar preparados para hacer sacrificios».

«¿Qué clase de sacrificios?», preguntó Luis con cautela.

«Tiempo. Paciencia. Y quizá más», respondió Ikaris con seriedad. «No verás resultados inmediatamente. Pero si seguís vuestro camino, podréis marcar la diferencia más allá de vosotros mismos».

Aiyana miró a su tripulación, sus ojos escudriñaron los rostros de sus amigos. «¿Estáis preparados para hacer esto? Podríamos volver a la

Tierra. Nuestra misión fue un éxito, al menos a los ojos de nuestros jefes. Pero si realmente queremos marcar la diferencia, tenemos que quedarnos».

Luis asintió inmediatamente: «Ya conoces mi respuesta. Me apunto, pase lo que pase».

Soraya puso la mano en el hombro de Luis: «Yo también. No hemos llegado tan lejos para rendirnos ahora».

Ingrid dudó brevemente, luego asintió: «Esto es más grande que nosotros. Sería un error irnos sin más».

Priya sonrió ligeramente y miró brevemente a Myara antes de hablar. «Hay más cosas que hacer. Y estoy dispuesta a abordarlo».

Kenji levantó las manos en un fingido gesto de rendición. «¿Cómo iba a dejarte sola?»

Aiyana se volvió hacia Ikaris, irradiando determinación. «Entonces guíanos. Muéstranos lo que debemos hacer».

La chispa se enciende

Ikaris asintió lentamente. «Entonces tu verdadero camino comienza ahora. La cápsula de resonancia ha sentado las bases, pero tú debes construir los puentes. Irás a cada pueblo, persuadirás a los líderes, abrirás sus corazones y vencerás su odio».

Karolak refunfuñó, cruzándose de brazos: «Eso os costará más que las palabras».

«Lo sabemos», replicó Aiyana con firmeza. «Pero lo intentaremos».

Myara dio un paso adelante y miró directamente a Priya, con voz suave pero insistente. «Los humanos han demostrado algo hoy. Quizá tú seas realmente el cambio que necesitamos».

Una chispa de esperanza invadió la sala y, aunque los retos eran enormes, la tripulación sintió que ya no estaba sola. Amanecía un nuevo día, y con él una nueva oportunidad de unir a los pueblos de Venus.

La vigilancia de Xarun: un sistema de control y cooperación

Tras pronunciarse la sentencia, surgió un tenso debate entre los representantes de las naciones. ¿Cómo se podía garantizar que Xarun acataría el castigo que se le había impuesto? ¿Cómo controlar eficazmente a un hombre cuya sed de poder e intrigas había causado tanto daño sin encarcelarlo directamente?

El grillete de resonancia

Los Auron, como guardianes del equilibrio y jueces del tribunal, presentaron una solución. El juez principal dio un paso al frente y declaró con serena autoridad: «Para garantizar la seguridad de todos los pueblos, Xarun estará bajo vigilancia constante. Sin embargo, esta vigilancia no se realizará mediante la coacción, sino a través de una red de cooperación. Tecnología y simbolismo se fusionarán para garantizar que su rehabilitación no sea sólo un gesto vacío».

Un haz de luz iluminó la sala y una construcción flotante fue llevada al centro del tribunal. Era una malla filigrana de estructuras metálicas y cristalinas: el llamado Manguito de Resonancia, un dispositivo que los aurones habían desarrollado como instrumento de control.

«El Manguito de Resonancia», explicó el juez, »acompañará a Xarun allá donde vaya. Es más que un símbolo de su castigo: es un sistema vivo basado en frecuencias de resonancia, activado por la cápsula del templo. Le conecta con las estructuras energéticas de Venus y le permite registrar cualquier desviación de sus obligaciones».

Luis miró el dispositivo con curiosidad y preguntó: «Entonces, ¿cómo funciona exactamente? ¿Es una especie de correa invisible?».

El juez asintió levemente: «Podría llamarse así. El grillete de resonancia está integrado en el campo energético de Xarun. Si intenta eludir sus obligaciones, el grillete enviará una advertencia, primero a él y luego a las naciones. Cualquier intento de eludir su responsabilidad será reconocido inmediatamente».

La comisión de supervisión

Además del grillete de resonancia, los aurones propusieron la creación de una comisión de supervisión interfaccional. Ésta debería representantes de las cuatro razas - los Atur, los Virani, los Zerai y los propios Auron - , así como un papel de observador independiente para los astronautas.

Myara se cruzó de brazos y se mostró escéptica: «Una buena idea.
Pero, ¿cómo podemos estar seguros de que esta comisión no se convertirá ella misma en un centro de intrigas? Xarun es un maestro en
sembrar la discordia».

Soraya tomó la palabra: «Precisamente por eso tenemos que demostrar que somos superiores a él, no sólo mediante el control, sino
mediante la transparencia. Si cada decisión se comunica abiertamente
y todos los pueblos participan, minimizamos el riesgo de manipulación».

Aiyana añadió: «No se trata sólo de vigilar. Se trata de implicarle y
hacerle ver que puede ser parte de la solución. Si lo acepta, estará
menos dispuesto a trabajar contra nosotros».

Las tareas de Xarun

Karolak tomó la palabra: «Hablas de comprensión y rehabilitación.
Pero, ¿qué hará exactamente Xarun para reparar el daño? Las
palabras por sí solas no sirven de nada».

El juez levantó la mano y explicó: «Xarun supervisará la reconstrucción y curación de las zonas destruidas por sus acciones, empezando
por los campos de energía destrozados de los Zerai y la destrucción
medioambiental en los territorios Virani. Su conocimiento de la
tecnología y la estrategia Atur se utilizará para restaurar el equilibrio
que una vez alteró».

Xarun, que había permanecido en silencio hasta ahora, levantó la
vista y habló con inusitada seriedad: «Acepto estas condiciones. No
por miedo a las consecuencias, sino porque por fin me doy cuenta de

lo que han causado mis actos. Si mis conocimientos pueden ayudar a curar a Venus, los utilizaré».

La cláusula de seguridad

Luis se volvió hacia el juez: «¿Y si falla? ¿O intenta sabotearlo todo deliberadamente?».

El juez respondió con voz implacable: «Si Xarun incumple sus deberes o vuelve a sembrar la discordia, el grillete de resonancia se activará y le impedirá seguir actuando. En el peor de los casos, volverá a comparecer ante este tribunal y se anulará la sentencia».

Las palabras resonaron en la sala. Estaba claro que no se trataba de una amenaza vacía.

El consentimiento de los pueblos

Tras nuevas discusiones, los representantes de los pueblos aceptaron finalmente el plan. Myara se pronunció a favor de los viraníes: «Le daremos una oportunidad. Pero sólo una».

Karolak, de los Zerai, asintió lentamente: «Que las resonancias garanticen que se atenga a su tarea».

Los astronautas respiraron aliviados. Soraya susurró a Luis: «Tal vez fuera la mejor solución. No sólo para él, sino para todos».

Xarun fue equipado con el grillete de resonancia y entregado a la comisión supervisora. Se había dado el primer paso hacia la redención. Pero cuando los pueblos de Venus empezaron a prepararse para un futuro nuevo y compartido, quedó claro para todos que el camino por recorrer estaría lleno de desafíos.

La esperanza que destelló en el juicio debía preservarse cada día, mediante la cooperación, la confianza y el valor de aprender del pasado.

Capítulo 26: Un nuevo comienzo

La cálida atmósfera de la sala del templo se llenó de tensión y asombro al reunirse los pueblos de Venus. En el centro del escenario se alzaba el Cristal de la Unidad, un imponente monumento de material cristalino. Había llegado el momento de sellar oficialmente la unidad de los cuatro pueblos.

El descubrimiento del símbolo de la unidad

Sonó un redoble de tambores y se desveló el nuevo sello. El público contuvo la respiración mientras el logotipo aparecía en una gran pantalla. Un murmullo colectivo recorrió la multitud cuando el emblema de la Alianza de Venus se hizo visible.

Ikaris, del Auron, se puso delante del sello y alzó la voz: «Este es nuestro símbolo común. Nos recordará que no existimos solos, sino como parte de un todo mayor. Que nos guíe, incluso en tiempos oscuros».

La sala estalló en aplausos. Myara puso su mano sobre la de Karolak, e incluso Xarun inclinó brevemente la cabeza en señal de respeto.

Luis y Soraya se sonrieron, mientras Aiyana exhalaba aliviada. Era un momento que no sólo hacía historia, sino que prometía un futuro que los uniría a todos.

El logotipo era un poderoso círculo dividido en cuatro sectores iguales, cada uno de los cuales representaba a uno de los pueblos:

1. Virani (arriba a la derecha): Su símbolo mostraba un rostro majestuoso de líneas llamativas y cuernos fluidos, que enfatizaban la naturaleza exaltada y sabia de su especie. Agudos y dinámicos, parecían eruditos celestiales. El fondo estaba cruzado por caminos geométricos de energía, una referencia a su conexión con la resonancia cósmica.

2. Zerai (arriba a la izquierda): Su sección del logotipo mostraba un perfil de ingeniería con extensiones mecánicas, lo que indicaba su perfección tecnológica y progresismo. Los intrincados detalles de la estética cibernética vinculaban su tecnología a los orígenes de Venus.

3. Auron (abajo a la izquierda): El sector inferior izquierdo contenía un rostro suave y curvado, con una expresión casi de otro mundo, que simbolizaba su conexión con la naturaleza y la armonía espiritual. El fondo mostraba patrones orgánicos, casi similares a hojas, que enfatizaban su papel como protectora de los ecosistemas venusinos.

4. Atur (abajo a la derecha): La sección de Atur presentaba un rostro de rasgos afilados y líneas amenazadoras, similares a las de un reptil, que hablaban de un claro instinto de supervivencia. El fondo estaba decorado con motivos estilizados de garras y energía, que representaban su espíritu de lucha, pero ahora domado y canalizado al servicio de la comunidad.

En el centro del logotipo, un cristal brillante en forma de estrella unía los cuatro símbolos. Era una clara referencia a la cápsula de resonancia, cuya activación había hecho posible este momento de unificación.

Soraya, que miraba fascinada el emblema, susurró a Luis:

«Mira cómo capta todas sus diferencias y, sin embargo, lo une todo en armonía».

Luis asintió y añadió: «Un símbolo perfecto para lo que queremos conseguir aquí».

La firma del contrato

El aire de la gran sala de ceremonias del Templo de Venus estaba cargado de expectación y de un silencio solemne. Las cuatro razas del Ve-nus -los Auron, los Zerai, los Virani y los Atur- estaban presentes, reunidas bajo la enorme cúpula, cuyo techo se llenó de patrones danzantes de luz. La luz reflejaba la nueva armonía que prometía unir por fin a estos pueblos tras siglos de hostilidad.

En el centro de la sala había una mesa semicircular de piedra blanca pulida. Sobre ella yacía una gran tablilla apergaminada decorada con símbolos de los cuatro pueblos y líneas grabadas que parecían ríos y arroyos: una metáfora del camino común que debían seguir a partir de ahora. A los pies de la mesa había un escritorio de cristal sobre el que descansaba el nuevo sello de la unidad. Mostraba los rostros estilizados de los cuatro pueblos fusionados en un círculo, un símbolo que expresaba el significado de la igualdad y la cooperación.

Ikaris, el sabio y carismático representante de los Auron, estaba de pie a la cabecera de la mesa. Su capa dorada y brillante reflejaba la luz de la cúpula, y su postura inmóvil recordaba la seriedad de un juez. Era el mediador oficial de la ceremonia y debía dar la firma final después de que todas las demás partes hubieran dado su consentimiento. Su presencia irradiaba autoridad, pero también una calma inusual, fruto de los siglos de sabiduría de su pueblo.

«Ha llegado el momento», comenzó Ikaris, con su voz profunda y melodiosa llenando la sala. «Estamos aquí como testigos de un nuevo capítulo. Que este tratado no sea sólo palabras en un pergamino, sino un acuerdo vivo que una a nuestros pueblos en paz y armonía».

Hizo un gesto de invitación hacia los representantes de los demás pueblos. Myara, la orgullosa embajadora de los Virani, fue la primera en dar un paso al frente. Ataviada con una túnica verde brillante entremezclada con adornos dorados, levantó solemnemente una mano antes de firmar su nombre con una pluma brillante hecha de materia energética.

«Que este acuerdo sea el primer paso hacia un futuro en el que no sólo sobrevivamos, sino que prosperemos juntos», dijo My-ara con una voz que sonaba llena de determinación.

El siguiente fue Karolak, el sabio representante de los Zerai. Sus movimientos eran tranquilos, casi deliberados, cuando tomó la pluma. «Nuestro pasado puede haberse caracterizado por la desconfianza», comenzó, »pero nuestro futuro se basa en la confianza. Este es nuestro juramento común». Firmó con un gesto que parecía casi ceremonial.

Entonces Xarun se adelantó. Con el brazalete de resonancia alrededor del brazo y la mirada baja, parecía una sombra de sí mismo. Los guardias de la Comisión de Supervisión le acompañaron, pero la sala permaneció en silencio. Levantó los ojos, observó a los pueblos reunidos y dijo en voz baja: «Firmo esto como señal de mi cambio, y como prueba de que los Atur también pueden formar parte de esta unidad». Vacilante, pero sin oponer resistencia, estampó su firma. Un murmullo bajo recorrió las filas de espectadores, pero nadie se atrevió a perturbar la dignidad ceremonial.

Finalmente, llegó el turno de la tripulación humana, que se había reunido en un extremo de la mesa. Aiyana, con una combinación de orgullo y humildad en los ojos, dio un paso al frente. «Nosotros, los humanos, a menudo tenemos nuestros propios problemas con la unidad y la paz», empezó.

«Pero sabemos que la verdadera fuerza viene de trabajar juntos. Hoy compartimos nuestra esperanza de que la unidad es algo más que una palabra: es un viaje que se recorre juntos. Que este tratado no sólo cambie Venus, sino que también sea un faro para nuestro propio mundo». Con estas palabras, rubricó la firma de la tripulación, seguida por los demás miembros.

Ahora sólo quedaba Ikaris. Con un movimiento majestuoso, tomó la pluma en su mano, se volvió brevemente hacia los presentes y habló: «El símbolo de la unidad no es el final, sino el principio. Que este tratado sea una promesa que cumplamos de nuevo cada día. No firmo el final como gobernante de Auron, sino como uno de todos vosotros».

Puso su firma, y en ese momento un rayo de luz brotó de la consola de cristal. La cúpula brilló en colores resplandecientes, mientras que las líneas de luz del pergamino comenzaron a palpitar, señal de que el contrato ya era oficial.

El juramento de unidad

Los cuatro delegados se colocan uno al lado del otro, con las manos extendidas hacia la estrella situada en el centro del logotipo. La multitud enmudeció mientras hablaban juntos: «En nombre de Venus, nos comprometemos a honrar nuestras diferencias y a utilizar nuestros poderes por el bien de todos. Que nuestra resonancia vibre en adelante al unísono».

Las palabras reverberaron como un eco físico por toda la plaza, transportadas por los puntos de resonancia del templo que llegaban hasta lo más profundo del núcleo de Venus.

Cuando estallaron los aplausos, los astronautas miraron a los núcleos de los pueblos mientras se mezclaban lentamente. Virani y Zerai entablaron una conversación cautelosa, mientras Atur y Auron se mostraban respeto mutuo.

Aiyana sonrió y se dirigió a sus compañeros: «Es sólo el principio. Pero creo que hemos dado el paso más difícil».

Luis rió suavemente: «¿Nosotros? Ellos mismos lo hicieron. Nosotros sólo ayudamos a construir el puente».

Aiyana puso una mano en el hombro de Luis: «Y a veces esa es la tarea más grande».

El nuevo comienzo de Venus había comenzado, un nuevo comienzo que prometía a cada paso un poco más de esperanza en un futuro armonioso.

Epílogo: El comienzo de una nueva era

El Templo de Venus, antaño símbolo de conflicto, era ahora un brillante emblema de unidad. Los pueblos de Venus -Auron, Virani, Zerai y Atur- habían iniciado juntos una nueva era en la que la cooperación y el entendimiento habían sustituido a la enemistad. Los astronautas que habían contribuido a iniciar el proceso se convirtieron en leyendas en el planeta y, sin embargo, no regresaron a su antiguo hogar, sino que escribieron nuevos capítulos de sus vidas bajo el cielo alienígena.

Soraya y Luis: Una boda extraordinaria

Venus estaba más radiante que nunca aquel día. El cielo, salpicado de suaves velos de nubes, brillaba con un intenso color dorado que llenaba el planeta de una calidez casi sobrenatural.

La boda de Soraya, la doctora de la tripulación, y Luis, el ingeniero, no era sólo un acontecimiento personal. Era una celebración de unidad, una prueba del vínculo entre los humanos y los pueblos de Venus.

Los preparativos

La ceremonia tuvo lugar en una plataforma flotante erigida por los Auron. La plataforma, resplandeciente en tonos plateados y dorados, estaba adornada con plantas de Venus: brillantes flores de Virani, los relucientes cristales de los Zerai y las hierbas simbólicas de los Auron que danzaban con la suave brisa.

Luis estaba con Kenji en una de las salas preparatorias y luchaba contra su nerviosismo.

«¿Por qué estoy tan tenso?», preguntó mientras se despojaba de su chaqueta ceremonial. «Ya he lanzado cohetes, sobrevivido a viajes en el tiempo y luchado contra los Atur, pero una boda... Eso es lo que me pone».

Kenji sonrió, con su voz tranquila como un ancla. «Quizá porque es la primera vez que no puedes controlarlo todo, ingeniero. Esto es más grande que la tecnología: es amor».

Luis le miró, respiró hondo y asintió: «Tienes razón. Hoy no se trata de control».

La entrada de la novia

La ceremonia comenzó con el sonido de una canción común compuesta por todos los pueblos. La melodía era una mezcla de las resonantes armonías de los Auron, los cristalinos sonidos de los Zerai y el cálido ritmo de los Virani.

Luis esperaba en el altar, con una sonrisa sencilla pero elegante en el rostro. Cuando Soraya apareció, toda la plataforma pareció contener la respiración.

Su vestido, una combinación de diseño humano y venusino, era una obra de arte de fina tela que captaba y reflejaba la luz de los soles.

Caminó lentamente hacia Luis, con los ojos fijos en él, mientras su amiga Ingrid la acompañaba.

Aiyana, que actuaba como dama de honor, ya estaba junto a Luis y le susurró: «Respira, ingeniero. Está impresionante».

Luis sólo pudo asentir, pues las palabras no parecían apropiadas en ese momento.

La ceremonia

La ceremonia fue dirigida por un representante de Auron, Ika-ris, cuya tranquila presencia tranquilizó a la multitud.

«Hoy celebramos no sólo la unión de dos personas», comenzó en voz baja, »sino la fusión de dos mundos. El amor que Soraya y Luis comparten es la prueba de que la unidad es posible, una unidad que trasciende el espacio y el tiempo.»

Luis y Soraya se habían hecho votos por escrito. Luis empezó: «Soraya, en los momentos más oscuros, trajiste la luz. No sólo curaste mi cuerpo, sino también mi corazón. Hoy prometo ser siempre un refugio seguro para ti, como tú lo has sido para mí».

Soraya sonrió y las lágrimas brillaron en sus ojos. Le cogió las manos. «Luis, tú eres el ancla que me ha llevado a través de las tormentas. Me has demostrado que incluso en la mayor incertidumbre, un corazón como el tuyo es suficiente para sostenerme. Prometo amarte y honrarte en cada universo en el que entremos».

La primera luz del sol como pareja

Después de pronunciar sus votos, ambos colocaron sus manos sobre una esfera de resonancia, regalo de Auron. La esfera resplandecía con una luz dorada que se combinaba con los rayos de los dos soles y brillaba más allá de la plataforma. Era un símbolo de unidad y armonía que todos los presentes comprendieron.

Mientras la esfera brillaba, Ikaris declaró: «Que las resonancias de vuestros corazones estén siempre en armonía. Ahora sois uno».

Luis y Soraya se besaron y la multitud estalló en vítores. El sonido era una armoniosa mezcla de alegría humana y las melodías de los pueblos venusinos.

El festival de la unidad

Los festejos se prolongaron hasta bien entrado el crepúsculo, acompañados de bailes y música que combinaban elementos humanos y venusinos. Priya y Myara bailaban estrechamente abrazadas, mientras que Ingrid y Aiyana charlaban animadamente al borde de la plataforma, compartiendo una conexión más tranquila. Kenji, que normalmente se mostraba distendido, estaba relajado e incluso bromeaba con algunos virani.

Luis y Soraya pasaron la fiesta rodeados de su tripulación y de sus nuevos amigos. Reían, bailaban y no dejaban de mirar a los dos soles, que se superponían lentamente y formaban una rara conjunción.

Una promesa para el futuro

Cuando cayó la noche y las estrellas se iluminaron sobre Venus, Luis y Soraya se retiraron un momento para disfrutar de la vista del planeta.

«Lo hemos conseguido», dijo Soraya en voz baja mientras cogía la mano de Luis.

«No sólo nosotros», replicó Luis. «Esto es más grande que nosotros. Pero me alegro de que lo hayamos hecho juntos».

Soraya sonrió y se apoyó en él. «A mí también. Y sé que podemos hacer cualquier cosa mientras estemos juntos».

Los dos se besaron bajo el cielo estrellado, con la esfera de resonancia aún brillando en la distancia. No eran sólo una pareja, sino un símbolo de esperanza, unidad y amor.

Comandante Aiyana: Un capítulo más tranquilo

La resplandeciente superficie de Venus había cambiado en los últimos meses. El paisaje antaño agreste que hacía que el planeta pareciera tan salvaje y revoltoso empezaba a irradiar una nueva armonía. Era como si la unidad de los pueblos estuviera sanando también la faz del propio planeta. Pero para la comandante Aiyana, la fuerte e inquebrantable líder de la misión, la paz interior aún no se había alcanzado del todo.

Una mirada al pasado

Aiyana estaba sentada en una colina cercana a la base, que se había convertido en un centro cultural y de investigación conjunto para las cuatro razas. El horizonte resplandecía a la luz de los dos soles, y ella sostenía en la mano una taza humeante de té de hierbas venusino, un regalo de los virani.

Kenji la encontró allí, con su silueta enmarcada por los primeros rayos de sol. «Ya casi no duermes, ¿verdad?», le preguntó mientras se sentaba a su lado.

Aiyana sonrió débilmente. «Uno se acostumbra. Antes pensaba que las noches en la Tierra eran cortas. Pero aquí el tiempo parece fluir aún más deprisa».

Kenji ladeó la cabeza. «O quizá es que no quieres ceder al tiempo».

Aiyana tomó un sorbo de té y guardó silencio un momento. «Quizá tengas razón. A menudo me pregunto cuál es mi lugar ahora. La misión ha concluido, la unidad de los pueblos se ha logrado. Pero, ¿dónde está... Aiyana, la persona».

Kenji la miró con atención: «Es difícil encontrar una nueva dirección cuando has sido la brújula de los demás durante tanto tiempo. Pero quizá ésta sea tu oportunidad de descubrir quién eres sin todo eso».

Aiyana se recostó y dejó que su mirada recorriera el paisaje: «Cuando me presenté al programa espacial, mi objetivo siempre fue asumir un papel de liderazgo. La responsabilidad lo era todo para mí. Pero aquí en Venus... la responsabilidad ha adquirido un significado diferente.

Ya no se trata sólo de dar órdenes. Se trata de tender puentes, de crear algo sostenible».

Kenji asintió: «Y eso es exactamente lo que has hecho. Pero hay otra responsabilidad que quizá hayas descuidado: la tuya propia».

Aiyana frunció el ceño: «Eso suena tan... egoísta».

«No es egoísta», discrepó Kenji. «Es importante para la supervivencia».

Una oferta inesperada

Aquella tarde, Aiyana fue convocada a la gran sala de reuniones por Ikaris, el líder de los aurones. Las paredes cristalinas reflejaban la cálida luz de las lámparas de la sala, y el ambiente era solemne pero tranquilo.

«Comandante Aiyana», comenzó Ikaris con su voz profunda y tranquila, »los Auron le deben a usted y a su tripulación más de lo que las palabras pueden expresar. Hemos entrado en una nueva era, y no hay mejor oportunidad para consolidar la armonía. Por eso quiero ofrecerte un papel único».

Aiyana frunció el ceño: «¿Un papel?».

«Queremos que sigas siendo mediadora entre los pueblos. Tu sabiduría y valentía han demostrado que puedes superar los retos de un mundo complejo. La unidad aún es joven, y habrá disputas. Pero con tu liderazgo, esta unidad podría llegar a ser permanente».

Aiyana se quedó sin habla. No esperaba que su viaje a Venus acabara así. «Me siento honrada», empezó vacilante, "pero no sé si soy la persona adecuada para esto".

La expresión de Ikaris siguió siendo amable pero firme: «Eres más que adecuada. La cuestión es si quieres».

Un paseo por el jardín

Esa misma noche, Aiyana se encontraba en el jardín central donde Priya y Myara habían forjado su tierno vínculo. Las plantas brillantes proyectaban una luz suave y vibrante en la oscuridad, y el suave chapoteo de una fuente venusina calmaba sus pensamientos. Había sido testigo de la boda de Soraya y Luis, del incipiente amor de Priya y Myara y de cómo Kenji forjaba una conexión más profunda con los zerai. Todo el mundo parecía haber encontrado algo aquí, excepto ella.

«¿Por qué me resulta tan difícil?», murmuró para sus adentros.

«Porque siempre piensas que tienes que cargar con todo tú sola», dijo una voz familiar. Era Ingrid, que salió de entre las sombras con una pequeña sonrisa.

«Ingrid», dijo Aiyana sorprendida. «¿Qué haces aquí?».

«Podría preguntarte lo mismo», respondió Ingrid. «Pero creo que sé la respuesta. Estás aquí porque no sabes si quedarte o irte».

Aiyana rió suavemente. «Anotación».

Ingrid se sentó a su lado. «Quizá no tengas que tomar una decisión de inmediato. Quizá puedas... ser. A veces el tiempo te mostrará lo que realmente necesitas».

Aiyana miró a Ingrid pensativa. «Sólo… ¿ser? Eso suena más fácil de lo que es. Parece como si todo a mi alrededor me presionara para encontrar una respuesta».

Ingrid asintió lentamente: «Sé lo que se siente. ¿Pero sabes lo que he aprendido? A veces, cuando buscas demasiado una respuesta, pasas por alto las pistas que te da la vida. Quizá sea mejor escuchar que mirar».

Aiyana se recostó y dejó que su mirada vagara por el vasto y brumoso paisaje. La noche estaba en silencio. «¿Y si me pierdo las pistas? ¿Y si… fracaso».

«Entonces fracasas», dijo Ingrid en voz baja, con los ojos fijos en Aiya-na con una mezcla de seriedad y calidez.

Aiyana se mordió el labio y guardó silencio. Sabía que Ingrid tenía razón, pero eso no hacía que el miedo fuera menos opresivo. «¿Y si no quiero decepcionar a nadie?», preguntó finalmente, casi en un susurro.

«Entonces empiezas a decepcionarte a ti misma», respondió Ingrid, ahora con voz más suave. «La decepción puede ser incluso algo posi-tivo, porque sólo te has estado engañando a ti misma todo el tiempo. Escucha, Aiyana. No existe el camino perfecto. Pero si siempre estás siguiendo las expectativas de los demás, nunca sabrás cuál es tu pro-pio camino. Y creo que esa es la verdadera pérdida».

Permanecieron sentados uno junto al otro en silencio durante un rato, mientras el cielo se desvanecía lentamente de un rojo cálido a un azul frío. Finalmente, Ingrid volvió a tomar la palabra. «¿Quieres con-tarme qué te ha traído aquí realmente?».

Aiyana vaciló, pero sintió que el peso de sus pensamientos se aligeraba un poco con la presencia de Ingrid. «Creo que tengo miedo de tomar la decisión equivocada. Tengo la sensación de que todo lo que hago es o un principio o un final. No hay término medio».

«Quizá sean las dos cosas», dijo Ingrid en voz baja. «A veces los comienzos son también finales, y viceversa. Tal vez lo que tú ves como una decisión no sea más que parte de un camino mayor. Y elijas lo que elijas, crecerás. Puedes confiar en ello».

Aiyana cerró los ojos, dejando que las palabras de Ingrid calaran hondo. No era la respuesta que buscaba, pero quizá era la que necesitaba.

Una nueva mañana

Al día siguiente, Aiyana regresó al gran salón de actos, donde la esperaban los ikaris y los representantes de todas las razas. Había aprovechado la noche para pensar, y las palabras de Kenji e Ingrid resonaban en su mente.

«He tomado una decisión», dijo finalmente con voz firme. «Voy a quedarme. No porque pueda mantener la unidad yo sola, sino porque quiero formar parte de algo más grande. Todos somos responsables de esta nueva era, y yo quiero hacer mi parte».

Una sonrisa se dibujó en los rostros de los presentes. Ikaris asintió lentamente. «Ha elegido sabiamente, Comandante».

Un nuevo papel

Aiyana empezó a trabajar como mediadora, una tarea que iba mucho
más allá de su experiencia anterior. Sin embargo, no sólo encontró
una nueva vocación, sino también una nueva comprensión de sí
misma. Aprendió a compartir responsabilidades, a aceptar ayuda y a
apreciar la belleza del momento.

Y mientras Venus seguía brillando bajo los rayos de sus dos soles,
Aiyana pasó a simbolizar lo que los pueblos y naciones de Venus
podían lograr juntos: una verdadera unidad basada no en la fuerza,
sino en la comprensión.

Ingrid: El desarrollo de una unión inesperada

El jardín de los Virani se extendía como un cuadro vivo, en el que los
colores brillantes y las plantas flotantes armonizaban de un modo casi
surrealista para los ojos humanos. Los cursos de agua serpenteaban
entre la exuberante vegetación y el aroma de las flores exóticas flotaba en el aire. Era un lugar que invitaba tanto a la meditación como
a la contemplación tranquila. Aiyana lo había visitado a menudo en
busca de claridad, pero aquella tarde no estaba sola.

Ingrid estaba sentada en una repisa de piedra cubierta de musgo y
parecía completamente absorta en la contemplación de una flor flotante, cuyos pétalos palpitaban en un constante cambio de color. Sus
ojos, por lo demás analíticos, parecían suaves y pensativos.

«Creía que era la única que utilizaba este lugar como santuario», dijo
Aiyana con una sonrisa amable mientras se acercaba a Ingrid.

Ingrid levantó la vista, sorprendida pero complacida. «A veces, incluso una científica necesita algo que no se pueda analizar para calmar su mente».

Aiyana se sentó a su lado y dejó que su mirada recorriera el jardín: «Los virani han creado algo realmente extraordinario. Es más que un jardín. Se siente... vivo».

«Vivo y a la vez tranquilo», coincidió Ingrid. "No como nosotros, que siempre estamos luchando por conseguir el siguiente objetivo".

Aiyana rió suavemente: «¿Te refieres a los que siempre están huyendo?».

Ingrid se volvió hacia ella: «¿Estás huyendo?».

Recuerdos y confesiones

Aiyana dudó. El jardín estaba en silencio, aparte del suave chapoteo de una cascada cercana. Era un lugar seguro, un espacio donde podía ser sincera, no sólo con Ingrid, sino también consigo misma.

«Quizás. Llevo toda la vida huyendo de la responsabilidad, de las expectativas, de la cercanía». Respiró hondo. «Fui a la misión porque pensé que sería más fácil lidiar conmigo misma a miles de kilómetros de la Tierra».

«¿Y funcionó?», preguntó Ingrid con suavidad.

«La verdad es que no», admitió Aiyana. «Sólo me alejé más. Pero aquí... en este mundo... Siento por primera vez que pertenezco a algún sitio. Quizá porque todo es tan diferente que puedo reinventarme».

Ingrid asintió: «Lo entiendo. Yo también he estado siempre a la búsqueda del próximo descubrimiento, del próximo reto. Pero en algún momento te das cuenta de que nada de eso significa nada si no puedes compartirlo con alguien».

Aiyana miró a Ingrid y por un momento sintió como si el tiempo se hubiera detenido. Era un momento que no necesitaba ser llenado con palabras.

«¿Caminamos un poco?», preguntó Aiyana para romper la pesadez del momento.

Ingrid se levantó y la siguió mientras avanzaban por un sendero junto a los brillantes arroyos. Plantas bioluminiscentes flotaban sobre ellas, proyectando una suave luz. El sendero las condujo a un tranquilo estanque que reflejaba los dos soles de Venus como un doble espejo.

«¿Sabes lo que me parece fascinante de este lugar?», empezó Ingrid. «Los virani lo han creado todo para mantener la armonía con su entorno. No es un lugar de control, sino de cooperación».

«Algo que los humanos aún tenemos que aprender», replicó Aiyana. «Tendemos a moldearlo todo, a dominar. Pero aquí... Aquí, siento que todo está en equilibrio».

Ingrid se detuvo y miró el estanque: «Quizá nosotros también podamos encontrar ese equilibrio».

Aiyana sintió que se le oprimía el pecho al reconocer el significado silencioso detrás de las palabras: «¿Quieres decir... ¿entre nosotras?». Ingrid se volvió hacia ella, la fría intelectualidad de la que solía hacer gala se vio rota por una inusual franqueza: «Tal vez. Sólo sé que me siento... me siento diferente. Más tranquila. Pero más viva al mismo tiempo».

Un momento tierno

Aiyana se acercó un paso y su mano se movió por sí sola para tocar las yemas de los dedos de Ingrid. Fue un roce ligero, pero a ambas les hizo reflexionar.

«Nunca pensé que podría confiar en alguien lo suficiente como para sentirme así», susurró Aiyana. «Pero contigo... Es diferente».

«Quizá porque las dos no nos lo esperábamos», dijo In-grid con una pequeña sonrisa. «Pero a veces hay que aceptar lo inesperado».

Lentamente, Aiyana se inclinó hacia delante e Ingrid hizo lo mismo. El beso que siguió fue tierno e incierto, pero lleno de significado. Por un momento, el mundo que las rodeaba pareció desaparecer y lo único que importaba era el momento.

Pero cuando sus labios se separaron, Aiyana frunció el ceño: «Lo siento, yo... Creo que te apreté demasiado».

Ingrid rió suavemente y le frotó el brazo: «Soy un poco más ro-buster de lo que parezco. Pero igual deberías hacer un curso intensivo de comportamiento cuidadoso con las científicas».

Un nuevo capítulo

Continuaron su paseo, el aire entre ellos era más ligero, las inseguridades parecían haber desaparecido. No había necesidad de expresarlo con palabras. Ambos sabían que habían emprendido un nuevo camino, uno que les unía no sólo como equipo, sino como algo mucho más profundo.

Al final del camino, mientras el jardín se abría para revelar el vasto horizonte, Ingrid cogió la mano de Aiyana: «Nos espera un largo viaje. Pero creo que será menos solitario si lo recorremos juntas».

Aiyana le apretó la mano. «Juntas», repitió, y por primera vez sintió que la palabra "hogar" ya no estaba ligada a un lugar, sino a una persona.

Profesor Kenji: Un visionario en dos mundos

Las nubes carmesí de Venus enmarcaban el horizonte mientras Kenji se paraba sobre una formación rocosa y dejaba volar al geólogo que llevaba dentro. Sus ojos se deslizaron por la superficie porosa y sulfurosa que brillaba en el crepúsculo. Para él, Venus ya no era un mundo hostil, sino un laboratorio vivo lleno de historias. Como astrofísico y geólogo, siempre había buscado patrones en la naturaleza, las fuerzas invisibles que daban forma al universo. Aquí, en este extraño mundo, se sentía más cerca que nunca de esas fuerzas.

Pero no era sólo la ciencia lo que le retenía aquí. Su encuentro con los Zerai había cambiado su forma de pensar y le había enseñado que el conocimiento no siempre consiste en datos y fórmulas, sino que a menudo está arraigado en las experiencias vividas por un pueblo.

Una conexión insólita

Kenji se había hecho especialmente amigo de un zerai llamado Rhezar, un erudito sabio pero reservado. Ambos pasaban a menudo horas juntos, discutiendo la evolución geológica de Venus e intercambiando teorías sobre el orden cósmico.

«Profesor Kenji», empezó diciendo Rhezar un día mientras analizaban juntos las capas de una vieja roca, »ustedes, los humanos, siempre están buscando pruebas. Pero a veces la piedra revela sus secretos no analizando, sino escuchando».

Kenji enarcó una ceja. «¿Escuchando? ¿Quieres decir que debemos preguntarle a la piedra qué quiere decirnos?».

Rhezar rió suavemente. «En cierto modo, sí. No todas las verdades residen en los datos. A veces basta con quedarse quieto un momento y sentir la historia que cuenta un lugar».

Kenji pensó en aquellas palabras. Como científico, siempre había insistido en que las pruebas y las mediciones eran la base de todo conocimiento. Pero Rhezar le había enseñado que la intuición y el respeto por lo desconocido eran igual de importantes. Esta forma de pensar empezó a cambiar su visión del mundo... y de su trabajo.

La visión de un puente cósmico

Hacía tiempo que Kenji tenía la idea de un proyecto intercultural en el que participaran no sólo los pueblos de Venus, sino también los de la Tierra. Sus conversaciones con Rhezar le habían inspirado para seguir desarrollando esta idea.

Una noche, durante un ritual Zerai bajo el cielo despejado, Kenji expuso sus pensamientos. «Todos miramos al mismo cielo, seamos humanos, Zerai, Auron, Virani o Atur. Nuestras diferencias pueden ser grandes, pero las estrellas nos unen».

Rhezar puso una mano en el hombro de Kenji. «¿Qué tienes en mente, amigo mío?».

«Un Nexo», explicó Kenji, »un puente entre nuestros mundos. Un lugar donde confluyan la ciencia, la cultura y la filosofía. Podríamos compartir nuestros conocimientos y explorar juntos nuevos horizontes».

Rhezar asintió lentamente. «Esa sería una visión que podría unir a nuestros pueblos. Pero, ¿estás preparado para asumir esta tarea? No será fácil».

Kenji miró al cielo estrellado: «Nunca lo ha sido. Pero es necesario».

Retos y dudas

Hacer realidad esta visión no fue nada fácil. Los Atur, en particular, recibieron la idea con desconfianza. «¿Un centro de conocimiento conjunto?», preguntó uno de sus representantes durante un debate.

«¿Quién puede garantizar que nuestros conocimientos no se utilizarán en nuestra contra?».

Kenji mantuvo la calma. «El conocimiento que se comparte genera confianza. Y la confianza es la piedra angular de la paz. No podemos acercarnos si seguimos viviendo en secreto».

Kenji también tuvo que lidiar con inseguridades a nivel personal. Trabajar en Venus le exigía mucho, y a menudo se preguntaba si alguna vez debería volver a la Tierra. Su pasión por la ciencia le hizo seguir adelante, pero fue su conexión con los Zerai lo que le dio una nueva perspectiva.

En una conversación con Aiyana, expresó sus dudas. «A veces me pregunto si realmente he encontrado mi lugar aquí. La Tierra es mi hogar, pero aquí siento una especie de responsabilidad que no puedo ignorar».

Aiyana sonrió. «Quizá tu lugar no esté en un lugar, sino en la idea que realizas. Eres un constructor de puentes, Kenji. Y los puentes siempre están entre dos mundos».

El nexo del conocimiento

Tras meses de planificación, el sueño de Kenji se hizo realidad. El Nexo del Conocimiento se inauguró en una ceremonia a la que asistieron los cuatro pueblos. El centro era una maravilla arquitectónica, inspirada en los elementos de las distintas culturas: las estructuras cristalinas de los Virani, la estabilidad en tierra de los Zerai, las formas flotantes de los Auron, las fuerzas resonantes de los Atur y los diseños pragmáticos de los humanos.

Kenji pronunció un discurso que se tradujo simultáneamente a todos los idiomas. «El conocimiento es el único bien que aumenta cuando se comparte. Este lugar no es sólo un centro de aprendizaje, sino un símbolo de lo que podemos conseguir cuando trabajamos juntos.»

La respuesta fue abrumadora. Estudiantes e investigadores de todas las naciones acudieron en masa al Nexus para aprender e investigar juntos. Era el comienzo de una nueva era de intercambios.

Un visionario en dos mundos

Kenji había decidido quedarse en Venus, pero regresaba regularmente a la Tierra para compartir con su patria los conocimientos adquiridos en Venus. Dio conferencias, escribió libros y se convirtió en un símbolo de la paz interplanetaria.

Un día, durante una conversación con Ingrid, habló de su futuro. «Siempre he creído que mi vida está en la ciencia. Pero ahora veo que es más que eso. Se trata de hacer conexiones».

Ingrid sonrió. «Eres geólogo, Kenji. Está en tu naturaleza. Siempre estás conectando las capas».

Kenji se rió. «Puede que tengas razón. Pero estas capas no son sólo geológicas. Son culturales, emocionales y universales».

Mientras el sol venusino desaparecía tras las nubes, Kenji sintió una profunda satisfacción. Era un hombre entre dos mundos, un visionario que construía puentes, no sólo de piedra, sino de esperanza y comprensión.